中国专业作家作品典藏文库

丁力卷

财经小说系列

职业经理人手记

丁力　著

中国文史出版社

总　　序

虽然我的深圳作协副主席要等换届才能免去，但我实实在在是一个已经办理退休手续的人。为准确核算我的退休工资，社保部门把我的档案翻了一个底朝天，结果发现我的初级、中级职称是助理工程师、工程师，但副高、正高职称却是文创二级、一级，它们准确无误地记载了我从一名专业工程技术人员向作家转变的过程。

我认为工程师和作家的本质一样，都是“创作”，只不过区别于侧重“工创”还是“文创”而已。科学家的任务是发现自然规律，工程师则利用这些规律创造发明出有利于人类健康与进步的新产品新技术，这和文学理论家与作家的分工一致。对于我1988年获得安徽省自然科学奖，我认为是当时没有严格区分“科学”与“技术”的结果，好比如今仍然有人认为作家就该是“文学家”一样。可我真的不是“文学家”，只是特别善写而已。1990年我原单位冶金部马鞍山钢铁设计研究院举办科技成果展，我一个人展出的论文和著作超过全院2000多名工程师的总和，这并不表明我的专业水平力盖群雄，而仅仅是因为我特别善写，这也可以解释2001年我卸任上市公司高管后，为什么能突然成为“高产作家”。

善写主要是遗传。我很小就记得父亲一天到晚在写，更记得当年父亲为如何藏匿小说书稿而流露出的焦虑与恐惧。尽管由于时代局限，父亲写了一辈子的书却没有出版一本，但他善写的基因却遗传给了我。自2003年正式成为“坐家”以来，我平均每年在省级以上纯文学期刊发表四个中短篇，正式出版三部长篇，至今为止，已正式出版长篇小说和中短篇小说集五十部。但此情景到2020年似乎戛然而止，并非我失去了写作的兴趣与能力，而是如今的出版业遭遇了空前的窘境，我手上已经积压数本书稿了，还写吗？

正当我打算放弃长篇小说创作而只为杂志社写中短篇甚至只写散文随笔的时候，得知中国文史出版社打算精选我的七部小说再版，只是版税可能不如首版那么高，问我能不能接受。我不敢相信这样的好事正好砸到我头上。我打电话给周思明老师，他和我一样，特别善写，我们并称深圳的"二高"，我是高产小说家，他是高产评论家，"一天不写就难受"，所以我们虽然私下交往不多，但彼此视为同道人，并且我相信作家是常年埋头拉车，而评论家有时会抬头看路，所以这种类似天上掉馅饼的事，我首先向周思明求证。

"真的。"周思明非常笃定地说，"肯定是真的。"

"为什么？"我问，"你凭什么这么肯定？"

"因为我最近接到北京一家文学研究机构的电话，他们约我写一篇有关'创业文学'的综合评论，还特别提到了你，说你的小说无论以前叫老板文学、商情文学还是财经小说，现在都归类为'创业文学'，这说明，在中国改革开放四十余年之际，创新和创业被提到更高的位置，这时候他们不再版你的小说再版谁的？"

我信了，赶紧签订再版合同。

这次再版的七部小说《高位出局》、《透资》、《上市公司》、《职业经理人手记》、《生死华尔街》和《苍商》、《赢家》，其中前五部的初版均在清华大学出版社，《高位出局》、《透资》（《高位出局2》）和《上市公司》（《高位出局3》）都上了当年的畅销书排行榜，其中《高位出局》还获得中国书业2007年度"最佳商业图书·新人奖"。其实我2001年底发表小说处女作，2002年辞职专门当"坐家"，2003年开始出版长篇小说，因此到2007年也已经不能再算"新人"了，他们之所以颁此殊荣，大概是该书多次加印，累计发行量比较大的缘故吧。

清华大学出版社一般只做专业书，如电子计算机之类，能一下子出版我的五部长篇小说，是因为他们把我的小说归类为“财经小说”，如此，我的长篇小说又可被列为“财经类图书”，从而符合他们的出版范畴了。

从年龄上说，我的创作比较晚，来深圳之前是冶金部马鞍山钢铁设计院的工程师，但思想比一般的工程师活跃。1991 年，随着中国市场经济的全面推进，我似乎看到了成为“大老板”的希望，于是辞职下海，投身中国改革开放的前沿阵地和中国市场经济最成熟的城市——深圳，先后拼搏十一年，其间还去过海南和武汉，一度也似乎已经成为“大老板”，先经营七家娱乐城，后出任金田华南投资公司董事长，在广州有二十三家连锁超市、一个灰狗巴士公司和两个地产项目。2000 年上市公司新的财务制度落实后，金田集团退市，我的“事业”因之归零。此后也应聘民营投资公司总经理或证券机构操盘等，但终究不适应再“打工”的生活。为了延续自己的“老板”梦，我开始写小说，心里想，当不了大老板，还不能写大老板吗？于是，一口气创作出版了十几本书，内容都围绕着“老板”，所以我的小说起初被称为“老板文学”。后来《金潮》杂志发表文章，分析我的创作现象，称我是“中国最具爆发力的金融小说作家”，于是我的小说又成了“金融小说”。再后来，山东师范大学选择研究我的创作作为硕士研究生的论文专题，论文称我的小说为“商情文学”。最近，著名高产评论家周思明则告诉我，中国社会科学院下属的《中国文学批评》杂志将我的小说归类为“创业小说”。但我自己更认同清华大学出版社的“财经小说”定位。

这七本书中的故事都是虚构的，但其中的人和事都是有生活原型的，甚至有些就是我自己的经历，有些是我身边同事或朋友的经历。比如《高位出局》当中的王艳梅，原型是金田退市后我当“坐家”前为其打工的女老板。那段时期我是动荡的，也是迷茫的，除了给王艳梅这样的民营企业老板当总经理之外，也有过证券公司和机构操盘经历，这段时间虽然不长，但给我的冲击却是前所未有的——原来公司可以这样运作！原来他们是这样当老板的！原来股市的内幕是这个样子！我的内心受到了强烈的震撼，这种震撼激发了我用小说的形式披露这些内幕的冲动，于是直接把这种自己的经历与感受写在《高位出局》《透资》《上市公司》《职业经理人手记》等小说中，其中《高位出局》中最长的那个故事曾经以《股市内部消息》的题目，发表在《中国作家》杂志2004年第6期上。

虚构成分最多的是《生死华尔街》，因为彼时我还没有去过美国，更没到过华尔街，写华尔街只能靠虚构。创作这部小说的直接动因是想用小说的形式揭示2008年美国次贷危机的内幕。中国作协创研部主任牛玉秋老师评价说："在阅读《生死华尔街》之前，我始终没搞懂'次贷危机'到底是怎么回事。看了丁力的《生死华尔街》，我不但自己明白了，而且还能给别人讲解美国的'次贷危机'了。"

《苍商》写的是几个湖南人闯深圳的故事。这也是有生活原型的。我虽然是安徽人，但1977年恢复高考后，我从安徽考到了湖南，班上同学有一半是湖南人或毕业后留在了湖南，他们大都分在湖南各地的冶炼厂，所以，小说中刘劲龙来深圳之前于冶炼厂干的那些事以及他昂首挺胸走出冶炼厂大门南下闯深圳的场景，在我当时写的时候，脑海中呈现的就是我们班同学"刘劲龙"的形象，所以才让读者感觉这个人物很具体、很真实、很生动。

《赢家》写了打工青年麻近水的故事。一看这个"麻"姓，就知道是湘西少数民族人，也因我兼任吉首大学教授，经常去湘西首府吉首市，并且湘西人客气，每次去，作为湘西少数民族人的田茂军院长都带我领略当地风俗，所以在后来创作《赢家》时，不知不觉就把"麻近水"设计成了主人翁。

麻近水的故事令人心酸。不仅因为他得了尿毒症，更因为他为之打工的老板与他是同期的考生，考分不如麻近水，却因为是大城市的城市户口而被录取，考分更高的麻近水却名落孙山。好在麻近水不屈不挠，最终凭着自身的努力终于在深圳站稳脚，成为真正的"赢家"。

这七部小说中，主人翁与我本人真实经历最接近的是《职业经理人手记》，该书也被称为“中国第一部本土 MBA 教材”，我也因此被邀请到清华大学经济管理学院讲课。回想自己一辈子没能成为清华的学生，却当了一回清华的老师，也算是文学给我的莫大奖赏吧。

2018 年作家出版社出版我的长篇小说《图书馆长的儿子》，细心的读者又给我留言：“原来这个才是真实的你啊!”其实都不是，小说源于生活，又不等同于生活，《职业经理人手记》和《图书馆长的儿子》中的主人翁确实都有我自己的影子，但又不完全是我自己经历的真实写照，否则，怎么会有两个“我”呢?

丁　力

2020 年 12 月 13 日

1

人在走投无路时脸皮会变厚。1991 年 11 月 19 日下午，我给蒋大哥打电话就属于脸皮厚。

现在回头想想，其实我当时并不是走投无路。当时身上还有钱，不算多，但足可以给自己找一家旅店或买一张回程车票。但是，我还是感到自己走投无路。

走投无路有时候是一种感受，而并不代表一种真实的处境。

我是来深圳出差的。准确地说是来深圳开会的。本来审稿会是在武汉开的。出版社就在武汉，再说从哪里到武汉都近，在武汉开审稿会天经地义。但是，我想来深圳，所以，就鼓动南方新型建材厂的谢厂长为会议提供方便，并反复讲解了此举对他们厂及他本人的意义。最后，谢厂长终于被我说动心了，表示愿意出钱出力，这才最终促成了会议的南迁。

我这样做不是想节省一趟路费，而是想得到一张“边防证”。在当时，边防证还绝对神圣，如果没有边防证，我进不了深圳，而办理边防证必须要经过单位保卫处，但如果不是开会，保卫处是不会给我行这个方便的。在设计院，保卫处的人平常没有地位，好不容易逮到一个能显示自己权力的机会，哪能轻易放过？所以，为了能顺利地进入深圳，我策动了这次来深圳开会的行程。

其实说来深圳开会并不确切，确切地说是到东莞开会，因为谢厂长的南方新型建材厂并不是在深圳，而是在东莞。但是，开完会之后，有一项重要的活动，就是去深圳参观“中国改革开放的窗口”。我鼓动会议在东莞召开最后之所以能成行，一个最重要的原因是深圳的魅力对大多数与会者起了作用，如果当时只安排在东莞开会，而不安排来深圳参观，那么，是不会得到那么多人一致响应的。

既然开完会之后要到深圳参观，所以干脆就说是到深圳开会。这就是人们习惯性地往大说。

往大说是人的天性。比如我的工作单位冶金部马鞍山钢铁设计研究院，明明是在安徽省马鞍山市，但是为了“往大说”，院里硬是多次向上打报告要求更名为“冶金部华东钢铁设计研究院”，因为一旦改成“华东”，就很容易让人想起上海、南京、杭州这样的大城市，而不会想到马鞍山这样的小地方。但是，往大说易，往大做难。事实上，直到目前，单位的名称并没有改变，况且，在我看来，即便名称改变了也没有多大实际意义，每次出差，照样都是一大早出门，赶到南京买车票，然后晚上才能踏上真正的旅途。说实话，如果我们设计院不是在马鞍山，而真是在上海、南京、杭州这样的大城市，我就不会一天到晚想着离开那里了。

其实也不是我一个人想离开那里。当时，他们那里流传着一个顺口溜，说“一等公民漂洋过海，二等公民深圳珠海，三等公民等待安排”。于是，在单位年轻人当中似乎形成了这样一种观念：凡是有本事的不是出国就是去深圳，只有实在没有本事的才留在原单位。年轻人当中哪个愿意承认自己是“实在没有本事”的？而出国毕竟不是一件容易的事情，所以，去深圳就成为当时我们单位年轻人的一种时尚。凡是思想有些激进的年轻人基本上都有这个想法。

我还不是思想最激进的。最激进的早已经来了，比如我的好朋友章一民。

章一民和我是中学同学。虽然不是一个班的，但我们都是学校毛泽东思想文艺宣传队成员，而且都在乐队，关系不错。闹地震那年，章一民家没地方建防震棚，在我家防震棚里住了整整三个月。后来由于上山下乡我们各奔东西，恢复高考后又天南地北求学一方，谁知四年后，居然又分配到同一个设计院，关系自然又进了一层。

章一民的下海是悄悄进行的，好像院里没几个人知道。我偷偷地帮他搞到机票，又用自行车替他推行李送他上路。那情景既像电影《地道战》里鬼子偷偷地进村，又像电影《戴手铐的旅客》中送战友。临别时，章一民说："我在深圳等你。"

我不知道章一民是不是自修过心理学，但这句话说得很到位，确实是我当时最最想听的话。

那时候我也想过漂洋过海去当一等公民，于是在英语上很下了点功夫。我发现学英语的过程事实上也是了解英美文化的过程。当时《美国之音》向中国学习美国英语的年轻人灌输的一个思想就是"美国是个大熔炉"。美国是不是一个大熔炉我不知道，但中国深圳肯定是个小熔炉，因为她首先就将章一民给"熔"了。我找到"在深圳等我"的章一民，他冷淡得让我怀疑自己掉进了冰窟。竟然连顿饭都没请我吃！当我提出要章一民为我先安排个住处时，把他吓傻了，吓得一句话都说不出来。

我还算是做事情比较心细的人，当初决定来深圳的时候，就没有打算在章一民这一棵树上吊死。我还留有退路，而这个"退路"就是郑康平。

我并不认识郑康平。不过，我的同事邓工认识。邓工是我们院相对年轻的老同志，比我早十年进的设计院，但我们之间这十年是个断层，所以，我们相距并不遥远。邓工脾气不太好，并且他认为脾气不好是一件很光荣的事，所以经常以耿直而自我欣赏，但自我欣赏多了别人就不怎么欣赏，如此一来，邓工在院里总体上说就表现为不得志。他经常说的一句话是："再过两年我就不干了，去深圳，我有一个好朋友在深圳当大老板。"说者无意，听者有心，至少我就很有心，因为那时候我高度关注着有关深圳这边的一切情况。

我开始与邓工套近乎。邓工以前曾搞过一个三相电弧炉改造项目。项目是搞成了，但并没有引起院里面的重视，这自然又引发邓工大大地"耿直"一番。那时候我要靠稿费补贴家用，正好在写一篇关于钢铁行业节能方面的文章，于是就把他这个项目重点宣扬了一番。捧着散发着油墨香的《冶金节能》，邓工的“耿直”发挥到了极点，大声说：“这就叫墙里开花墙外香！”

“耿直”够了之后，才发现作者并不在墙外，而就在墙里。邓工拉着我的手，一切尽在不言中。

邓工说，郑康平夫妇是他大学同班同学，郑康平曾经由于家庭出身不好，海外关系复杂，“文化大革命”中被整得够呛，连女朋友都差一点吹了。而邓工家庭出身好，又是班干部，并且很讲义气，在郑康平最困难的时候，给了他很大帮助与鼓励。改革开放后，郑康平的海外关系反而成了资本，现在由他舅舅投资，在深圳搞了一家钢格板公司，郑康平出任总经理，当老板了。成为老板的郑康平没有忘记邓工，多次写信或打电话邀请邓工来深圳共谋发展。邓工一直没去，不是不想去，也不是故意“翘”，他对我说了真心话：“等混上高级职称就去。”

我等不及高级职称了，我愿意去。耿直的人往往很讲义气，邓工拍了拍胸脯，说：“别的人不敢说，但你老弟的事情我邓某人包了。”话虽然这么说，为了万无一失，我还是用自己擅长的方式做了必要的铺垫。具体做法就是在《冶金参考》上赶发了一篇《钢格板占据工程材料新领域》的文章，一方面为郑康平做一次免费的广告宣传，卖个人情给他，另一方面也避免他将来以我对钢格板一窍不通为由来拒绝我。这时候，江苏一个乡镇企业恰好“孝敬”给我一条红塔山香烟，我立刻充当二传手，借花献佛，拿去“孝敬”邓工。邓工的老婆看着有人送来高级香烟，顿时觉得自己的丈夫在设计院出人头地了，对他的态度也好了许多。带着这个好心情，邓工认认真真地写了三张纸，把我说得无可挑剔。有了这三张纸做尚方宝剑，再加上那篇文章做敲门砖，我有理由踌躇满志。

离开章一民，我去见郑康平。左手拿着敲门砖，右手握住尚方宝剑。但不知是郑康平怕敲门砖还是怕尚方宝剑，反正他是吓得不敢见我。我只好坐在小厅里面等。一直等到下午两点了，原本斯文的我也拿出“耿直”的劲来，趁人不注意，直接闯进去。

郑康平确实很忙，我闯进去时他正在做百忙之后的短暂睡眠。

“郑总您好！”我说。

郑康平醒了，马上在大班椅子上坐直。

“马鞍山院的邓工让我来看看你。”我继续说。同时注意配上恭敬的表情。

“噢，好好。老邓呀，邓庆生。”

我很高兴，郑总果然记得邓工，说明邓工没吹牛。

“这是邓工让我带给你的信。”我双手递上那封信，并且又敬上一盒宜兴紫砂茶壶，说这也是邓工让我带给他的。

郑康平对茶壶似乎不感兴趣，接过去，嘴里说了声谢谢，随便摆在了一边。

他对茶壶是不是感兴趣我无所谓，关键是对信，郑康平对邓工的信也不感兴趣，连拆都没拆就丢到了旁边。我急了，说郑总您还是看看信吧。我只能这么说，我跟这个郑康平初次见面，不能自己吹自己，在可能的情况下，由别人吹自己总好过自己吹自己。

郑康平在我的催促下勉强地扫了几眼邓工花了大力气写的那封信，然后又把它丢在一边，说以后再看吧。

“您最好现在看。”我虽然强忍着气愤，但还是有点急了。

“为什么？”郑康平不解地问。

“因为这是一份关于我的推荐信。”

“推荐信？推荐什么？”

“推荐我到您这里工作呀。”我说。

“到我这儿来工作？谁说我这里要人了？”

这下好了，既然是推荐信，那就更不用看了。

我感到一种从未有过的委屈，几乎就要发作了。心里想，我这么远赶来，等了几个小时，拿了你同学的推荐信，还自己搭上一份礼品，连杯水都没喝，你连客气话都没说一句。

“这么说是连考虑的余地都没有了？”我问。

“我这里根本就不缺人。不但不缺人，我还要炒掉几个人呢！”

“那好，”我说，“把紫砂茶壶还给我，这不是邓工给你的，是我买的。”

“好好，”他说，“拿去，赶紧拿走。”

我怀着悲愤的心情从郑康平那里出来，心里想：章一民，郑康平，你们等着！

但是，悲愤没有用，赌狠也没有用，眼下最要紧的是要找一个地方落脚，否则，就真要打道回府了。我显然不甘心这么快就打道回府的。这么快就打道回府，不等于是承认自己确实是属于“实在没有本事”的那一类吗？我想再拼搏一下，实在拼搏不下去了，再考虑打道回府也不迟。

我就是在这种情况下想到给蒋大哥打电话的。

2

我和蒋大哥是在飞机上认识的。去年我出差，从广州乘飞机回南京的时候，碰巧和蒋大哥坐在一起。飞机晚点，下半夜才到南京。蒋大哥当晚回不了老家盐城，和我一起住进了我们院在南京的招待所。第二天分手的时候，蒋大哥说了“欢迎来深圳”这样的话。难道就凭这句客气话，我就去找他？

我此时站在深南大道统建楼对面的马路边。由于这次来深圳就做好了不回去的准备，所以带了很多行李，明显行动不便，于是，看上去多少有些像傻瓜。

我决定先吃饭，就在路边买了份盒饭。一边像老母鸡护小鸡一样护着自己的行李，一边吃饭，边吃边想。等盒饭吃完了，我也想好了。想着既然火车上那位仁兄都算好了我在关键时刻有贵人相助，不如就再试一下。

那天在来的火车上，我并没有睡好。刚刚开始迷糊，就被一阵叫卖声吵醒。

“哎，看了看了，请看一个宾馆女服务员的自白。”

我一听就知道是骗人的。上次出差，好像也是这个人，或者是一个与他差不多的人，也是这样喊：“哎，看了看了，看陈冲为什么一定要嫁给黑人。”我当时抵不住诱惑，买了一本，但从头看到尾，也没看到陈冲为什么一定要嫁给黑人，退杂志是不可能的，火车早跑几百里了。

“骗人的。”对铺的汉子说。

我点点头，表示赞同。

“这位同志你是工程师吧？”汉子继续说。

我本来并不打算和汉子多说话的，但是听对方这么一说，不免有些好奇。心想，他怎么一口就说我是工程师，而不说我是军人或警察呢？其实从外表上看，我更像军人或警察。

我没戴眼镜，一点没有知识分子的外在特征，想当年找对象时，就因为自己一点不像知识分子，还被一个崇拜陈景润的女孩当面拒绝过。我清楚地记得，女孩愤愤不平地对介绍人说：“哼！还说是知识分子呢，别骗我了，你以为我傻？他要是知识分子为什么不戴眼镜？”

我今天仍然没有戴眼镜，这位仁兄为什么一眼就能看出我是工程师，并且不说我是医生或教师呢？神了。

“何以见得？”我问。

“跑得多了，看人总有个八九不离十。”中年汉子很自信。

“那你能不能再看具体点？”我的好奇心被调动起来。

中年汉子认认真真地打量了一下我，说：“你应该是研究所的。”

我心里不得不承认他确实会看相，因为我确实是设计院的，并且我们设计院为了紧跟形势，去年已经正式由冶金部马鞍山钢铁设计院更名为冶金部马鞍山钢铁设计研究院，虽然只加了两个字，对我们个人来说没有任何实际意义，但听起来大多了，尤其是现在，这位中年汉子说我是研究所的，与研究院几乎就没有什么差别了。再仔细一想，应该说中年汉子说得完全正确，我确实是研究所的。以前我们是设计院情报室，自从设计院改成设计研究院之后，情报室也水涨船高，从室升格为所，所以，我现在的完整身份应该是设计研究院情报研究所的工程师，一点没错！

“你真会看相？”我问，态度也明显变得友好起来。

中年汉子笑了，没说会，也没说不会。

“能不能替我看看？”我进一步要求道。其实我是不信这些东西的，但人在面临一个重大决策时往往会宁可信一点，就当是参考一下吧，况且这位老兄能看得这么准。

“你要看什么呢?”汉子问。

“看看我这次出去运气怎么样。”我实话实说。

中年汉子又认认真真地看了看我，再让我伸出左手里外翻看了半天。中年汉子在这样做的时候，也引起上面几个铺位的旅客们的好奇，这些人完全放下自己正在做的一切，纷纷用身体或眼神向中年汉子靠过来。中年汉子成了人们关注的中心，因此也就更加卖力起来，仿佛正在做一项伟大的测试，而我就是实验品，但我是完全志愿的，没人强迫。

“你这次旅途很长啊。”中年汉子说。

“是，是，是很长。”我说。不完全是配合中年汉子，而是确实预感到这次旅行道路漫长。

“你运气不错，”中年汉子说，“每每在关键时刻总有贵人相助。”

“对，对，对。”我说。

“贵人相助”这个词我是听过的。前几年看过一个朝鲜电影《卖花姑娘》中就有这句话。从我已经走过的这些年来看，确实是每每在关键时刻确实有人帮我。就说这次南下吧，我人还没动，那边至少已经有两条半路子在等我了。除了前面说过的章一民和郑康平之外，另外的半条就是蒋大哥。虽说这种萍水相逢的关系并不可靠，但算作半条路是可以的，关键时刻好过没有。

“但是你此次旅行如果单纯是为了求财，我劝你别抱太大希望。”中年汉子给我泼了一瓢凉水。

“为什么?”我有点急了。

也由不得我不急，不是为了钱我离开设计院干什么?说实话，我想着来深圳的直接原因就是为了钱。前面说了，我在马鞍山钢铁设计研究院工作，不仅我在设计院工作，我老婆也在设计院工作，夫妻俩一个单位，我在情报所，老婆在自控所。包括复用二底图在内，老婆一年差不多出三百张甲 A 图纸，相当能战斗了。而我当时已经是“高产作家”。情报所规定每人每年的编写或翻译量为六万字，我实打实完成了几十万字。就这样，夫妻俩合起来还是“二百五”，我每月工资一百二十五元，老婆也是，加起来正好二百五。“二百五”在我们那里是骂人的话，不吉利，但如果是我一个人能拿这个不吉利数，我就不会这么急着“下海”了。

当时我那个小家庭是四个人生活。除了夫妻二人外，还有儿子和保姆。保姆除了吃喝穿用外，每月还要领工资。刚开始是四十五元，后来涨到五十，当时对我来说是笔不小的开销。穷则思变，首先想到的是“靠文吃文”，投稿，几乎每月都有一两篇文稿见刊，至今我的家中还保留几十本《钢铁》、《耐火材料》、《工业炉》及安徽、江苏、湖南等省的某某冶金杂志，上面都有我的“大作”。后来觉得投稿不过瘾了，干脆写书，夜以继日地干了三个月，每天七页稿纸，我写老婆抄，用标准的绘图仿宋体抄七页，老婆也不比我轻松多少。拿到上海科学技术出版社从银行汇过来的两千多元稿费，我们夫妻二人加上儿子和保姆，将钱摊了满满一地，充分享受了一把电影《百万英磅》中亨利·亚当的喜悦。但这种事不是常有的，要想彻底改变经济状况，唯有“下海”。

“不过你也不用担心，你是马命，总是要跑的，不跑反而会把你憋死，迟跑不如早跑。”中年汉子说。

听了这最后一番话，我如坠入云里雾里，不知道该怎么办。我发现几乎所有看相的算命的都这样，一是从来都不把话说死，总是留有余地；二是同一番话能有多种解释。现在想想，看相算命的其实和当前的股评人士差不多，怎么听都有道理，什么结果他都不算错。但那时候我管不了那么多了，反正是决心已下，开弓没有回头箭，一直往前走吧，走一步算一步，车到山前必有路。而我现在的“路”就剩蒋大哥这半条路了。

3

我抱着试试看的心态给蒋大哥打过去一个电话。想着反正已经被拒绝两次了，再多一次也无所谓。我暗示自己相信那个中年汉子的话，关键时刻总会有贵人帮我的，祈祷着奇迹发生，祈祷蒋大哥不要像章一民和郑康平那样不加掩饰地一口拒绝我。

谢天谢地，蒋大哥还真接了我的电话，说："我太忙了，没办法过来接你，你自己坐几路几路中巴，到什么什么地方下车，来永安商场找我。"

蒋大哥的态度大大超出我的预期。我简直就是喜不自禁，马上拖上行李，按蒋大哥指定的路线挤上中巴，走了很远很远，颠簸了很长很长时间，才到了位于蛇口太子路的永安商场。

那时候深南大道正在修建，行车特慢，南油大道根本没有，中巴在南头里面七弯八拐，头都转晕了，从罗湖到蛇口足足花了两个半小时。当我找到蒋大哥时，已经五点多。蒋大哥当时正在指挥装车，听见我喊他，马上过来打招呼，并且掏出大哥大指示老婆晚上加两个菜，说有客人。那一刻我差点就流出眼泪，像老电影里失散多年的红军终于重新找到了党的感觉。

晚上虽然只能睡地铺，但感觉特温暖，起码比住旅馆温暖。我将从郑康平那里要回来的礼品送给蒋大哥，并且向蒋大哥申请用一下电话，跟老婆报了个平安。

第二天蒋大哥照例要上班，他给我找了辆自行车，说："你自己骑车转转，找工作的事急不得。"

我比蒋大哥想象的要顺利，当天上午就找到了工作。

那天我从蒋大哥家出来，骑了自行车没走多远就碰到一家工厂，对看门的说找工作，他说我找错了，是那边的恒基实业招聘工程师。我按他指的方向沿南山脚下从东向西走一百米。对骑车的我来说，也就是上车下车两个动作。

接待我的是个乡村教师模样的干部，胸前戴了个工牌，上面写着“副经理”。我亮出随身带来的一大堆红色证书，对方面露喜色，说：“你等一下。”转身闪进去了。

副经理领我来见老板时，他正在埋头看我那一大堆证书。说来好笑，那一堆证书中的绝大多数是各种论文的获奖证书，诸如“优秀论文奖”之类，没想到今天发挥了这么大的作用。

那时候还没听说过做假证的事，这一大堆的论文、著作、学历证明、获奖证书着实让香港老板赖春泉先生大开眼界，他确信发现了真正的人才。赖老板只问了我一个问题：“你这么有成就干吗还要到我这里来?”我当然不能说是生活所迫，觉得那样说怪丢人的，于是说：“在我们那里，谁干得好谁麻烦就多。”赖老板好像很同意我的观点，非常认同地点点头，然后用我听不懂的话对那个乡村教师模样的副经理说了一串什么。副经理将桌子上那一大堆证书收在一起，抱在手里把我领进一间看上去像老板办公室的房间，安排我在沙发上坐下，把那些证书还给我，说：“你等一下，老板还要找你谈谈。”直到这时，我才发现副经理也是会笑的。

我在傻等着，但感觉自己已经被录用了，否则还要找我谈什么，干脆打发走算了。

过了一会儿，赖老板进来了。他是一阵风似的进来的，脸上笑嘻嘻的，整个神态与刚才判若两人。他一边走进来一边笑嘻嘻地与我打招呼，仿佛是对老朋友。他用带有浓重方言的“普通话”喊我“灯辣阿”。我知道他这是友好的表示，但我不知该怎样答话，只好欠身点头加傻笑。这时候他已经坐到他的大班台上，用更加标准一点的普通话一边招手一边对我说：“来来来，上来坐。”我就从沙发上站起来，坐到他对面的围椅上。围椅显然是专门留给接受老板谈话的人坐的，而且只有一张，看来老板喜欢找人单独谈话。单独被领导或上司召见谈话的经历我还是有的，所以并不怯场，只是心里告诫自己：注意，言多必失！但赖老板并没有给我失言的机会，他只是告诉我："人工你不用操心，你把事情做好就行了，人工是我考虑的事。另外，不好意思，你必须与工人一起吃，所以伙食相当差，不知你能不能受得了。"没等我回答，他又说："你先吃了再说，等以后你们北方人多了，公司再统一解决。"

我没说话，还是在傻笑。说实话，他虽然用了比较标准的普通话，但我还是好多地方听不懂，比如"人工"，再比如为什么说我是"北方人"，但此时我心里想得最多的是伙食到底差到什么程度，难道比我当年上山下乡在建设兵团连续吃几个月咸萝卜缨子还差？也未必不可能。这里是资本家的工厂。我想起了万恶的旧社会，想起天津三条石资本家残酷压榨工人的情景。我想不管怎么样，先干了再说，就当是了解生活丰富阅历也行。我说没关系，我吃得了苦。赖老板笑了，笑得比刚才更灿烂。他笑着抓起了电话，拨了几个号码，又说了一句我听不懂的话，放下电话，仍然对我笑，也像我刚才那样傻笑，笑得蛮天真，使我怀疑他根本不是香港的大老板。

这时候，副经理又进来了，对赖老板不知说了句什么，然后笑着对我说："丁先生，请吃饭去吧。"边说还边做着请的手势。

我还是第一次听见有人称我为"先生"，由于我的姓名一共只有两个极简单的字，所以熟人对我都直呼其名，合作单位的人一般都喊"丁工"，从来没被称为"先生"的。我看看赖老板，意思是说赖老板是不是一起去。虽然没说话，赖老板还是准确地理解了我的意思，他笑着示意让我自己去。

副经理将我领到楼下，来到主厂房旁边的一个临时搭建性质的食堂，变戏法般地拿出一个带活动把子的不锈钢饭盒，递给我，说："那边有水龙头，洗洗，从后面排队就行了。"我问："不用饭票？"他笑笑，说不用。

食堂不大，比我们学校的食堂小多了，甚至比我们设计院食堂都小，差不多与上山下乡时我们连队食堂一般大，但那时候我们连队在食堂就餐人员只有三十多人，而这里面挤了少说也有三百人，满满的，全部在排队，没人在吃饭。仔细一看，才发现食堂有一个后门，打完饭之后工人从后门出去了。

我老老实实地挤到最后，一步一步机械地跟着队伍往前移动。周围的男男女女不时地有人看我一眼，但看得时间很短，只要我一回眼他们马上就躲开。个别长相较好的女工在眼光躲开之后又对着同伴的耳朵嘀咕了两三秒钟，然后她们一起放声大笑，其中一个还做出要打另一个的样子。我知道她们肯定是在说我，所以尽可能目不斜视，面上露出极微弱的微笑。

快到窗口时，我才看清，员工在这里排队其实只是打菜，每人一荤两素，打完菜后迅速向后门走去，那里有饭和汤，打饭和打汤实行按需分配，吃多少打多少。轮到我时，看着琳琅满目的菜肴，一下子竟愣在那里，不知该点什么菜。以前在食堂吃饭，窗口前面都有一块黑板，标明什么什么菜，多少多少价钱，习惯了，今天猛一遇见这么多没名没姓没价钱的菜，还真有点不知所措。窗口里面的小伙子非常友善地看着我，笑着问："你是新来的丁主管吧?"尽管他将丁说成是"灯"，但我还是听清了他的意思，赶紧大幅度地点点头，同时心里纳闷：我是主管？主管是什么头衔？管什么？老板还没明确告诉是否录用我，就由食堂的厨工来宣布我的职位，真有意思。

"老板说了，"小伙子说，"你随便点，要吃什么点什么。"

我怕妨碍后面的人，来不及细想，就随便点了三个菜，记得好像是半片红烧猪脚、一条油炸非洲鲫鱼和一份空心菜。这就是赖老板一再向我解释并表示歉意的"相当差"的伙食！说实话，比我在家里吃的好多了。事实上，如果我在家里有这么"相当差"的伙食，我可能就不来深圳了。在家里时，院里逢年过节发点荤，我和妻子总是像宝贝一样藏在冷冻柜里，需要改善伙食时，取出来如劈柴一般砍点下来，配点青椒炒个菜，一家四口像过年一样。当然，好菜也是会买的，比如买条小桂鱼，但那是专门给儿子补钙的，我和妻子是万万动不得的，如果我们要动，那也必须给保姆吃，而那条小鱼还不够保姆一个人吃。

吃着这“相当差”的菜，我只有一个想法：要是老婆孩子也能吃上就好了！这样想着，我的眼前就浮现了儿子吃榨菜的模样，一颗眼泪滴到了碗里。

4

赖老板说伙食“相当差”是有道理的。赖老板、副经理还有几个香港师傅他们吃小灶，单说那道汤，听说就加了各种参料，比香港的阿二靓汤还地道。相对于他们来说，我吃的确实是相当相当差。刚才我在赖老板的办公室里等他那段时间，赖老板正在与几个香港师傅交涉。赖老板主张我与他们一起吃小灶，几个香港师傅不同意，理由是：从今往后北方来的师傅越来越多，要是都跟了他们吃小灶怎么办？最后赖老板采取了折中的办法：我不跟香港人吃小灶，但在工人食堂吃什么吃多少都不受任何限制。这些情况我当时并不知道，是后来陈秉章告诉我的。

吃过饭，副经理领我去安排宿舍。他们好像不需要对我说“你已经录用了”之类的话，或者是赖老板以为副经理说过了，副经理以为赖老板说过了，结果他们谁也没说，直接安排吃住。直到这时候我才知道，原来深圳的工厂员工是包吃包住的，工厂就是家，家就是工厂，真正做到以厂为家，全心全意为老板卖命。

宿舍在顶楼。这里的厂房与我印象中的不一样。我从小生长在钢城，后来从事的也是冶金行业，看到的都是大工厂，有很宽广的厂区，有大烟囱，厂区内能跑汽车、跑火车，而现在的这个工厂就只有一栋五层楼，一到五层全是车间，只有二楼的一小部分做办公室（他们叫写字楼），食堂在下面盖了个临时建筑凑合着，宿舍建在楼顶，用铁皮做的。这种建在楼顶的铁皮屋现在算是违章建筑，一律捣毁了，据说是不符合消防要求，但当时我们就是这么住的。

我被安排和陈秉章住一间。房子很小，上下铺。陈秉章已经占了下铺，我睡上铺。说实话，住的地方比我们设计院差多了，甚至比我在建设兵团时都差。铁皮房，又睡上铺，幸亏是冬季，要是夏天该怎样过？

陈秉章戴副眼镜，一看就是知识分子，一问，果然是电视大学毕业，在公司搞化验。陈秉章比我大两岁，学历虽不高，但阅历并不浅。他问我是哪里人，我告诉他是马鞍山的，他马上就说他知道马鞍山，并背诵了一段毛主席语录："马鞍山条件很好，可以发展成为中型的钢铁联合企业，因为发展中型钢铁联合企业比较快。"背完这段语录，我对他一下子亲近许多。

陈秉章告诉我他是广州人，因为他哥哥在香港原料行工作，与赖老板认识，所以他才能在公司谋得这个差事。

"他算什么东西！"陈秉章对赖老板好像很有意见，他说，"一个地道的潮州农民，初中生，上学时还总是抄别人的作业，'文化大革命'期间混不下去了，偷渡到香港，在香港一间小电镀厂打工，后来不择手段骗娶了老板的女儿，自己就成了小老板。别看他现在人模狗样，还不是靠这几年在深圳省下的人工、房租、生活费、税费、环保费，使他的电镀成本比香港那边低许多，才一下子接到这么多订单。"

陈秉章的话具有权威性，因为他哥哥是香港人，而且在香港做电镀原料生意，对两边的行情都知道。

"'人工'是什么？"我问。刚才赖老板对我说"人工你不用操心"，我就没听懂，也没好意思问。

"人工就是工资。"陈秉章说。

听了他的解释我忍不住地笑了。他问我笑什么，我把赖老板刚才对我说的话复述了一遍，并告诉他我以为是不要我管工人，只要我管技术。

陈秉章听完之后也哈哈大笑，但他很快就收住了笑容，严肃地告诉我："你上当了。"我问为什么，他说："不事先谈好价钱，出粮时你看吧，最多给你一两千。”我问“出粮”是什么意思，他说出粮就是领工资。我又问：“你是说每月工资一两千元？”他说是啊，你还以为是多少？我没敢说话，心里想：乖乖，一月一两千呀！一月抵在家干一年了！我想如果我真能一月拿一千多，我就给老婆买个金项链带回去，准把她乐疯了。想起老婆在家省吃俭用的样子，我的心凝重了许多。

陈秉章见我不说话，并且脸色凝重，就来安慰我，说：“先干了再说，骑马找马。我哥哥说了，有机会他也来内地开间电镀厂，到时候去我哥哥那边做，保证他会给我们香港师傅的待遇，每月人工一两万。”

“多少？”我怕自己又误解了。

“每月一两万港币咯，”他说，“总不能真跟香港师傅一模一样拿两三万一个月吧。”他肯定觉得我贪得无厌。

“不是这个意思，”我赶紧解释，“我是没想到这么多。”

“没想到吧？”他说，“这还不算最高的，最高的一个月四万多呢。”

我觉得他在瞎说。

他接着说：“其实香港人有什么了不起，凭什么人工是我们的十几倍甚至几十倍？那几个鸟香港人跟他妈的赖老板一个样，都是从内地偷渡过去的，一个个初中都没念完，懂个狗屁！他们谁行谁到化验室来做个分析看看。”

我刚来，不想介入到这些是非之中，就提醒他：“该上班了吧？”

“没事，”他说，“反正化验室就我一个人。”

“一块儿下楼吧，我正好要去取行李。”

“那好吧。”

下到四楼，陈秉章说：“我到了，拜拜。”我抬了下手，说拜拜，然后一直下到一楼，骑上那辆破自行车，一阵风似的找蒋大哥报喜去了。

5

蒋大哥对我这么快就找到工作非常惊奇。问我是哪里，我告诉他是山脚下工业四路顶头的恒基实业。他更高兴，说："那是一家相当不错的港资厂，很难进的，听说老板只要他们潮州人，外省人一律不收的。"

"安排你做什么？"蒋大哥问。

"好像是主管。"我说。

"主管？"蒋大哥问。

"是的，"我说，"但不知具体管什么。"

"主管是公司的第三把手，"蒋大哥说，"除了老板和那个副经理，就你官大了？"

"工钱多少？"蒋大哥又问。

"好像是一两千吧，老板没跟我谈这个问题。"接着，我把陈秉章对我说的话讲给蒋大哥听。

蒋大哥说："那个广州佬讲得对，香港人在这边工资一个月是两三万港币，而内地的工程师每月确实只有一两千，没办法，是这样的。"

蒋大哥见我没说话，又安慰我，说："不过你可能要高些，做主管的应该有两千。行了，比我高了，我才一千四呢，先干着吧。"

我见蒋大哥误解了，赶忙跟他解释，说我不是这个意思，不是嫌少了，是觉得很多了。

蒋大哥看着我，认真地说："你千万别这么说，跟老板没什么客气的。你绝不要说你在家只拿一百多，千万别说！这么远跑来，不就是想多挣两个吗？记住，跟老板别客气。”

蒋大哥如此严肃，由不得我不认真对待。

从蒋大哥那里回来，才三点多钟，我放下行李就去找赖老板，准备立即上手工作。赖老板没在，副经理告诉我，赖老板已经回香港了，要下个礼拜才过来。我问他我的工作是怎么安排的，他抬手看看表，想了一下，说：“行，就算你从今天下午开始上班吧。”那口气绝对是给我一个面子。想想自己以前在国营单位，上半个月报到拿一个月工资，下半个月报到，哪怕是31日报到，也拿半个月工资，绝不像这里具体到哪一天甚至精确到上午还是下午。还没上班，就已经充分感觉到民企的气息了。

副经理告诉我，我的运气最好，老板每周只过来一天，恰好让我碰上了，否则谁也不敢当场拍板录用，至少不可能直接录用做主管，而且如果不直接做主管，要想从下面一步一步提起来就难了。

听了这话我先是一阵窃喜，后又觉得主管有什么了不起，但嘴上却说：“谢谢您了，这全是您引荐的结果。”

副经理说：“今后我们好好合作，我对技术不懂，你是专家了，要好好镇一镇那些香港佬。”

我听不懂是什么意思，不敢说话，甚至不敢点头。

副经理又说：“我主要管行政，五百多号员工，吃喝拉撒睡，还有办暂住证、防火、安全、吵嘴打架、男女关系，整天累死，老板还是不满意。他也不想想，香港佬一天到晚都干了什么，凭什么人工比我高那么多？”

他这么一讲我更不敢说话了，心里老是想着陈秉章对我说的话。

晚上加班，从晚饭后一直加到十点。在后来的几天里，天天加班。我感到很震惊，这怎么行？金属都有疲劳强度，何况人呢。既然让我管生产，我决定解决点实际问题，就从这个问题入手。

那几天晚上，我一个车间一个车间地看，一道工序一道工序地检查，又仔细分析了复印的订单和写字楼下达的任务表，发现一个问题：只要生产安排得当，同样的生产任务完全可以在正常工作日内完成，根本用不着加班加点！这一发现使我很激动，但我还是忍住了，没跟副经理说，甚至没有对陈秉章说，我有一个小心眼，生怕别人分享我的功劳。后来的发展证明，小心眼是有害的，不仅害人，也害自己。

我偷偷地写了份报告，并且附上包含劳力和设备合理利用在内的开工计划表。我盼望着星期二快点到来，我要向赖老板献一份大礼！事实上，人有点小心眼或好大喜功的心态很正常，但任何缺点都不能过分，一过分就是致命的。星期二那天，赖老板从香港来了，赖老板甚至还专门找到我，问我工作怎么样，生活是否习惯，我一一做了回答，可就是没有将那份附有计划的报告直接交给他。我的小心眼甚至小到老板的头上！我居然怕赖老板会将功劳窃为己有。现在想想觉得可笑，但当时我确实就是这么想的，也是这么做的。可能是我刚从内地国营单位出来，还带着在那种环境中长期养成的思维方式吧。

下午开会，赖老板说了许多鼓气的话，大意是说香港写字楼那边又接了很多订单，要我们这边加紧干，说准备还要再加两条生产线。我这时候才知道公司在香港那边还有写字楼，并且公司主要业务是香港写字楼那边接的，我们这边实际上是个生产基地，难怪老板一星期只过来一天。

赖老板说得很认真，也很费力，因为他为了照顾我，不得不用他不习惯的普通话来说。我很着急，生怕他说完之后就散会，如果那样，我就没有表现机会了。好在赖老板还算民主，讲累了之后便问我们有没有要说的。先问副经理，副经理说了关于招聘的事，说广告登出去之后，已经收到全国各地的应聘信七十几封，其中大学毕业并且做过这一行的有十五人，待遇要求符合我们希望的有六人，看是不是从中挑三人通知来见工。赖老板笑着点头，并没有表态。他接着又问几个香港师傅有没有什么要说的。几个师傅你看看我，我看看你，然后又一起摇摇头，表示没有。不知道是不是陈秉章的话先入为主的缘故，这时候我感觉他们像是一群在墙根下面晒太阳的农民，猛然碰见一个来问路的，他们谁也答不出来一样。赖老板这时候问我，我其实已经等不及了，赶紧把自己早已想好的和盘托出，并且还双手呈上报告与计划。

赖老板对我好像格外客气，在问我有没有要说的时候，笑的幅度本来就比刚才大，听了我的发言笑度越来越大，后来又慢慢变得严肃，当我的材料递给他之后，他已经变得完全严肃。不仅他变得严肃，而且几个香港师傅也很严肃，只有副经理的面部表情很复杂，看不出是紧张还是幸灾乐祸。这样安静了好大一会儿，赖老板板着脸说："作业去吧。"我不知"作业"是干什么，但看大家都往外走，也跟着走。心里有点失望，赖老板没表扬我，甚至没有讨论一下我的方案。

我来到化验室。化验室的陈秉章现在是我唯一能说说话的人。这里普通员工的素质实在太差，我没想到深圳工人的素质比我们那里差那么多，简直没法沟通。前两天我上生产线了解情况，偶尔发现一个女工有点模样，至少看上去不太土，于是找个理由上前攀谈几句。这个有点模样的女工果然比一般的女工胆大，她问我："你会说白话吗?"我说不会。她又问："你会说潮州话吗?"我说不会。她说："噢，我知道了，你是客家人!"于是，不到半天时间，五百多工人全部都知道他们新来的主管是客家人。当天晚上，居然还有几个客家妹来到我宿舍门口，要认我这个客家老乡，差点就把陈秉章笑死。

我把刚才会上的情况对陈秉章说了，问他是怎么回事。陈秉章沉默了半天，说："你闯祸了!"

我很紧张，马上就想到了炒鱿鱼，想到我被炒了鱿鱼之后该怎样向蒋大哥解释，怎样对老婆说。我问："怎么闯祸了?"

陈秉章没说话，先是看着我，然后又走过去把化验室的门关上，这才回过头来，说："你来之前赖老板就说过这个问题，和你提的一模一样。赖老板说现在的工作量五百多人工根本就不需要加班，但香港师傅就是要搞成天天加班，天天加班他们就可以和工人一样天天拿加班工资，一个月上万呢！他们跟老板说这里的工人其实是乡下来的农民，素质差，五百人抵不上香港的二百人，赖老板说二百人做这些活也不用加班。他们为这事还吵过。这下好了，你一说，老板有根据了，你看吧，马上就有好戏。”

这时候我开始安慰自己，说：“这是纸包不住火的事情，就是我不说，老板心里也有数。再说，公司马上又要进来几个大学生，他们来了也会看出问题，也会说的。”

“要来大学生？”陈秉章紧张地问。

“是啊。”

“什么时候来？”

“很快吧。”

“几个？”

“三个吧。”

“有没有搞化验的？”

“不知道。”

我豁然发觉陈秉章其实蛮在意这份工作。

6

第二天，赖老板又回来了，并且带来一个女的，蛮漂亮。我觉得有点奇怪，怎么昨天刚走今天就回来？是不是带来个女客户？我跑到化验室问陈秉章，陈秉章说这下真有戏看了，说不定要炒人，炒香港人。我问怎么说。他告诉我，这个女人姓唐，内地人，以前是沈阳市文工团的，后来去了香港，现在在赖老板香港的写字楼工作，与赖老板的关系很不一般，赖老板最相信她。她今天和赖老板一起过来，估计应该与我昨天提交的那份材料有关。

陈秉章还告诉我，赖老板以前在潮州是有一个乡下老婆的，而且还有一个女儿，偷渡到香港后，又找了个老婆，他就是靠这个香港老婆发财的，现在倒好，又跟这个唐小姐不清不楚。

说曹操，曹操到。我们正聊得有劲，唐小姐款款走来。到底是搞文艺的，一招一式就是不一样，与数百名打工妹形成了鲜明的对比，不要说赖老板喜欢，我看了也不由得有点动心。

唐小姐是来找我的。她对我十分热情，远远地就露出洁白的皓齿，配上鲜亮的衣装，使我感到了一股袭人的力量。

“你好！”唐小姐直接对我说话，仿佛旁边没有陈秉章的存在。

“你好。”我一面回答，一面故意用目光询问着陈秉章，好像根本不知道这女人是谁，为什么与我打招呼。

陈秉章配合得很好，马上向我介绍：“唐小姐，我们公司香港写字楼的。”

这时候唐小姐才不得不对陈秉章点点头，但点头的幅度非常小，像美国的小布什在联大会议上见到了伊朗的内贾德。

我趁机上去与她握手，感觉她的手肉肉的。

“您是新来的丁主管吧?”她也明知故问。

我感受着她手上的温暖，闻着她身上奇特的香味，说：“是是是。”

“我们下去聊聊好吗?”

“好好。”

我们下到二楼，来到赖老板的办公室。此时赖老板不在，赖老板办公室里就我和唐小姐俩人。唐小姐没有坐到赖老板的大班台上，而是善解人意地坐在沙发上，这样我与她离得就很近，谈话的气氛平等许多。我从来没有跟这么漂亮的女人如此近距离地在一起的经历，我能感到自己的心跳，像活塞运动。我是过来人，有老婆有儿子，但我确实还是第一次体会到美女的魅力，是那种让你的心脏像活塞一样运动的魅力。我以前还从没有体验过美女的魅力，就是谈恋爱结婚时也没有美女的概念，我们那个时候那个环境里择偶的唯一标准是学历，女的看男的主要看学历，在同等学历下再看是哪所大学毕业的，比如北京钢铁学院毕业的小伙子肯定比马鞍山钢铁学院毕业的吃香；男的看女的也主要看学历，在同等学力下才考虑漂亮不漂亮。其实考虑不考虑也差不多，当时的女大学生，尤其是学工科的女大学生，相差的只有气质，几乎区分不出漂亮不漂亮，特别丑的估计设计院也不会要，特别漂亮的恐怕也不会来设计院，或者根本就不会学钢铁专业，所以在我们的概念中几乎没有漂亮与不漂亮之分。说实话，我对美女的认识就是从唐小姐开始的。唐小姐是我的“性美学”的启蒙老师。从唐小姐身上我发现，女人的美是一种全面的美，而不像我以前理解的仅仅是脸漂亮。真正漂亮的女人，除了脸蛋漂亮之外，还包括她的身段、走路姿势、一个不经意的小动作、一个自然而然的面部表情、说话的声音、语调、着装、化妆、身上的气味以及说不清道不明的她的身体周围那种不知到底是不是客观存在的某种“气场”。唐小姐就是全面具备上述综合

"美因子"的美女，直到那时我才遗憾地发觉：真正的美女其实早就归进了专业的文艺团体，她们从小就被选进了专业的舞蹈训练班或其他表演训练班，然后就进入专业的文艺团体，这些人与我们以前建设兵团或学校的业余文艺宣传队员有本质区别，说白了，真正的好苗子早被选走了，尤其是我们那一代。这一发现使我认识到自己老婆在这方面的严重不足，许多年之后，我与前妻离了，为的是另一个女人，一个专业舞蹈演员出身的女人，这个人就是我第二任妻子，我不敢确定这件事与当初赖老板手下的那个唐小姐有没有关系，我想，就算没有直接关系，也应该有间接影响。

唐小姐那天其实只与我谈了关于人员招聘的问题。她问我该招几个人，什么样的人。我说可以先招三个人，两个搞管理的，一个搞技术的。她问为什么要招两个搞管理的，不可以技术、管理、化验各招一个吗。我说管理最重要，五百多个人，需要两个人才行，再说搞管理的人本身难管理，招两个好，两个有竞争；至于化验嘛，只是简单的滴定分析和金厚测定，陈秉章一个人就足够了，如果实在要加人或换人，也可以留给新来的管理者去解决，看他们是什么意见。

说实话，我当时是有意护着陈秉章，尽管我知道他做滴定的姿势太难看，明显不专业，但我还是不忍心让他走，留一天算一天吧。

唐小姐似乎被我说服了，接着就取出一叠应聘信，我一张一张地翻着。为节省时间，我只看学历复印件。我发现副经理他们对很多问题没搞清楚，比如他们以为北京师范大学就是北京大学，中央广播电视大学就是中共中央专门培养搞广播和电视的专门人才的大学等等。我没跟唐小姐多解释，只是让她又多拿些应聘信来，我从中挑选了三个人，其中搞技术的那个人是无锡轻工学院电镀专业的，而非他们以前内定的那个北京师范大学化学专业的毕业生。

唐小姐这一次在蛇口待了很长一段时间，其间她也回过几次香港，赖老板也过来几次，但总的感觉仿佛唐小姐是老板，尽管她没做什么，甚至好像都没说什么，但大家都很害怕她，包括几个香港师傅。

唐小姐做事很认真，亲自写信打电话约那三个人来，并且不厌其烦地看我呈送给赖老板的计划，一项一项地核对，一遍一遍地向我请教，有时我们离得很近，我能闻到从她体内呼出的热气，我发现那才是她身上真实的气味，是那种不含香水和化妆品的气味。现在有一种理论，认为这种气味对异性很重要，人可以没有性行为，但不可以不接受异性的气味，否则就会得病。我当时就没有性行为，只能靠唐小姐身上散发的气味来维持自己不生病了。我就觉得自己与赖老板很平等，尽管他是香港人，是大老板，但我和他可以接受来自同一个女人身上的同一种气味。

我一面接受着唐小姐身上的气味，一面向她解释着计划中的问题，在向她解释与指教的过程中，还意外地发现了自己原计划中的几个问题，及时地做了修正。由此我发现，对别人指导的过程也是自己完善提高的过程。

那段时间，赖老板每次过来都对我很客气，这点不仅从脸色上能看出来，就是每次请大家吃饭，赖老板也专门把我叫到身边，仿佛我在公司的地位比副经理还高。我发现香港老板特别喜欢请员工吃饭，当然被吃请的不是一般的员工，而是像我和副经理以及香港师傅们。说实话，每次吃请我都很心疼，想着自己在这里大吃大喝，老婆孩子却在家受苦，所以每次吃请我都想象着我老婆孩子也来了，这种画饼充饥的想法非但没有减轻痛苦，反而更觉得难受，仿佛是借酒消愁愁更愁。有时我甚至想，老板您干脆别请我了，直接把该花的钱给我，我寄给我老婆，让她跟儿子买烧鸡吃。后来，我就真的这么做了，每次赖老板请我大吃大喝之后，我就给老婆寄一封信，里面夹十块钱，让她去买个烧鸡跟儿子和保姆开一次荤。那时我虽然还没拿过一次工资，但基本上不用钱，从家带来的钱也不见少，不在乎十块钱，关键是我有盼头，觉得很快就会领工资，一领就是一两千，几乎是大款了，还在乎十块钱？我在信中对老婆说：“我现在很有钱了，你们尽管往好里吃！”

赖老板很爱吃，也很会吃。我发现他请我们吃饭不见得是为了融洽关系，好像吃就是吃，没什么目的和企图。以前听人说“吃在广东”，我以为仅仅是说广东的菜好吃，当时我还不服气，觉得我们家乡的菜也很好吃，甚至更好吃，我至今都认为天下最好吃的菜其实是我妈妈做的菜。现在跟着赖老板吃多了我慢慢悟出：“吃在广东”还有一层含义，那就是广东人（包括香港人）其实很“好吃”，不仅正餐要吃，广东人的喝茶其实也是吃，而且能吃得很饱，并且每天不是喝一次茶，而是喝好几次茶，比我们那里正餐都多，早上有早茶，晚上有晚茶，另外还有中午茶、下午茶，还有的茶楼干脆提出“二十四小时全日为您服务”。

我和赖老板在一起当然不全是吃，事实上，他与我在一起讨论过关于工作方面的各种问题，包括技术问题。有一次他对我说，镀金不难，难的是既要有很好的结合力，又要有很好的光泽。他说就表壳镀金来说，其实就是在不锈钢表面镀金，而不锈钢表面镀金是最难的，因为不锈钢表面有一层氧化膜，这种氧化膜能起到防止金属生锈的作用，但同时也是造成镀层与基体结合力不牢的主要原因。我豁然发觉赖老板其实很有水平。因为从他所受的教育背景看，他能说出这番话来确实很不简单。想想也是，就算他这份产业是靠老婆起家的，但如果他自己不是出类拔萃，一个香港的富家小姐能随随便便嫁给一个内地的偷渡仔吗？再说，就是给了他一个起步平台，如果他自己不争气，也不会有今天的气候。从他将工厂迁到深圳这一步看，至少他的眼光是很准的。

赖老板有一次对我说，他现在非常忙，他的主要业务在香港，所以很少过来，他想把经理的位置让出来，还说他准备公开选拔经理，要我也参加竞选。我听了后明显感到身体里的血液往上涌，但嘴上却投其所好地说：“我看唐小姐就不错，对公司很忠诚，做事不唬。”赖老板这时候普通话仿佛大有长进，他好像完全听懂了我说的话，愣了一会儿，说：“不行，唐小姐要负责香港写字楼那边的工作，那边的订单大部分靠她。”我又说：“香港那边不是有您吗？”

他笑笑，笑得很天真，像个大小孩，摇摇头，说：“不行，我今后要经常过内地这边来，我准备在关外搞一个大的工业区。”我问：“公司准备搬到关外吗?”他说：“不，搞大工业区是搞房地产开发，搞起来后出租给人家开工厂，就像我们这间厂，就是租用蛇口鱼工贸的。”他还告诉我，关内已经没有地皮了，就是有也留着做商业用地，不会用来做工厂，还说现在香港老板来深圳都喜欢在关外开厂，因为关外人工更低。

我不明白，为什么有工厂租给别人，而自己却又要租别人的厂房，在内地我还没听说过厂房可以租的。

那时候我同样也没有听说过房地产开发这个词。后来的发展证明，赖春泉在商业运作上确实是有远见的。随着像他自己这样一些本来在香港根本就不起眼的小老板在内地的迅速崛起，越来越多的香港和台湾小老板跑到深圳来，借助于这边改革开放的东风，及在劳动力、厂房租金、税收、环保征收、辅助原料及生活费用方面的低成本，不用几年就一个个成了大老板。这些人过来都是要租用厂房的。刚开始是深圳特区内，比如像赖老板自己，后来是深圳特区外，也就是所谓的“关外”，就是赖老板现在打算在那里建工业区的地方，再后来就是东莞，由香港向内地逐步推进。

赖老板有时正和我说着话，手机响了，他取出来，打开翻盖(比蒋大哥的那种先进，蒋大哥当时用的还是砖头块似的“大哥大”)，迅速往楼顶上跑，边跑边对着手机里大喊，喊什么我听不懂，但肯定是谈业务的，不是电镀业务就是开发工业区业务。我不知道该不该跟着他跑，好像跟不跟都不好，只好跟在后面走，隔一段距离，等我到达楼顶时，他差不多正好打完电话，然后他问我刚才说到哪里，等我告诉他后，我们接着说。有几次，赖老板干脆把我叫到楼顶上说话，这样，一旦手机响起，他随时接听，非常从容，再也不用狼狈地奔跑了。现在回想，赖老板当时用的手机一定是香港的，蛇口与香港隔水相望，香港手机在蛇口的楼顶才能用。

赖老板与我很少谈他个人的事。关于他个人的事，我是从陈秉章和工人们那里听来的。厂里有许多跟赖老板一个村的人，有些还是他的亲戚，比如赖德能、赖德龙、赖德宝等等，我甚至怀疑赖老板这一辈是春字辈，他的下一辈是德字辈。果然，我在员工登记表当中发现了有一个叫赖春盛的，我问赖德龙，赖春盛是你叔吗？他说，可以这么说吧，赖老板还是我叔呢，有什么用？赖德龙告诉我，这里姓赖的都是一个祖宗，有的还是很近的亲戚，比如赖春盛就是赖德宝的堂叔，但亲戚不一定就会得到照顾，得到照顾的亲戚也不一定就真心为他卖命。从赖德龙身上，我发现自己以前的看法有偏差，五百多工人中，素质并非一般齐，有那么多素质差的，也必然有几个甚至几十个素质高的，比如赖德龙，至少比那些以为全世界就只有说白话、潮州话和客家话三种人的女工素质高许多。后来，在我当上经理之后，我真的将赖德龙提为工段长，还将另外一个说客家话的小伙子调到化验室学化验。这些自是后话。

赖德龙告诉我，赖老板家成分不好，所以“文化大革命”期间受压迫很惨，他就与人结伙偷渡去了香港。但去香港的人未必都能发财，事实上，当初他们大队（现在是村）一起去香港的有十几个人，最后混出头的只有赖老板一个人，还有一个李生，现在跟着赖老板做，混得也可以。我问哪个李生，赖德龙说就是前两天与老板一起来的那个李先生。我问李先生为什么叫李生，赖德龙笑，他说香港人就这么叫，李先生就称李生，王先生就称王生。我一想，还真是这么回事，香港人说话能省就省，比如“早晨好”，香港人就只说“早晨”两个字，反正大家都知道是那个意思就行了。其实内地也是，王大明不喊王大明，而是简称老王或小王，但如果你是两个字，比如你叫王明，则别人就喊王明，而不称老王或小王了，因为反正都是两个字，没的可省，不如直呼其名算了。

陈秉章曾对我说过，副经理对赖老板很有些意见，我想不通，现在将赖德龙对我说的与之一联系，似乎有点通了。

副经理和赖老板不仅是一个村的，而且两人是穿开裆裤一起长大的好朋友。当年在一个班时，副经理是个乖孩子，学习成绩好，经常给赖老板抄作业，后来长大了，副经理由于自己乖巧，更由于他父亲是大队书记，顺理成章地进村小学当了民办教师，而赖老板则老老实实地下地种田。而且由于家庭出身富农，生产队不把他当人，什么脏活累活没人干的活都派给他，好事轮不到他，坏事全往他身上推。那时候只有一个人不歧视他，就是副经理。据说，赖老板偷渡之前对自己的父母都没说，但他对大队书记的儿子副经理说了。赖老板有点迷信，他认定成事在天，于是他对他最好的朋友说，如果副经理当时反对他这么做或干脆去检举揭发他，那就说明天意不让他偷渡，他就认了，谁知他这个好朋友听完之后没有任何反应，跟没听见一样，赖老板就偷渡去了，并且一直认为是命中注定自己一定会成功的，结果就真的成功了。

今天在蛇口恒基公司里，赖老板和副经理之间的这段历史一直是工人们经久不衰的话题，并且有好几个版本。一种说法是副经理这人天性就四平八稳，事不关己高高挂起，他与赖老板虽然是好朋友，但好朋友是不是偷渡与他没关系，所以他没反应。另一种说法是副经理很狡猾，他是故意装着没听见，假如赖老板偷渡成功了，并且将来发达了，他没反对没揭发就是支持，就有功，就有资本沾光；如果偷渡没成功，被抓了，他没任何责任，对政府可以说是他根本就没听见，私下对赖老板还可以说，你看，我什么话都没说，还不是要你三思吗？还有一种说法最离奇，说其实副经理当时听了之后立刻就考虑自己是不是跟了去，但天生优柔寡断的性格使他一时拿不定主意，所以没来得及反应。

不管是哪一种说法，反正赖老板与副经理二人的关系不一般，反正后来赖老板衣锦还乡时第一个就找副经理，要他辞去那狗屁民办教师，跟他出来干一番事业。依副经理的性格，是不会轻易“下海”的，但他经不住身边人的怂恿，特别是看着以前靠自己关照的赖春泉摇身一变成了香港大老板，连县长都屁颠屁颠地跟在后面，多少也激起他体内雄性荷尔蒙的膨胀，加上他当时正为“民转公”的事闹得很不顺心，于是就跟着赖老板来到蛇口，干起了现在这个副经理。

副经理对赖老板的不满主要集中在个人待遇上。副经理的工资是每月两千五百元，这个工资待遇与我当时在设计院相比是高得惊人了，相当于一个国家甲级设计院里二十名工程师的工资！相对于副经理自己来说，那更是不得了，就算他当时顺利地“民转公”了，每月工资才七十二元，一个月抵好几年了，按说，副经理应该相当满意了，其实不然。问题出在一个“比”字上。中国有句古话，叫作“人比人得死，货比货得扔”。这话谁都知道，赖老板知道，副经理也知道，但知道归知道，比还是照比。赖老板给副经理的待遇是拿他跟国内的人相比的，这样比起来他给副经理的待遇就很高很高；副经理拿他的待遇跟香港师傅相比，这样一比他的待遇就很低很低，比香港一个卖冰棍的老太太都低。要说他们二位谁都没错，所以结怨就越来越深。赖老板之所以要按国内的标准比，因为你副经理本来就是中国内地人，而且是内地贫困地区的乡下人，深圳户口也是赖老板最近出钱给解决的，即使按深圳的标准，每月两千五百元也不算低的。副经理之所以要跟香港师傅比，因为恒基公司本来就是港资企业，副经理事实上等于是这个港资企业的负责人，所付出的劳动和对公司贡献远远大于公司里任何一个香港人，就论与赖老板个人的交情来说，他也远远深于任何一个港籍职员，难道就因为自己没有香港居民身份，就一定要在待遇上比自己的下级低十倍?！既然说到待遇，还不仅仅是工资，就是吃饭，还是在副经理几乎翻脸的情况下，通过唐小姐调停才争取到与港人同等地位的。其实在当时的情况下，两千五百元和两万五千元对副经理来说反正都是用不完，但教书先生出身的副经理咽不下这口气，要不是他天生平和的性格，恐怕早就闹翻了。

尽管副经理是个能沉得住气的人，但他对赖老板的强烈不满还是偶尔会表露出来。副经理有两个表露方式，一是消极怠工，本着我拿多少钱干多少事的精神，只管行政，不管生产，甚至于有时候希望生产上出问题，他躲在一边看笑话，反正你赖春泉花了那么多钱请了几个香港师傅，管我什么事？二是脸色铁青，副经理是不会轻易发怒的，一旦发怒就脸色铁青，据说副经理与赖老板在一起经常脸色铁青。直到今日，我仍然记得副经理脸色铁青的样子，事实上，每当我用到“脸色铁青”这个词组，我的脑中马上就浮现副经理当时的样子。副经理面色洁白，温文尔雅，脸一泛青就格外有震撼力，使我过目不忘。

7

选中的三个大学生最后来了两个，一个搞技术，一个搞管理。搞技术的那个人太认真，一天到晚拿个笔到处记，以至于唐小姐认为他是对手派来偷情报的，要不是我力保，差点就被炒鱿鱼。搞管理的那个小伙子姓王，叫王逸群，是大连工学院化工系毕业的，而且，毕业之后正好赶上美国一所大学在他们那里搞了一个 MBA 班，幸好，我懂英文，知道 MBA 是工商管理硕士的意思，感觉人才难得，既懂化学，又学过工商管理，到电镀厂来抓管理不是非常对口吗？所以，我极力主张请他来。说实话，我还真从他那里学到了许多东西。虽然他们那个班只有三个月的课程，并没有颁发硕士学位，但是有关管理学的一些基本术语和知识还是学了，所以，我也就从他那里学到了一些东西。但是，这小子太自以为是，甚至有点神经兮兮的，一会儿一个考古新发现，发现一个问题，哪怕是一点小问题，一定要咋咋呼呼，必须将我、副经理、唐小姐三人全汇报到，只恨不能飞过香港直接去跟赖老板汇报。刚开始我还能忍受，想着年轻人工作热情高不是坏事，就是有点想表现自己也可以原谅，只要不过就行，但他实在太过了，后来不仅我烦他，连忍耐性极好的副经理也时不时地脸色微青。我像是自己犯了错误，因为这个人是我极力推荐的。唐小姐虽然没说什么，但估计她心里也有看法。从表面上看，她不动声色，仍然那样笑吟吟的，继续扮演着马科斯执政期间菲律宾总统夫人尼梅尔达的角色，只是比尼梅尔达更年轻，更漂亮，更具魅力，对全厂女工更具榜样作用，对我们有更直接的吸引力，但她肯定已有想法。果然，这一次唐小姐回香港几天，然后与赖老板一起过来，带来重大决定：炒掉那个搞管理的，选举产生公司经理。

看着那个热情、自负、狂妄、好大喜功、神经兮兮的小伙子自己提着行李昂首挺胸地走出大门，我豁然有一种兔死狐悲的感觉。说炒就炒了？我们有没有给他一点点机会？比如认认真真地跟他谈一次话，提醒他应该注意哪些地方。没有，一次也没有，只是背后摇头，没有谁给他提出哪怕是一点点善意的忠告，甚至于见他神经兮兮的反而幸灾乐祸，暗自为少了一个竞争对手而高兴。我这时候才感觉到了老板厂的残酷，这种残酷就是只给你一次机会，决不给你第二次。这种残酷今天发生在这个小伙子的身上，没准哪一天就会发生在我们自己身上。

按照赖老板的意思，公司经理将由公司全体员工投票选举产生。赖老板为何要搞这个动作我不得而知。是有意给副经理敲警钟？是他确实认为应该有一个得力的经理来掌管公司日常工作而同时又觉得副经理不能胜任？还是他心血来潮赶时髦借此来装装“民主管理”的门面或借此来增强公司的凝聚力？不管他是出于何种考虑，反正这事牵扯到我，赖老板是打算打我这张牌。

我当时的心情很复杂，一方面，本能地感到这对我不见得是好事，我来公司的时间太短了，还没树立起真正的威信，此时参加竞选，十有八九我会落败；另一方面，我又确实很想当这个经理，当上经理工资待遇就能提高，在公司也会安全些，不会像那个王逸群一样说炒就被炒了。通过“下海”这些天的实践，我的思想也起了变化，以前我就知道“劳心者治人，劳力者治于人”，但一直以为搞技术搞专业是劳心者，比如工程师、教师、医生、作家、画家等等以脑力劳动为主的都是劳心者，而做工做农的人是劳力者，比如种田的、种地的、打铁的、剃头的、扛包的、买报的、开车的等等以体力劳动为主的都是劳力者，现在我发现这种认识是大错特错了，我终于开了窍：只有统治者或管理者才可称其为劳心者，其他一切劳动者包括体力劳动者和脑力劳动者都是劳力者。我回想起自己在设计院的遭遇，我们要定个高级职称那么困难，很多老知识分子信誓旦旦地表示绝不为三斗米折腰，但到时候还是为高级职称低头，而那些管理者，比如人事处的计划处的政治处的甚至是工会的，则一个个轻而易举地评上高级管理师、高级经济师、高级政工师，还有他妈的说不清楚的狗屁高级某某师。这就是所谓的“劳心者治人，劳力者治于人”。我要当劳心者，要当经理！我现在要做的就是如何竞选胜利，管他赖老板是怎么考虑的，取胜总比落败好。决心已下，我开始付诸实施。

候选人三个，副经理、我，还有一个要从自由报名者中筛选。但就是这个自由报名名额，其产生过程比选举公司经理本身似乎还要复杂。刚开始是没人报名，动员了半天也没用，为这事我还专门跟陈秉章谈过，希望他参与，但陈秉章的反应相当冷淡。我发现他不仅对这件事冷淡，而且最近对我所做的一切都比较冷淡，似乎有一种冷眼相看的味道。我在什么地方得罪他了？或者我什么地方让他看不惯了？不知道。我也不打算细想这个问题，现在我的首要任务是争取竞选当上公司经理，这对我很关键。我也找过赖德龙，他笑着说：“丁主管别拿我开心了。”我说赖老板这会儿是真想民主一回，机会难得，管他能不能选上，就当是丰富一点人生经历也好。赖德龙不领情，依然将头摇得像拨浪鼓。我有点着急，觉得这样一来不仅赖老板难看，我们也觉得没意思，更主要的是我觉得如果只有我和副经理两个候选人，那以后还怎样相处？我们老家有个俗语，“一个人不喝酒，两个人不赌钱”，两个人赌钱，你赢我多少我输你几个一清二楚，有什么意思？

正当一筹莫展之际，生产线上一个说客家话的小伙子到写字楼报了名。公司大概是为了消除尴尬或是为了吸引更多的人来参与，当晚就在饭堂门口出了红榜，宣布自愿报名参加竞选者的名单。尽管所谓的“名单”上只有那个小伙子一个人，却也印证了英格兰那句“It’s better than nothing”（好过没有）的谚语。我当即找小伙子谈了话，发觉他确实蛮有思想，至少能对答如流。我问他是哪里人，他说他是梅县人，说客家话的。我说外面传说我们公司只招潮州人，怎么我发现还是有几个客家人？他说是的，是只招潮州人，我们是副经理老婆家的亲戚，副经理老婆是我们客家人。我问他是什么学历，他说高中没毕业就去了海南，他家有个亲戚在海南的国营农场，他在那里干了一年，才通过副经理老婆的关系进了公司。最后，我问他为什么要报名，他说好玩，他知道他不可能被选上，但也不会因此而有什么坏处，说不定还能有什么好处呢。

他说得对，真有好处，由于他给我留下的印象不错，特别是他要求上进的精神和他的见多识广以及说话的逻辑性，促使我在上任经理后将他从生产线抽调到化验室学习化验。

红榜还真管用。公司在饭堂门口张贴“名单”的第二天，又有几个人报名竞选经理。没出三天，报名人数竟达三十六个。唐小姐宣布截止，就在这三十六人当中选一个作为候选人参加竞选。唐小姐把我叫到赖老板的办公室。赖老板不在的时候，他的办公室就是唐小姐的办公室。我们坐在沙发上，看着人事部送来的三十六张用工表，仔细地挑选着，看了一会儿就觉得这样不行，看不出名堂来，这些资料和上次管理人员应聘资料不一样，没个性，差不多，于是我建议把这三十六个人全部叫到会议室，大家座谈一下，相当于“面试”，顺便鼓励鼓励，说不定还真能发现几个可教之才。唐小姐瞪着大眼看看我，点点头。

座谈会于晚上下班后举行，三十六个“候选”候选人加上唐小姐、副经理还有我，将会议室挤得满满的。唐小姐先是说了一番鼓励的话，然后问副经理有没有什么要说的，副经理笑着摇摇头，表示没有，她又睁大眼睛对我抬抬头，意思让我说说。我说了几句民主选举公司经理这件事的意义，顺便将赖老板吹捧了一番。说企业是我们大家共同的企业，不是老板一个人的企业，所以，关于企业的发展，不是老板一个人的事情，而是我们大家共同的事情，这次民主选举公司经理，就是大家共同决策企业未来发展的具体体现。

当我说这些的时候，全场鸦雀无声，几十个“候选”候选人傻傻地看着我，不知道是感觉新鲜还是根本就听不懂我说的话。或许他们听懂了表层意思，但听不懂深层意思。不过，他们是不是听懂我不是很在意，我在意的是唐小姐是不是听懂。还好，她听懂了，因为我在说的时候，眼睛的余光分明看见她一直在微微地点头。我说完了，她又使劲地点了两下头，然后才让这些“候选”候选人们一个挨着一个发言。从他们的发言情况看，这些有志于竞选公司经理的人实在是良莠不齐，既有像生产线上那个客家小伙子一样能说会道的，也有自始至终连说话都没敢抬头的潮州妹。我略微感到遗憾的是，赖德龙没报名，这说明还有些有能力的人并没有报名参加竞选。最后，唐小姐确定检验组组长作为正式的候选人。该组长是个三十出头的女同胞，看上去精明能干，气质不错，以前是赖老板他们村的妇女队长，现在公司里很多人还是喊她“队长”，她丈夫也在公司上班，是赖老板的远房亲戚。我对唐小姐的选择很赞同，虽然是假民主，但也要演得像，否则就适得其反，再说既然是民主选举，三个候选人中就应该有一个女同胞，毕竟，五百多人的工厂里有差不多四百名打工妹，没个女同胞不具代表性。

我对自己当选经理是有信心的。从整个公司管理结构上说，既然赖老板要将主要精力放到大工业区的开发上，蛇口的工厂就必须找一个生产行政一把抓的人，唐小姐或许能够胜任，但香港写字楼那边离不了她，副经理对赖老板有情绪，就是没情绪，他也不懂生产管理，现在的生产实际上是没人管，任几个香港师傅搞，而这几个香港师傅说到底就只能是做师傅，其文化程度和管理水平还不及国内国营厂的一个正儿八经的张师傅或李师傅，香港师傅的法宝就是哄着工人们干活，为此，他们经常不惜自己掏腰包请工人吃夜宵，或干脆多报加班，让工人们高兴，副经理对此完全是闭两只眼，不幸灾乐祸就算品德高尚了。如果这次我当经理，赖老板就有了两只手，一只手是分管香港写字楼的唐小姐，另一只手是分管蛇口工厂的我。想到自己即将与美丽绝伦的唐小姐平起平坐，心中荡起温馨的激动。

那几天我一直想着怎样才能确保万无一失。说实话，我没有绝对的把握，因为绝大多数工人我都叫不出名字。我找来工人的花名册，带着花名册每个车间每条工段地跑，争取能一口叫出组长及骨干的名字，最后，我动用了绝招：给全厂每个工人寄去一张能够参加抽奖的亚运会明信片！我选择的时间恰到好处，工人们头一天晚饭时收到明信片，第二天就参加投票。我知道如今人的感情浅，必须现炒现卖，否则过期作废。那一天晚饭时，我成了明星，每个工人都热情洋溢地对我打招呼，饭堂里，“丁先生”“丁主管”不绝于耳，赖德龙那帮人更直接，干脆喊起了“丁经理”。

投票的结果没有出人意料，我顺利当选。我特意注意到副经理的表情，他的脸色正常，丝毫没有铁青色，十分坦然地带头鼓掌，对我点头微笑，这反倒使我不安起来，不知是副经理的涵养特好，还是设计好了一个陷阱在前面等着我。

上任后，我即刻对生产编制与班制进行了调整。整个工厂按生产流程划分为三个工段，分别叫作一工段、二工段和三工段。一工段负责加工件的开箱、清洗、上架、除油、打磨抛光、喷蓝油及夹具的制作与维修；二工段负责电镀，包括酸金、水金、厚金和化验室；三工段负责产品的检验、包装、出货。在班制安排上，将每个工段的上下班时间错开半小时，这样既解决了工人在同一时间涌向饭堂和洗澡间带来的诸多不便，又能每天节约一两个小时的通风照明用电。以前香港师傅负责生产，要开工一起开工，要下班一道下班，而事实上，从开箱清洗到电镀起码要等半小时，从电镀到检验又要等半小时，这样就天天造成窝工，还白白浪费水电。下班情况也一样。我做了这样调整后，工人们普遍反映很好，香港师傅也不得不点头称是。

在人员安排上，提拔赖德龙为第二工段的工段长，调那个说客家话的小伙子到化验室。我对陈秉章说，随着订单的增加，又要新开两条生产线，唐小姐本准备再找一个学化验的大学生，我觉得不必了，这小伙子由你带着就行了。陈秉章好像没理解我的良苦用心，并不领我的情，仍然不冷不热的样子。对于那个“妇女队长”，我让她“恢复原职”，学着大学里学生会的做法，让她担任女工部部长，但是业余的，本质工作还是第三工段的检验组组长。工厂有差不多四百名女工，大多数是没有结婚的打工妹，有个大姐关照她们一点是完全必要的。

赖老板在选举工作完成后就匆匆去了香港，那边有更重要的事情在等着他。唐小姐在蛇口也只多留一天，听了我的想法，她没说好与不好，只是关照我有什么事要多与副经理商量，并要副经理多支持我。根据唐小姐的要求，所有这些事情，事先我都征求过副经理的意见。其实，就是唐小姐没这样要求，我也会这么做的。副经理对我的一切做法都完全赞同，而且还帮我解释这么安排的理由，这使我很感激他，我没想到副经理的胸怀这么开阔，同时又隐隐约约感到有什么不对劲，但到底哪里不对劲，我不知道。

8

当上经理后，我的工作台也从四楼搬到了二楼，也就是搬进工厂的写字楼。这样，我就认识了赖晓芸。

赖晓芸是赖老板的侄女，在公司做报关员。我以前就听人说过，说她很青春亮丽，光彩照人，并说谁要是把她搞到手谁就成了公司的二老板了。这些当然都是说说而已，谁也没当真，我更没把这话当回事，我早结婚了，有老婆有孩子，就是真有这样的好事也轮不到我。

赖晓芸成天泡海关，回公司的时间少，即使回来了，也不到生产线来，所以我根本就没见过她，也不知她到底漂亮不漂亮，因为工人们的漂亮标准与我可能不一样。

那一天，我正在埋头画进度表，她一弹一弹地走到我面前，甜甜地说："丁经理，你好！"凭声音的甜度和普通话标准度我就知道是她。抬起头，我明知故问："你是……"

"赖晓芸。"她说话间脑袋一晃一晃，大眼睛一闪一闪，一束大马尾巴左右摇摆，十分顽皮。我心里暗暗一惊，不是惊她的漂亮，说实话，她远不及唐小姐漂亮，我吃惊的是她的洋气。在我的想象中，她有可能漂亮，但绝不会洋气，相反，我认为她应该是很土气，你想想，他们村妇女队长也就那个样，她能洋气到哪里？就是漂亮，也应该是"土漂亮"，但事实上，赖晓芸的确很洋气，一点不像农村长大的，难道后天的培养能改变一个人骨子里的土气？也未必不可以，我父亲就是农村长大的，现在还能看出土气吗？

我故意摆出长辈或领导的样子，放下笔，身子向后仰一仰，右手小幅度地用力一挥，说："坐，坐。"

赖晓芸在我对面坐下，但头并没有静止，马尾巴还在摆，大眼睛还在闪。说实话，我立刻就喜欢上了她，但对她喜欢的感觉与对唐小姐不同，仿佛有点长辈对晚辈或上级对下级的那种关爱。

"你功劳不小呀，"我尽量找些与自己身份相符的话说，"我们公司的货物进出关一向很顺，这都是你赖小姐的功劳呀！"

"怎么，"她说，"你想给我发奖金啊？"

"我手里那点钱，全给你你也未必看得上呀。"

"那你全给我看看。"

我们这样你一句我一句地聊着。突然，我觉得不妥，这个赖小姐太扎眼，我们这样上班时间在写字楼里不咸不淡地聊天不是那么回事。我故意看看表，说："不好意思，我要去车间看看。"

她反应很快，"啊，影响你工作了。"

我说哪里，与你谈话本来就是工作嘛。

她又那样顽皮地微微低下头，偷偷地朝两边看看，伸伸舌头，眨眨眼，走了。

那一天我走在生产线上特别有精神，颈子绷得直直的，感觉自己极像个军队首长，而且是大首长，因为小首长对士兵没那么亲切。

晚上睡在床上，我想到了老婆孩子，继而又想到了唐小姐，想到了赖晓芸。假如说唐小姐像一个熟透了的水蜜桃，那么赖晓芸就是个冰清玉洁的青苹果，那么老婆呢？老婆是什么？我不知道。

睡梦中，赖晓芸顽皮的神态，使孤寂的夜充实着温馨的风。

赖晓芸对我存在着一种吸引力，她那开心顽皮无忧无虑的样子对我是一股清新的风，使我暗地里对她有一种期盼，盼望她天天出现在我的视野里，如果哪一天没有出现，我就有点烦躁不安，心情不好。好在她从来都没有让我失望，总是在我刚开始表现烦躁不安时及时地在我面前出现，仿佛我们已经心有灵犀。

我曾担心这是我自作多情，对此我还真认真思考过。我拿她与唐小姐做过对比。唐小姐比赖晓芸更漂亮，而且我们之间接触也更多，我怎么对唐小姐没有“自作多情”？我想，即使是自作多情那也是互相的，既然是互相的，那还叫自作多情吗？为了证实，有一天我强烈地克制住自己，从早到晚都在生产线上转，坚决不下写字楼，连吃饭都让陈秉章替我带上来，累了渴了就到化验室去。化验室现在是我的根据地。自从陈秉章无意中表现出对这份工作的很看重以来，我一直在暗暗帮他，为了帮他，我将那个将客家话的小伙子安排进化验室，并要搞技术的小伙子来化验室“协助”陈秉章一起指导他，其实是让陈秉章也跟着学学，陈秉章嘴上硬，暗地里也偷偷地学，现在一招一式像样多了。尽管陈秉章表面上对此好像并不领情，但我知道他爱面子，表面上不领情是不愿意承认他很在意这份工作，其实内心应该是感激我的，所以我就有资格把化验室当成自己的根据地。

下午五点钟，她来了。她像没事一样一走一跳地在三楼转了一圈，又从三楼转到四楼，而此时我正在四楼，我从化验室的窗户往外看，这个窗户正好能看到整个工业四路，如果赖晓芸出去，我应该能看到。

赖晓芸一进来，化验室的空气立刻就被激活了。陈秉章与一般的打工仔不一样，自认为是知识分子，是白领，因此他敢拿赖老板的侄女开玩笑，如果他不开玩笑，那就证明自己胆怯，就把自己混成普通的打工仔了。

“公主稀客，怎么今天有空下来体恤民情了？”陈秉章眼睛和手都在忙着测金厚，嘴巴却不肯闲着。

我没回头，仍然看着窗外，但老远地就感觉到她来了，心跳随着她那独特的脚步声临近而逐步加快。

赖晓芸没接陈秉章的话，她身子留在门外，只把头伸进来，几乎毫不掩饰地对我说：“你今天忙什么呀？怎么一天没下写字楼来？”

她直接用“你”而不称“丁经理”，说明她在心里已经把我们的关系升格了，这使我很感动，也有点激动，于是实话实说：“我在看。”

“看什么?”她有点迫不及待。

“看你是不是从这条路上走出去。”

“那又怎么样?”她问。

“如果现在你从这条路上走出去，我就对你使劲招手，你能感觉到吗?”我几乎忘了旁边还有两个人。

旁边的这两个人一下子沉寂了。化验室被激活的空气此时又陡然凝固。我注意到陈秉章的手豁然停顿了几秒钟，然后又恢复常态，好像什么事都没发生。

确实还没发生什么事。

9

给赖老板打工快两个月了，还没拿过一分钱。老板厂与国营单位完全不是一回事，到国营单位上班，不到一个月肯定会领到工资，而且数量一般会超出你的期望，除了工资本身就多不就少以外，多少另外还会有一些奖金、附加工资、加班工资或节日费之类，绝对量虽小，但感觉蛮好。老板厂就不一样了，老板厂要押一个月工资，也就是这个月的工资要押到下个月才能拿到，到下个月还不是月头，而是要挨到中下旬。

我是盼望着快点拿工资的，这样至少我会知道自己到底拿多少钱一个月。这不仅是我关心的问题，也是我老婆关心的问题，她问过几次了，“你工资到底一月多少？”我没法回答，她没法理解。有时候，我真想跟赖老板好好谈谈这个问题，但赖老板非常忙，最近很少来蛇口，即使来了也是忙得不得了，我找不出一个适当的时机来谈这件事。有时恰好只有我们俩在一起，似乎可以谈了，但那种气氛仿佛是油，我这个问题仿佛是水，实在融不到一块儿，只好作罢。再说，赖老板早已有言在先：人工的事不用我操心，我只要把事情做好就行了。既然这样，如果我再问，不是显得我很小气吗？

如果拿到工资，第一件事是给自己买几件衣服，特区不比内地，气候不对，气氛也不对，有些衣服在马鞍山穿着蛮好，在深圳好像就穿不出去了，而特区的人有可能更浅薄，内地人常常犯以貌取人的错误，深圳人常常犯以衣取人的错误，穿得太差太土了还真不行。这不仅是我的面子，也是赖老板的面子，你想想，如果别人小瞧了赖老板的公司经理，他有面子吗？当然，现在回过头来看，是不是当时心里有了赖晓芸而表现为“男为悦己者容”？

如果拿到工资，我要好好请一下蒋大哥，要请他全家，他在我最需要别人帮助的时刻帮助过我，我一定要涌泉相报。

如果拿到工资，我要为老婆从香港买回一枚戒指。老婆手上戴的那枚戒指太小，是结婚时候我妈妈送给她的，妈妈那枚大戒指还是解放前留下的，我和哥哥结婚时，妈妈跑到南京将自己的戒指一分为二，打成两枚，送给我嫂嫂和我老婆每人一枚。一枚改两枚，当然大不了。虽然老婆从来没说什么，但他们室同事的戒指都比她的大，于是我就觉得对不住她，就一直想给她买个大的。这么想着我又觉得对不起自己的母亲，老婆戴个小的还觉得不够意思，母亲把自己的全部奉献给了儿媳妇该怎样呢？于是我又想着，干脆给老婆和母亲一人买一个，这不就两全其美了？不行，给母亲买而不给丈母娘买那还了得？要买都得买。我有那么多钱吗？应该有的，你想想，副经理的工资是每月两千五，经理怎么着也得三千吧？而且据我了解，深圳公司里经理与副经理的工资一般都要相差几倍。我不要太贪，不要想着工资是副经理的几倍，更不要与香港师傅攀比，希望越大失望越大，我还是实际点，三千就够了，一月工资我就可以将老婆、妈妈、丈母娘的戒指全买了！我要唐小姐帮我从香港买，买香港周大福的，周大福的金货我在内地就听说过。你想想，当我老婆、我妈妈、我丈母娘她们同时戴上我送给她们的香港周大福金店的货真价实的大戒指时，那是一种什么感觉？我父母怎么看我？我岳父岳母怎么看我？我哥哥姐姐怎么看我？我小舅子怎么看我？我以前在设计院的那些同事怎么看？我想好了，不能小气，尤其是这种用一辈子的东西，我一定要买大点的，好看点的。

盼望领工资的不是我一个，这几天在生产线上，我常常时不时地听见工人们谈论工资的事。有一天我到第三工段，那个女工部长还专门问我：“丁经理，这个月出粮不耽误吧？”我当然回答不了这个问题，像我这样在老板厂打工的经理，说实话是老板要你管的事你就要去管，不要你管的事你就不要去管，比如工资的事就不是我能管得了的。但我还是爽快地回答："误不了。"仿佛工人们的薪水已经在我的腰包里，我说发就发。我心里蛮高兴，工人们都关心出粮了，说明工资快发了。

工资虽然还没发，但我已经获悉一些对我十分有利的消息。那一天赖晓芸告诉我，厂里已经做工资表了，是香港写字楼通知这边做的，并说过两天赖老板过这边来时签了字就发，而且电话通知里专门说了，丁经理的工资不要做，丁经理的工资由香港写字楼发。这对我来说真是一个天大的好消息！我的工资由香港写字楼发，而据我所知香港当时劳工的最低标准是每月四千五百港币，也就是说，我的月薪至少在四千五百元以上，大大高于我的预算。此时我唯一有点不安的是我拿这么高工资会不会对副经理造成一种伤害，我不理解赖老板为什么不能像对我一样对待对副经理，是不是远香近臭？我甚至有些担心这么多钱我该怎样用，干脆让老婆也辞职算了，想想，一个月四千五，一年就五万多，差不多相当于我在设计院干一辈子了！

我非常激动，激动得差点在赖晓芸的身上有亲热的举动，但嘴上却说，钱不是最主要的，关键是干得开心，赖老板这样信任我，我得把工作做得更好才是。

我这样说当然是考虑到赖晓芸是赖老板的亲侄女，但也是说的心里话。中国人信奉士为知己者死，赖老板待我这么好，这么信任，让我完全没有后顾之忧，让我一年可以挣一辈子的钱，我多做点工作还不是应该的吗？

"你做得还不好呀？"赖晓芸说。按她的意思，我做得已经尽善尽美了。

"还不好。"我说。

我不是谦虚，我说的是真话，只有我自己知道我做得不好，不但不好，甚至还很对不起赖老板。

恒基公司是做香港钟表镀金业务的，两头在外，生产过程中的一切原料均来自香港原料行。这种镀金原料是很昂贵的，但目前却浪费惊人。赖老板并不清楚，我清楚，我不仅清楚原料浪费惊人，我还知道造成这种浪费的根源在哪里，并且懂得如何解决，但我没告诉赖老板，也没自己着手解决，所以我说我做得不好，我对不起赖老板。赖老板那么器重我，给我这么高的工资，而我却因为自己所谓的哥们义气没有及时地杜绝这种浪费，我实在有愧！

有那么一刻，我差点就将这些情况对赖晓芸和盘托出，但我忍住了，我在对赖老板忠诚的同时，也应该对陈秉章忠诚，至少，我要事先与他沟通一下，否则就太不够朋友了，甚至有对朋友落井下石之嫌。我知道，爱面子的陈秉章其实是很在意这份工作的，如果他真的像他嘴上说的那样无所谓，那我早就换人了，毕竟，电大中文系毕业的陈秉章是根本不能胜任目前这份工作的，赖老板要是换成我，我宁可每月白白给他一份工资，也不能让他负责化验室。电镀厂的化验室相当重要，生产线上的金液兑加量完全凭化验室的指令下，六条生产线，每月几百万的原料费呀！由于不懂，为了保险起见，目前陈秉章采取的是“油多不坏菜”的办法，多加一点金液反正没坏处，这种办法当然行，但就要多用原料，造成极大的浪费。我初步算了一下，目前每月大约浪费二十万人民币！赖老板和唐小姐他们对电镀液化学成分控制一知半解，加上生意好做，赚的总比浪费的多，公司也没有一套科学的财务成本控制系统，所以他们对这个问题一直也都没在意，他们只知道从香港进来的是金液，不是金块，因此就很安全，不会有人偷去打戒指，其实，金液比金锭更贵，浪费起来更惊人！每月二十万是保守的估计。而且，再往深里想一想，浪费多了对谁有好处？对原料行，而原料行是陈秉章哥哥开的，陈秉章很在意这份工作，到底是在意这每月一千多块钱工资，还是在意他哥哥原料行的生意？我不敢再往下想了，陈秉章是我的朋友，我不能把朋友想得太坏。

我忍住了，我没对赖晓芸说，我要先找陈秉章谈谈，等与他谈通了，我再向赖老板做详细汇报。这是大事，弄不好会影响到赖老板与陈秉章哥哥的关系，我要慎之又慎才对。再说，我担心自己与陈秉章很可能会谈得不欢而散，如果那样，我还会坚持原则吗？如果坚持，肯定会彻底得罪陈秉章；如果不坚持，谁也不知道，大家相安无事，但我心里会觉得对不起赖老板。这时候我的思想有点乱，我甚至想，如果赖老板对我不要这么好就好了，比如他没有直接从香港写字楼给我发工资，而是对我和对副经理一样，只给我两三千一个月，比如……不行，只给两三千我就不坚持当经理的原则吗？不行，不管怎样，我一定要找陈秉章开诚布公地谈谈，如果他明事理，我会替他遮着，并对他妥善安排；如果他执迷不悟，我就对他不客气，甚至开除他！赖老板对我太好了，假如在他和陈秉章俩人中我必须得罪一个，我只有得罪陈秉章。

决心下了，心情也就愉快了。借着这种好心情，我第一次，没想到也是最后一次，约了赖晓芸。

10

对女人我是越来越不懂了，二十岁左右的小姑娘如今似乎比三四十岁的妇女更容易开通。我是无论如何不会去约唐小姐的，但我敢约赖晓芸。说实话，不是我想“勾引”她，恰恰相反，我觉得如果我再不主动约她我就太不绅士了，甚至觉得太委屈她了。男人女人的关系如果到了心有灵犀的程度，男人还装糊涂，再玩深沉，那本身就是一种不道德。要是真深沉就别让感觉发展到这个程度。我与赖晓芸双方的这种感觉是互相的，分不清你我，也分不清主次。

我已决定主动约赖晓芸，哪怕只是做个姿态。我希望她找个理由拒绝我，那样我就解脱了，没有负罪感了。但她没有拒绝我，我有一种被逼上绝路的感觉。

那天下午，我看着赖晓芸的背影，拨通了她的电话。

“别回头。”我说。声音是哈出来的，绕过声带。

“好啊，工作时间打私人电话。”她用同样的发声方法说。

“公事。”

“什么公事？”

“我看公司的报关员很辛苦，需要放松，晚上特意请她爬南山。”

话筒里传出被压抑的笑声。

“六点半，工业七路口。”

不容她反应，我即刻挂上电话，抓起劳保手套上了生产线。虽没回头，但我能感到她灼热的目光照射着我，脊背上热烘烘的。

山没爬成，第一次“约会”当然也就夭折了，而且是永远地夭折，因为再也没有第二次机会。深圳太吝啬，连约会都只给一次机会。

我刚从三楼转到四楼，赖晓芸就在众目睽睽之下追上来，老远地就对我招手，我没再装矜持，笑着跑过去，“啪”的一个立正敬礼，大声说：“公主，有何指示？”我觉得越是在人多的地方我越应该表现得自然些，这样反而不会引起别人怀疑。我以为她会被我逗得笑弯腰，谁知她只是非常勉强地挤了点笑容给我，说：“老板来了，叫你。”

心情是相互传染的，下楼时，我的兴奋期已过。我问她：“你怎么不高兴？”

“没什么。”她说。

我已经找不到任何感觉。

“老板来得真是时候，你看，想请你爬山都不行了。”我只好自找台阶。

她没任何表情，仿佛我说的事与她毫无关系。

赖老板已经在工资表上签了字，并嘱咐他们今晚就发。老板虽然说的是我仍然听不懂的潮州话，但两个月的耳濡目染，结合当时的场景，我居然明白他说的是什么。

“灯辣阿。”赖老板一如既往，见到我就马上开玩笑似的打招呼，并像个大孩子开心地笑，满脸灿烂。赖老板的气色很好，气色好就代表生意好，老板的生意好我们就跟着好。老板对我好我就感到心中有愧，因为我还没有将目前每月浪费二十多万金液的事及时向他反映。

“晚上一起吃饭。”赖老板已经改用普通话。我发现老板的普通话大有长进，不知是这几天忙着在关外开发工业区与内地这边人交往多了，还是专门为了和我交流，不管是哪种情况，我都很感动，对赖老板也更佩服。

“好，好。”我说，“我去将工作安排一下，干脆不加班了，反正要领工资，大家也不会有心思作业，出了次品更麻烦。”

适应是互相的，没想到我也自然而然地把工作说成了“作业”。老板对我的话几乎没有反应，还是那样灿烂地笑，那意思仿佛他还没笑够，需要继续笑，或者是他觉得生产安排是我的事，他根本不用操心，就像他说的人工的事情不用我操心一样。

那顿晚饭自然与往常不一样，表面上比往常热烈，但热烈中隐藏着沉闷。总的来说是有人欢喜有人愁。欢喜的当然是我。赖老板刚才已经将一本存折塞给我，并且一个劲地跟我解释，说我刚来，少点，以后会慢慢给我加的。我不好意思当面打开看，但我马上就想起我第一天来时他反复向我做的解释：伙食很差，不好意思。我就笑，老板问我笑什么，我说钱多少不是最主要的，关键是要干得开心。说得赖老板很开心。等老板转过身与别人说话时，我还是忍不住偷偷地拿出存折，迅速地展开看了一眼，我的乖乖，九千!! 我赶紧藏好，生怕丢了，心里一阵狂跳。

愁的是许师傅。这餐饭算是对许师傅的送行饭，上的第一道菜就是炒鱿鱼。鱿鱼经烈火一炒，立刻反卷，暗示卷铺盖走人。我有点同情许师傅，只有我知道，其实最该炒的不是许师傅，而是陈秉章，但老板不知道，老板可能是看陈秉章工资那么低根本就不值一炒吧。当然，如果我将事实真相对老板讲清楚了则另当别论。但我还没说，因为我还没找陈秉章谈，不知怎样开口，不过，明天我是肯定要说的，冲着这九千块一个月我也要豁出去，否则还算是人吗?

借着酒劲，许师傅红着脸对我说：“阿丁，记着，你比我更惨!”

我现在是经理，一个“师傅”这样对我说话当然让我难下台。我甚至感到委屈，因为说到底，他的离去并不是我的意思，应该是老板早就有这个想法了，一直没有找到合适的机会，现在正好有机会了而已。这么想着，原来心底里对许师傅那点同情也荡然无存了。

倒是副经理顾全大局，赶快把话岔开。其他几个香港师傅低头喝酒吃饭，对我不冷不热，非常有克制。

赖老板只陪我们吃了一会儿就提前走了，这一幕他没看到。我想，如果赖老板在，或者唐小姐在，许师傅就不会说了。如果那样，这顿饭我会吃得好过些。但他们都不在，这让我怀疑唐小姐是不是有意回避，要不然唐小姐这次怎么没跟赖老板一起过来呢？我现在盼望唐小姐过来，她过来我就请她帮我从香港周大福那里买三个大戒指，老婆一个，妈妈一个，岳母一个。

晚饭早早就散了，我找到电话亭先给老婆报个喜，又给妈妈报个安。以前我打电话总是长话短说，今天说得特别多，都拿九千块一个月了，还在乎这点电话费吗？有人说穷人和富人的区别主要在生活方式，我认为生活方式还是取决于经济基础，有钱人和没钱人的生活方式当然不一样，比如打电话。

长途打完后，我又给蒋大哥打了个短途，告诉他我要请他们全家吃饭。蒋大哥问你发工资了，我说是的。他说拿了钱也不要乱花，留着。我说乱花不了，多着呢。他说多少，我说九千，他愣了一下，而且愣的时间蛮长，然后说：那也不要乱花。我说好，我不乱花，但大哥还是要请的。他又愣了一下，说实在要请星期天你买点菜回来，让你嫂子做吧。

晚上回到宿舍，我忍不住再次打开存折，再仔细看看。

这是一本香港渣打银行的活期存折，与内地这边的不太一样，但存折我还是能看懂的，尤其是上边的阿拉伯数字。不看不要紧，一看吓一跳，怎么上面写的不是9000而是900.00?！如果我眼没看花，那么我的工资不是九千，而是九百！岂不是笑话？我的工资是九百？还不如赖德龙？赖德龙这个月连工资带加班费总共还有一千一呢。我傻了，好在我已经是一个五百多人的香港公司经理，现在是一个人住单间，如果还是像以前那样和陈秉章两个人住，还不被他笑死？

我的第一个反应是我搞错了。我对自己看阿拉伯数字的能力产生了极大的怀疑，我急需要证实。这么晚了怎么证实？香港渣打银行在蛇口是有一个分理处，但现在肯定是关门了。我把化验室那个说客家话的小伙子从床上拧起来。我自认为有恩于他，这时候在这个问题上他比陈秉章可靠。小伙子进门后，我把存折给他看看，问他是多少，小伙子很疑惑，说这个你还看不懂，九百嘛。我问有没有看错，小伙子把存折凑到眼睛上，再仔细地看了一遍，然后眼睛离开存折，看着我，摇摇头，说没有，这怎么能看错。他又问我："你怎么了，丁经理?"我说没什么，你回去睡觉吧。

小伙子回去睡了，我却怎么也睡不着。我不相信这是真的，肯定是弄错了，那小伙子的话能信吗？他见过香港的存折吗？明天上午我要溜出去一会儿，借辆自行车，去渣打银行分理处去把钱取出来，管它是多少，全部取出来不就什么都明白了嘛。想着想着我慢慢地迷糊起来，迷糊间我来到银行，银行的小姐见我是个大客户，对我十分热情，专门为我准备了一个大袋子，装了满满一袋港币给我，我一看，怎么这么多？不是九千，是九万！怎么是九万呢?！我一高兴，抓起一叠钱给银行的小姐，银行小姐一眨眼变成了赖晓芸，赖晓芸"啪"地一把打掉我手中的钱，说："呸！谁要你的臭钱!"温馨灿烂的赖小姐一下子变成了样板戏里的女英雄。我吓醒了，一头汗。

第二天我来到银行，接待我的果然是位小姐，但远不如赖晓芸漂亮，至少不像赖晓芸那么甜。我有点失望，但还是递上存折。

"全取了。"我说。

小姐愣了一下，说："先生，最好留十块吧，这样好保留存折。"

我说行。

"填张单吧。"小姐说着递给我单据。

"填多少?"我问。

小姐这一次愣了半天，还是礼貌地替我看了存折，说："填八百九十元。"

为了尽快兑现请蒋大哥的客，路上我就将这八百九十元港币兑换成了人民币。当时港币与人民币的兑换比例是一百港币换七十四人民币，我用这八百九十块港币共兑换了六百五十八块人民币，差不多正好就是化验室那个被我提拔上来的小伙子一个月的工资。比赖德能少，也比陈秉章少。心想，幸亏我还没有来得及开除他。

我找到副经理，非常严肃，说：“我找你谈点事。”

副经理马上站起来，说：“什么事？”

“找个安静的地方吧。”

我们来到赖老板的办公室，关上门。赖老板和唐小姐不在时，我们从来没进过这间办公室。今天我走进这间办公室，怎么也寻不着昨天的感觉。

我故作平静地对副经理说：“我要走了。这段时间假如有什么冒犯，还望谅解。”

“你要辞职？”

“是的。”

“不要这样，千万别跟香港佬一般见识，别看他们是香港人，狗屁不通。”

“不不不，”我说，“与许师傅无关。”

“到底是怎么回事？”他不解地问。

我几乎哭了，将脸背过去，掏出那本存折和刚才兑换的六百五十八块人民币。

副经理接过去看了半天，什么话也没说，脸色铁青，比我以往见过的任何一次都青，青得可怕。

副经理铁青着脸抓过电话，嘀嘀嗒嗒地按了一通号码，还没等对方接，又挂了，重新按了一组数字，等着对方接。赖老板办公室里很静，我能听见对方是唐小姐在“喂，喂”。

“丁经理要辞工。”副经理说。

“为什么？”

“他工资才六百多。”

“六百多？不对吧？不是九百吗？”

“九百港币就是六百多人民币。”

“他要多少？”

“你们认为一个五百多人的港资公司的经理应该多少?!”脾气一

向极好的副经理终于发火了，不是为他自己，而是为我，为他自己的竞争对手。

“你叫他先别走，我马上上来。”

唐小姐在下午下班前赶到工厂。她的突然到来使很多人颇感意外，因为据说她总是上午来，下午下班前赶来还是第一次。

唐小姐一如既往，对我特别热情，老远地就展现了一排洁白的皓齿，加上鲜亮的服装，透着一股袭人的力量。

“对不起，”唐小姐甜甜地说，“是我搞错了，赖老板说是九百人民币，被我粗心弄成港币了，马上就给你补上。”

我看看副经理，副经理铁青的脸还没变回来，我指着脸色铁青的副经理说：“你听到了，她马上补给我。”

副经理还没说话，唐小姐抢着说：“对，这就补。”还是那样迷人地笑。

“快补吧，补完我就走人。”

说走就真走了。赖老板给别人只是一次机会，我给赖老板也只是一次机会。他可以将香港人和内地人看作两种截然不同的高级动物，可以按不同的人格标准来区别对待，而我不这么看，我觉得是同样的，是平等的，大家都只有一次机会。

我本来可以每月再为他节省二十万的，只需他付给我合理的工资。但我走了。也许在今天看起来我当时不必走，九百人民币也不错，而且赖老板已经说了要加的，比如三个月之后加到一千二是完全有可能的。但当时我确实是走了，因为当时是走到那个份上了，走到那个份上了就很难回头。人类很伟大，但是作为人类一分子的个人却很渺小，他们常常表现为身不由己。我感叹人生有时候就像在高速公路上开车，错过了一个路口，就只有硬着头皮往前走，没办法回头，除非一直走到下个路口。当然，最主要的是我当时有退路，如果没有退路，或许我就会采取另外一种处理方式。

这个退路就是孔祥儒。

11

在赖老板那里的两个月里，我只休息过一次。前面说过，吃住都在工厂里，真正做到了以厂为家。作为一个管理者，只要不出厂就是在上班，无所谓休息不休息，反正有事就叫我，半夜被叫起是常有的事情。不要说是生产上的事情了，就是生活当中的事情也常常如此。前几天，一个女工睡到半夜突然大叫，说有人强奸她，大家都闹醒了，我去检查了一通，见门窗都是好好的，十几个女工一个房间，怎么“强奸”呀？几百个女工，大多数是未出过远门的乡下妹，像这样半夜惊醒的事经常有。

我说的“休息一次”其实就是去广州那一次，那一次算是真正的休息。就是那一次，我认识了台湾的孔老板。

我有一个同学在广州，从地图上看，广州和深圳几乎就是挨在一起。我在恒基公司稳定下来后，就给这个同学去过信，他回信说让我有空去广州玩，我就去了。去的时候是在南头坐的大客车，回来时乘的是火车，因为听陈秉章说从广州来深圳如果是乘汽车则路上很可能被“卖猪仔”，也就是车走到一半被人赶下车，说车不走了，乘客另上一辆车吧。我当然不愿意被当成猪仔卖，于是回来时就乘火车。

火车上相当挤，挤着挤着就有人吵起架来。这好像已经成了规律，没什么可奇怪的，反正不管什么原因，挤到最后必然有吵架的。但我天生喜欢看热闹，这些天在恒基公司做经理，成天装腔作势，压抑得够呛，好不容易放风一次，当然要回归自然。于是，我拼着命往里挤，车厢里的人以为我是他们中哪一方的，倒也自觉地让开一条道，那意思是希望我过去后能给本来不怎么旺的火添把柴，这样他们看起来更过瘾些。我当然也不愿意辜负同胞们的殷切希望。

挤到面前一看，才发现自己的重要，如果我不来，这戏还真演不下去了。二比一，怎么演？二的那一方是两个香港人，说着满口白话，大声地指责一个矮矮胖胖活像癞蛤蟆的人。我不知癞蛤蟆犯了什么罪，只觉得他怪可怜，结结巴巴说不出一句整话来，但有一条是肯定的，他讲的是普通话。这下我找到帮他的充足理由了，我最看不惯富人欺负穷人，特别是香港的富人欺负我们内地的穷人。我正在想着怎样介入，突然，得势不让人的香港佬掏出一个小牌牌，抵到癞蛤蟆的眼前，那意思他是香港皇家警察，如何如何。眼看癞蛤蟆就要求饶了，我一步跨上前，“啪”地掏出一个小绿本本，举手空中一晃，以比他更高的分贝吼道：“香港警察有什么了不起?！谁给你的权力在这条路上执行公务的？我怎么不知道?”一句话，把两个香港人镇住了。二位先是一愣，看看我的小本本，继而收起他那个小牌牌，满脸堆笑，像汉奸见了日本鬼子。癞蛤蟆见有人挺身而出为其撑腰，顿时来了精神，“嗖”地从座位上站起来，尽管站起来也不高，但胸脯挺得蛮高。癞蛤蟆说了句整话：“他们打翻了我的饮料，不道歉，还要我赔他们衣服。是不是欺人太甚了？”俩香港人说了一堆我半懂不懂的话。我说：“好了，吵什么吵？他能故意把饮料往你们裤子上倒吗？车上人挤，大家包涵点嘛。”香港人还要说什么，我说：“好了好了，你们走你们的吧。”二位不知是真是假的“皇家警察”灰溜溜地走了。

等他们走了，我才故意大声说：“香港警察有什么了不起？这里也不是香港。”

我猜想周围的内地人一定觉得很过瘾，我要的就是这效果。

癞蛤蟆很感激我，坚持要把座位让给我。我说不用了，到了。

我和癞蛤蟆一道走出深圳火车站。他问我去哪里，我说回蛇口。他说顺路，我送送你吧。想着刚才帮了他，有一种有功要受禄的感觉，于是随他上了的士。

刚才我在皇家警察面前亮的那个小本本是我在解放军国际关系学院上学时发的，上面的“中国人民解放军”几个字很管用，买票上车都优先，所以我一直带着，没想到今天在这里派上用场了，心里一阵窃喜。但这种小本本与“皇家警察”手里的小牌牌一样，事实上是经不起细问的，好在并没有人细问。刚才“皇家警察”没敢细问，现在癞蛤蟆也不好意思细问。癞蛤蟆这时候毕恭毕敬地递给我一张名片，上面写着“台湾宏大公司孔祥儒董事长”。

“啊，失敬失敬，原来你是台湾的大老板呀!”

我这时候才发现他与我们大陆人是有点不一样，比如皮带系得很低，将整个肚子凸显出来，仿佛是我儿子刚刚学英语，将英文字母“D”字写反了。

“哪里哪里，孔祥儒，小企业，做自行车花鼓的。”

人不可貌相。自以为聪明过人的我没想到有眼不识泰山，差点把台湾的大老板看作是癞蛤蟆。此时我觉得应该将错就错，故意装傻，继续扮演所谓的豪爽，我学着邓工的耿直，于是故意“实话实说”:“早知道你是台湾人，而且是大老板，我就不帮你了。”

“好!”孔老板说，“我就喜欢你这豪爽性格。要是不嫌弃，你这个朋友我交定了。”

“那我就高攀了?”

“这是缘分。”

“好，一言为定。”

“一言为定。”

我们击掌握手，成为朋友。

孔祥儒让车上北环，说先去他的工厂看看，吃过饭再送我到蛇口。我说好。既然已经是朋友了，去他工厂看看或者吃顿饭当然是好主意。

孔老板的工厂比恒基公司差多了。在关外的凤凰冈村，一个不大的小二楼，前后空地用铁皮围成厂房，铁皮房与小二楼融为一体。

楼上的一半是写字楼，另一半是女工宿舍，楼下的一半是仓库，另一半与前后铁皮房连成一体，构成了一个蛮大的车间。后面的铁皮房还另外隔出一部分做男工宿舍。可见，孔老板是个精打细算的人，真正做到了地尽其用。

孔老板给我的整体感觉是不如赖老板有钱，但比赖老板文化高。一问，果然是在加拿大上的大学，回台湾后先是在他姐夫的工厂干了两年，后来申请了青年创业贷款，加上他自己的积蓄和姐夫的支持，好不容易开了这间小厂，目前主要是立足深圳的台资企业，为台湾在深圳的自行车厂生产花鼓。

“什么是花鼓？”我问。

“花鼓就是自行车轴皮，固定钢丝用的。”孔祥儒边说边拿起一个给我看。

这东西我当然认识，骑自行车骑了十几年了，但以前并不知道它叫花鼓。

那天晚上孔祥儒请我在西乡的一个餐厅里吃的饭。说是吃饭，其实主要是说话和喝酒。我发现他很能喝酒，一直喝到十一点，我说不行了，我要回去，他坚持要打个的士送我。我觉得他才是蛮义气。

后来，他给我打过几次电话，并将他在台湾的电话告诉我，说他一个月只来深圳两次，我要有事找他就打他台湾的电话。但我没给他打过电话，因为没事。

我离开恒基公司前几天又见过孔老板一次，他来蛇口找我，又请我喝酒。我要上班，不敢喝多，他一个人喝，他说台湾人都能喝酒，我问为什么，他说应酬。我问怎么应酬，他说一晚上要连喝三次酒那种应酬。

酒多话就多。那天晚上孔祥儒对我说了很多话，主要是他对现在请的这个经理不放心，并说：“我这个庙小呀，要是你来帮我就好了。”结合我自己面临的实际，很想问一问他提到的那个经理的一些情况，但我当时在恒基公司很有干头，并不想跳槽，所以没敢接话，怕孔老板顺着话请我过去帮他，那样我就很为难了，于是装着没听见。他又问我在这边工资多少，我说三千。那时候赖晓芸还没告诉我我的工资由香港发，否则我准说四千五。

我决定离开恒基后，当场用赖老板办公桌上的电话打给孔老板，一打就通了，我很高兴，对着话筒说：“钱不是主要的，干得开心就行，我已决定这边辞工，跟你干。”

“好啊，”他说，“就怕我这边给不了那么高的工资。”

“别谈工资，”我说，“干了再说吧。”

其实我是在耍心眼。我相信，只要我去了，孔老板怎么也不会给我九百块一个月吧？人不都是讲“比较”吗？孔老板认为我在这边拿三千，除非他不要我去，只要要我去，绝不会只给九百，给九百不符合比较规则。

“你什么时候能过来？”

“就今天，我已经辞工了。”

没办法，我知道这样太急了不好，有些掉价，但我还真担心今晚就没地方住。我不好意思又回到蒋大哥那里。我更担心孔老板那里夜长梦多，先找个落脚的地方再说，不能考虑得太多了。人有时候不能太顾面子，如果我几个月前太顾面子，就不会给蒋大哥打电话求他，如果那样，说不定当天就打道回府了，还能有今天？我发现关键时刻敢于放下面子本身就是一种生存能力，对于我来说，这种能力不是学出来的，而是被逼出来的，我在设计院时没有这种能力，现在有了。

孔老板愣了一下，说好吧，你过去吧，我给张先生打电话，他会安排你的。

“那地方你还认识吗？”孔老板似乎不放心。

“认识，”我说，“不是凤凰冈吗，我打个的士就行了。”

听口气我像是发了财。

是发了财，我刚才结算了差不多三个月的工资。

12

赶到凤凰冈已是六点，天几乎黑了。孔老板显然已经打过电话来，但那个让他不放心的台湾人张先生对我并不热情，甚至还怀有敌意。虽如此，但还是按照老板的意思将我安排在他自己的宿舍里。宿舍的条件比恒基强多了，租用本地村民的一套三居室的房子，张先生和他的女朋友住最里面一间，我被安排在了外间，中间还有一间空着。张先生将我安排进房间，并把大门和房门的钥匙交给我，然后就走了，甚至没为我安排晚饭。

床是现成的，我下去自己买了席子和桶，在街上吃了饭，开始新的生活。

人是很能适应环境的，上次我随孔老板来这里时，一点都看不惯凤凰冈这鬼地方。远，在关外，而且是关外一个蛮偏僻的角落，说到底，这里是农村，而蛇口是城市。转念一想，农村也好城市也好，关我什么事？我是来挣钱的，挣到就好，挣不到就不好，现在既已离开恒基，就别再想蛇口，应该想宏大，想凤凰冈，不管是向前看还是向钱看，都得这么想这么看。

凤凰冈说是一个村，但随着台湾厂的增多，这里也已经有一条不大不小但挺热闹的街道。街道两旁尽是餐馆、发廊、杂货铺。我在小餐馆吃了个一菜一汤，花了十五块，感觉吃的还不如恒基的职工食堂里那“相当差”的伙食。但不管怎么说，总算是吃饱了。在杂货铺里买了床席子和塑料桶之类的东西，回到宿舍三下两下就收拾停当了。接着就是没事，没电视，又没有任何熟人，才八点多钟，实在不是睡觉的时间，只好又来到街上，想着就当是熟悉周围环境吧。

街上依然很热闹，不少打工仔打工女模样的男男女女围坐在大排档门前吃吃喝喝，不时地发出阵阵笑声，我豁然觉得他们比我开心，一人吃饱全家不饿，打情骂俏无所顾忌，不是很开心吗？

我感到自己很孤独。想到此时妻子肯定已经哄着儿子睡了，他们知道我现在的处境吗？看着一户开杂货铺的，夫妻俩屋里屋外地忙着，根本顾不得小孩在满地爬，好像那几毛钱的生意比他们儿子还重要，想到自己不也是一样吗？为了几斗米，离妻别子，千里迢迢，还不如这一家开杂货铺的幸福，他们至少一家人在一起。我羡慕他们！

唐小姐好吗？她此刻是回香港还是留在蛇口？应该在蛇口。听说赖老板在蛇口有房子，我想是真的，不然赖老板来时住在哪里？赖老板不在时，他的办公室就是唐小姐的办公室，由此推断，他的宿舍也应该就是唐小姐的宿舍，不然唐小姐过来时住在哪里？既然蛇口有现成的宿舍，我又是突然离去，唐小姐肯定留在蛇口。不仅唐小姐留在蛇口，而且十有八九赖老板明天就会赶来。我的突然辞职不一定让他们乱了方阵，但起码让他们很丢面子。活该！

赖晓芸现在在哪里？她是念我还是恨我？她对我的那种暗示到底是美女爱英雄还是受她叔叔的指示在考察我监视我？或者她叔叔并没有这项指示，是她自己自觉这么做的？如果那样，那么生活也太令人可怕了。我不想把她想象得太坏，想着她对我的感情还是真心的，要不然，昨天晚上她为什么突然情绪低落？一定是知道我的工资只有九百港币，为我抱不平，同时根据她对我的了解，相信我一拿到这个工资，肯定就会辞职的，所以不开心。但是，如果真是这样，那么她为什么不直接对她叔叔说呢？或者直接跟我谈一下呀，让我事先知道，不至于非常突然，甚至还能事先当面跟赖老板开诚布公地谈谈。如果这样，至少我就不会打电话向老婆报喜，打电话对蒋大哥说我一个月九千块钱工资了，搞得一点退路都没有。我想不通。既然想不通，干脆就不想了。事情已经过去，无法挽回了，还想她干什么？

不想了！

但是，越说不想的事情，其实就越是在想。越想忘记的事情，其实就一直在惦记。现在我就非常想念活泼可爱的赖晓芸。我心口一阵收紧，仿佛突然丢失一件已经到手的珍宝，这才体会到祖国语言的伟大，确实是“心里想”，而不是其他地方想，包括不是大脑想。

要不要明天打个电话过去？我问自己。有这个必要吗？我又问自己。不是想好了要向前看吗？

这么胡思乱想着，我就走到一家发廊的门口，一排年轻的小姐已经对我发出热情的邀请：“先生洗头吧。”

我愣了几秒钟，不明白是想安慰自己还是想惩罚自己，想着好吧，反正洗个头才五块钱，如果花五块钱就能让我忘记赖晓芸，也值得。

我给自己找理由，想着几个月没碰过女人了，唐小姐那里给了我女人的气味，使我不至于得病，现在如果再被年轻的小姐接触接触头皮，身心一定会更加健康。甚至想着应该顺应天意，这条街上就只有餐馆、发廊和杂货铺，既然餐馆和杂货铺都进过了，现在轮到发廊也顺理成章。

我大模大样地走进去，在一面镜子前面坦然地坐下，马上就有小姐为我围上毛巾并开始往我头顶上挤洗发液。洗发液凉凉的，浸在发根蛮舒服。发廊里还有空调，让我浑身凉凉的很惬意。冲这点，五块钱值。说句不怕丢人的话，我长这么大还第一次进发廊。以前在内地只是有理发店，没有发廊，理发店和发廊的区别在于：前者以理发为目的，洗头按摩为辅，后者以洗头为主，理发为辅，而且替你洗头的肯定不是大老爷们，恰恰相反，替你洗头或者说是按摩的必定是年轻的小姐。来深圳后，剃过两次头，就在恒基公司门口搞掂的，三块钱，洗都没洗，剃完就回公司洗澡，还洗头干什么？

想想老婆在马鞍山，逢年过节才花一块五毛钱吹个头，我花那冤枉钱干什么？但今天不一样，今天我身上确实很有钱，多五块少五块根本就感觉不出区别，既然感觉不出区别，花和不花一个样，不如花了；今天还做出了重大决定，我跳槽了；今天我需要平衡一下自己心理；今天我应该犒劳一下自己。

理由充分了，坐在那里也就更加心安理得了，开始真正地享受起来。

说实话，让年轻的小姐在你头上又是揉又是摸，并且小姐的胸部有时还不经意地蹭你一下，不想入非非是不可能的。更难得小姐善解人意，没话找话，说："先生你是刚来的吧?"

"是的。"我说。

"刚从台湾来?"洗头妹问。

"不是，"我说，"你看我是台湾人吗?"

"当然，我一眼就能看出来。"

"那你怎么看出我是刚来的?"

"这街上的台湾人我全认识。"

"是吗?"

"是的。"

我心情好起来。奇怪，怎么一到这里心情就好起来了，至少没有刚才那种孤独感了。我以前不知道发廊具有使人的心情好起来的功能，冲着这种功能，我以后应该多来。

心情好起来话就多起来。我问："你说这街上的台湾老板你都认识?"

"是的，都认识。"

"那我问你认不认识孔祥儒?"

"谁?"

"孔祥儒，孔老板。"

洗头妹肯定被问住了，连手也停了。

“是凤凰冈的吗?”洗头妹问。

“是的。”我回答得非常肯定。

洗头妹又开始洗头，但动作没有刚才有力，速度也一快一慢的，不如刚才节奏均匀。

“嗳，阿萍呀，你认不认识一个孔老板？台湾的。”洗头妹大声地问着她的同伴。那意思不只是问那个叫阿萍的，而是向所有的洗头妹发出询问。所有的洗头妹都你看看我，我看看你，然后又摇摇头，没人知道。

我的心情已经彻底地好起来。我开始笑了，仿佛与人打赌赢了。

这时候，从里面出来一个比她们年纪都更大一点而且更漂亮一点，看起来也更有见识一点的女人。女人笑着问我：“先生，你问的孔老板是我们凤凰冈的吗?”

我说是的。

她又问：“哪个厂的?”

我本不想这么快告诉她，想再考考她们，但这个女人身上有一种特殊的气质，使我猛然意识到她不是洗头妹，而是洗头妹的老板。我觉得不该再开玩笑，于是对她说：“就是前面宏大厂的。”

老板娘笑了，说：“先生你肯定弄错了，宏大厂老板我认识，而且很熟，他不姓孔，姓张，叫张国良。”

我不知道张先生是不是叫张国良，但我想老板娘说的应该是他。我问老板娘：“你说的那个张国良是宏大厂的吗?”

“是啊。”

“是不是高高胖胖戴个眼镜的?”

“是啊。”

“哦，你说张老板呀，我认识，每天骑个大霸王。”给我洗头的那个妹子来劲了，终于长出了一口气，嘴巴和手臂功能全面恢复。

洗头妹说得对，张先生确实是骑了个大霸王。

“他告诉你们他是宏大的老板吗?”我问。

“是啊，”洗头妹说，“这里谁都知道呀。”

现在是我糊涂了，孔祥儒不是老板？张国良是老板？或者他们二位都是老板，宏大公司是他们俩合股搞的？凭我的感觉，孔老板没有说谎，那就是张国良说谎。他为什么要说谎？仅仅是吹大牛还是有其他更大的问题？

13

第二天上班，我按时来到工厂。张先生早晨上班前将工人集合在一起，由他训话。看样子他天天如此，给工人训话时他不像台湾人，倒像是日本人，或者说我以前不知道台湾人对工人训话是什么样子，但日本人的样子我知道，电影电视里都有。

我可以不参加他们训话的，但是想想还是低调点，先给他面子，所以我也和工人们一起列队。他并没有向工人们介绍我，这也不能怪他，他该怎样介绍呢？虽说人不可貌相，但在大多数情况下还是会以貌看人的，所以我参加到队伍里，工人们并没有将我视为他们同类，就像我第一天出现在恒基公司饭堂里时工人也没有谁认为我也是工人一样。所以也用不着张国良介绍。

训话完毕开始上班。我观察了一下，整个生产过程大致可分为三大工序。第一道是备料，第二道是加工，第三道是装配。与恒基相比，虽然行业完全不同，但基本工序却惊人的相似，由此我就发现，几乎所有的加工制造业基本生产工序可能都是一样的。和恒基一样，宏大的关键工序也是在第二道工序，主要设备包括车床和冲床。车床要求精度高，车大了车小了都不行，冲床危险性大，弄不好会出工伤事故。第三道工序虽然设备并不复杂，但技术性要求最强。在恒基公司，对检验工的要求最高，眼神要好，判断力也要强，才可以从满满一板产品当中一眼挑出其中的次品。这里也如此，花鼓装紧了装松了全靠最后这道工序工人的手感。我一个工作面一个工作面认真看了，发现这个张国良生产安排基本合理，明显是个内行，比恒基公司的副经理懂行，文化素质也比那边的香港师傅高些，这从开工前的训话就可看出。

我来到写字楼，张国良冷淡而不失礼貌，随手一比画，说："反正没人，随便你坐哪里。"我说"行，谢谢!"然后就在中间的一张位置上坐下。

张国良说得对，写字楼里是没什么人，整个管理人员就张国良和他的女朋友两个人。也是，五六十人的小厂，两个管理人员足够了，但再小的公司也得有个会计吧？带着这个疑问我观察了几天，发现会计是有的，但是兼职的，兼职会计就是张国良的女朋友。从工作量来说这样做当然没有问题，我看她几天才记一次账，而且通常是张国良在外边有应酬花了一大笔钱之后她才记账，但是从工作关系及财务制度上考虑，我觉得这样不妥，如果张国良不是老板，只是一个打工的，他们两口子怎能一个当经理一个做财务呢？显然不妥，但我没说，不是不想说，是不知道跟谁说。孔老板没来，我也闹不清孔祥儒、张国良二人的关系以及他们二人与宏大公司的关系，说什么说？对谁说？

就我自己来说，在宏大公司的住宿条件比恒基要好，毕竟是享受台湾人的待遇。从这一点看，那个洗头妹至少说对了一半。但吃的就差多了。公司里没有食堂，工人下班后就到马路对面的小餐馆打饭，每份一块五，居然多少还有点肉，我实在不敢吃。张国良和他的女朋友肯定是不会吃这种饭的，说句难听的话，这种饭实在也不像人吃的，其卫生条件之差令人咋舌。事实上，张国良和他的女朋友也不存在吃饭的问题，我见他们几乎天天在外面有应酬，好像很有规律，到时候就走了，从凤凰冈到西乡，骑大霸王也就是几分钟的事。他们的应酬是从来不会叫上我的，好像不是看不起我这么简单，而是有意回避我。为什么要有意回避我呢？我不知道。但饭还是要吃的，我在一个稍微正规一点的餐馆里吃。有时候就只要一个汤，连菜都省了，就是这样，也感觉有经济压力。我给老婆打电话说到这件事情，她说不管怎么说，吃是不能太省的，能不能自己做点，比如晚餐。我觉得她讲得有道理，但我并没有马上就去买锅碗瓢盆，我还没见到孔老板，我还搞不清宏大公司到底是谁的，我还不知道自己能干多长。

我盼望着孔老板快点过来。

在等待孔祥儒过来的那十多天里，我还了解到一个情况。公司除了张国良和他的女朋友外，还有另外一个管理人员，居然还是这间工厂的厂长。厂长平常不坐班，也很少到工厂来，除非工厂发生什么特殊的事。那一天厂长突然回到厂里，传达村里紧急通知，说最近这一带发生霍乱，要我们加强卫生管理，预防霍乱。我一听认为是瞎扯，在我的印象中霍乱是非常遥远的过去的事，此时此地怎会说有就有？但是我非常赞同加强卫生管理，特别是马路对面那些小餐馆的卫生管理，不要说霍乱，就是染上个肝炎也不是小事。

又过了两天，厂长说的话得到间接证实。宝安区卫生部门下来强行发药，每人必须服用二十颗四环素。我从没服用过四环素，并且我知道这药不是好东西，因为我见过四环素牙，但为了预防可能存在的霍乱，只好吃了。厂长自己也吃了。张国良和他的女朋友吃没吃我不知道。

厂长是本村的一位小姐，不但没结婚，据说还没有男朋友。人不错，并没有因为自己是本地人而觉得高人一等趾高气扬，她待我蛮客气，至少比张国良和他的女朋友待我客气，喜欢跟我聊天，谈起香港的四大天王如数家珍。说实话，有这么个厂长经常来聊聊天，我的感觉好多了。美中不足的是厂长的相貌不敢恭维，但这并没有影响我对她的好感。人的感觉可能是互相的，厂长对我印象好像也不错，因为自从我上次与她聊过天之后，她几乎每天下午都来办公室，而她以前是基本上不怎么来的。后来我专门打听了一下，凤凰冈的每个厂都有一个这样的厂长，统一由村里指派，专门协助台湾厂处理办暂住证和社会治安一类的事，我感到像是村里派到厂里的书记。“书记”的工资由各工厂发，不多，好像就一千多一点。“书记”当然不是靠这点钱生活，听说村民们每年都发很多钱，按人头发，在工厂里兼任厂长的工资只能算是外快。村民们另一项重要收入是房屋出租，比如像我现在和张国良住的宿舍。村民每家都有楼，至少一栋，楼高四到八层，不能再高了，再高就得装电梯。

孔祥儒终于过来了。我们喝酒。这次我真喝了，因为这次他是我的老板，他要我喝我就喝，不怕影响工作。其实我也没什么“工作”。要说工作，今天陪他喝酒就是最大的工作，因为喝酒就要说话，说话就是汇报工作。

酒过三巡，我问孔祥儒：“宏大公司到底谁是老板？”

“什么意思？”他并没喝多。

“我问宏大公司谁是真正的老板。”

孔祥儒见我问得认真，他也就认真地回答：“我和我大姐夫都算是吧。但公司是我注册的，我负法律责任，大姐夫的钱算是我借的，我是要还本付息的，所以应该说我是老板。”

“不对。”我说。

孔祥儒透过硕大的镜片看着我，眼球经过镜片放大更加向外凸出，像个大鼓眼泡，与酒后泛红的脸和占去面部三分之一面积的镜片浑然一体，使癞蛤蟆的形象更加名副其实。

“来来来，”我叫过来服务员，“小姐，你知道这里有一个宏大厂吗？”

“知道呀，”服务员说，“就在村头呀。”

“你知道宏大厂的老板是谁吗？”

服务员摇摇头。

“去，把你们老板叫过来。”

不大一会儿，老板来了。老板上来就敬烟，说：“二位老板，有什么不周到的请多包涵。”

我说：“没事，菜不错，我们以后经常来。”

老板说：“谢谢，谢谢！”

我说请你过来是想向你打听个人。老板问打听谁。我说村头宏大厂的张老板。他说张老板有阵子没来吃饭了。我问为什么，老板说："张老板现在生意做大了，天天去西乡吃饭，嫌我们这庙小了。"

我斜眼瞟了以下孔祥儒，继续说："我再给你打听个人。"

"谁？"老板问。

"孔老板。"

"孔老板？"

"对，孔老板。"我说。

老板挠了半天头，说："凤凰冈好像没有孔老板。"

"再想想，"我说，"台湾的孔老板。"

"没有。"老板非常肯定地说，"你要说台湾老板我就敢肯定没有姓孔的。"

我说："听说宏大厂的老板就姓孔，而张老板不是老板，张老板是给孔老板打工的，你知道吗？"

饭店老板看看我，又看看孔祥儒，没说话，头却摇得像拨浪鼓。

我看看孔老板，对饭店老板说："没事了，谢谢。"

孔祥儒没说话，继续喝酒。

我不喝酒了，继续说话。我说如果张国良不是老板，而是你请的经理，那么，他女朋友就不能在公司里搞管理，起码不能管财务，这是最起码的常识。我还建议：请厂长兼任公司会计，工资加一点。并说厂长是本村人，跑不了，而且人也蛮正派。

孔祥儒只是继续喝酒，没说话，也不知他听清楚我说的没有。

第二天上班，孔祥儒什么话也不说，什么事也不做，要来账本，一页一页认真地翻着，还时不时把其中的某一页折叠起来。脸上一点表情都没有，看不出是喜是怒，深不可测。

这几天，孔祥儒交给我一个任务，制定公司的各项管理制度。我照办，一项一项地写，写完了，觉得可以了，再抄一遍。没办法，公司没有打字机也没有复印机，一点不像是台资企业。抄好后交给孔祥儒看，他略微看一看，在上面签个字，说："贴出去。"我就找来胶水，到楼下贴在墙上。几乎是每天搞一个制度，有《卫生管理制度》《考勤制度》《宿舍管理制度》《安全制度》《防火制度》《仓库管理制度》《招工制度》等等。等孔祥儒的账查完了，我的各项制度也制定得差不多了。这期间我还给他提出一项建议：设立董事长信箱，鼓励员工提合理化建议或检举揭发危害公司利益的坏人坏事。为此，又专门加了一项《董事长信箱管理制度》，强调董事长信箱只有一把钥匙，这把钥匙由董事长个人亲自保管，其他任何人不得开启。制度还规定，凡是合理化建议被采纳的，酌情给予奖励，检举揭发也一样。后来的发展证实，还幸亏设立了这个董事长信箱，它至少发挥两次重要作用。

账看完，孔老板的蛤蟆脸变成了驴脸。但他什么话也没说，甚至对我也不说，包括喝酒的时候也不说话，只是有天晚上突然说："明天我妹妹要来。"但是他妹妹为什么要来，来干什么，他都没说，我也没问，别人妹妹来关我什么事？来了以后我才知道，孔老板既没有听张国良的解释，也没有听我的建议，而是按他自己的方式处理问题：让他妹妹来公司管财务。一切尽在不言中。

孔小姐管公司财务后，张国良的脸色难看许多，再也没有以前那样的神气劲了。至此，我完全相信孔祥儒是真正的老板了，而张国良是水货的。真老板有底气，胸有成竹，不需要刻意显示自己的权威，所以就几乎可以不说话，而水货老板底气不足，必须要咋咋呼呼，故意表现出自己有决定权。张国良每天早上集合员工训话就是这个目的。

按道理说，财务工作交出之后，张国良的女朋友就没什么事了，但事实情况恰好相反，我明显感到她比以前更忙了，忙什么，我想不通，还是半月之后董事长信箱帮我揭开的这个谜底。

14

孔小姐到任后，孔老板对工厂似乎放心许多，在我的建议下，通过厂长牵线，我陪着他拜访了村里大大小小的头面人物，又到西乡派出所和宝安县经委走动走动，似乎像是对外说明身份。但张国良和他的女朋友仍然待在公司里，仍然担任原来的职务，我不理解孔老板是怎么考虑的，似乎又觉得台湾人与台湾人之间是蛮讲情义的，不像赖老板对香港师傅做得那么绝。

这一天，孔老板突然对我说：“明天你跟我一起出趟差，顺便回家看看。”我一听能回家，兴奋极了，立即想到了儿子。我发现对我们这种年纪的人来说，老婆孩子都想，但确实是想儿子在先。

第一站是到宁波，深圳有直达宁波的飞机，对方一个小面包已在机场等我们。我发现大陆人对台湾人确实是非常友善的，把我们当成贵宾。

小面包载着我们走了很长时间，差不多有三个小时，才到了一个镇上，镇长书记全都在等我们，宾主先是礼尚往来，然后才谈正题。直到这时我才知道，原来赖老板要从他们这里订货，所订的货就是自行车花鼓，难怪他们如此热情。我很奇怪，我们自己就是生产自行车花鼓的，我们本应该是卖方，怎么摇身一变成了买方了？看不懂，看不懂我就只管喝酒吃菜。但我没喝多，因为我还能听见他们说什么，比如孔老板要求他们在所有花鼓上都要打上“宏大”的印记，那个厂长满口答应，连说了几个没问题。

生意谈完之后，主人很热情，想专门带我和孔祥儒到溪口玩玩，但孔老板好像是公务缠身，对玩不感兴趣，坚持要走。主人好像生怕丢了这单生意，就来做我的工作，说溪口离他们这里只有二十多公里，就等于是家门口了，并说凡是到他们这里来的人没有不去溪口看看的。我想也是，就二十多公里，不去也太可惜了，再说溪口我还真没来过，也想去看看，于是我就对孔祥儒说："还是去吧，溪口是蒋介石的老家，风水不错，去看看会沾点仙气的。"孔祥儒被我逗笑了，说那就去吧。

主人没有说大话，我们沿班溪公路行驶不到半小时就抵达溪口镇，然后步行去了蒋母墓，本来还要去御书亭的，谁知走到入山亭孔祥儒就死活不愿往前走了，他不时地看表，一副焦急的样子，我只好对接待单位的人说："反正以后会常来，有的是机会，这次我们真的比较急，回吧。"话说到这个份上，别人也就不再勉强，直接将我们送到宁波火车站，宾主道别。

车上，我一直在想，孔祥儒这么匆匆忙忙赶往杭州有什么重要的事吗？我没问，他也没说，事实上，关于这次出差的真正目的及行程我一概不知。不知也好，省得瞎操心，反正我就相当于免费旅游和免费探亲吧，问那么多干什么。

在到了杭州几个小时之后，我才知道他这么急急忙忙赶到杭州的真正目的。原来是找小姐。我有点不理解，找小姐那么急干什么？他倒坦诚：苏杭出美女嘛。我想完了，下一站肯定是苏州。这样我回到家的日子肯定又得往后推几天了。

到杭州的那天晚上，我们在华侨宾馆安顿下来之后，孔祥儒要我陪他沿湖滨路走走，我提醒他："这种事在大陆是违法的，你还是小心点。"

走着走着孔祥儒不走了，他发现了一个目标。说实话，那小姐无论穿着打扮还是气质，我看与一般的人没什么两样，孔祥儒怎么就知道她是做这一行的？难道他有灵感？我又仔细观察了一下，要说有什么特别，那就是这位小姐是只身一人，而其他女孩几乎没有只身一人的，要么有女伴，要么有父母，要么有男朋友，要么有兄弟姐妹陪着。我马上就想，幸亏我没有女儿，要是有，肯定不让她晚上一个人出门，不然很容易被人误解为特殊工作者。

孔祥儒与女孩手挽手了，我就只好与他们分开，但我并没有走远，怕有警察突然出来把孔祥儒抓起来。我发现自己不知不觉地成了孔老板的保镖，而且是个很称职的保镖，直到孔老板与那个女孩手挽手进了我们投宿的华侨宾馆，我都一直远远地跟着，生怕会出什么事，比如女孩的同伙突然出来敲诈一笔。

事实证明，我的担心不是多余的。因为就在他们进入宾馆之前，我发现除了我之外，另外还有两个人也在跟踪他们。我非常警觉，同时因为孔老板是台商身份，因为我身上有那个小本本，所以我居然一点也没有害怕。不但不害怕，甚至还有点兴奋，觉得自己总算发挥作用了，又觉得自己很像阿尔巴尼亚电影里的地下游击队。我绕到后面，突然出现在那两个人的面前，低声但底气十足地问："干什么的?"

两个人竟然愣住了，足足过了十秒，其中的一个才露出笑脸，讨好似的对我说："哦，没干什么呀。"

"没干什么?"我诈他们，"没干什么那女孩怎么说她认识你们?"

两个人显然是被我的胸有成竹镇住了，你看看我，我看看你，都挤出非常谦虚的笑脸讨好我，其中一个胖点的说："我们其实相当于那个女孩的保镖呀。"

"行了，这里不需要你们保什么了，你们走吧。"

两个人不急不慢地晃走了。说实话，我不知道他们到底是干什么的，或许他们真是只相当于那个女孩的保镖，但有一点可以肯定，他们不是警察，这点我早就看出来了，警察不会这么无聊跟踪这么长时间，要是我怀疑他们是警察，我也不敢主动靠上去的，相反，我会阻止孔老板把那个女孩带回宾馆。

虽不是警察，我还是不放心。他们二人晃走之后，我马上就回房间，敲门，我对着门小声说："是我，开门，有事。"

我在外面等了一会儿他们才开门，孔老板连衣服都没穿好，或许他认为是我，没必要穿好。我问那个女孩：“那两个男人是谁?”她说没关系，自己人。

我弄糊涂了，难道小姐真配保镖?

第二天一早，我还没起床就有人按门铃，我以为是服务员，心想杭州的服务员怎么这么差，便没有理睬。门铃继续响，突然，孔祥儒从床上弹起来，光着脚跑过去开门，我觉得很反常，爬到床那头伸脑袋一看，我的妈呀，还是昨天那个小姐！小姐今天穿了件紫色灯芯绒上装，一头齐耳的短发，看上去比昨天晚上年纪大一点，但更加不像是做那种事的，反倒像一个人民教师。

孔祥儒见到她来了很高兴，说：“你真来了?”

“是啊，”那女的说，“说话算话嘛。”

“好，好，好。”孔祥儒一口气说了三个“好”，仿佛还不过瘾，又对我说：“你看，这女孩多好，说话算话，昨天答应今天当我的导游，今天一大早就来了。”

我说：“你们去吧，我想睡觉。”

“一起去，我们把房间退掉，不回来了。”孔祥儒的口气不容商量。

我们提了行李，到楼下退了房，花二百三十元租了辆车，上路了。

在“导游”的带领下，先是沿西湖兜了一圈，断桥残雪、平湖秋月、苏堤春晓、花港观鱼、三潭印月一路走马观花。我坐在前面相当于保镖的位置，孔老板和那个女孩坐在后排。他们好像情义未尽，又加上断桥红楼的联想，居然当着我和司机的面，一路卿卿我我不堪入目。我真的觉得不好意思，只好学着司机的样子，目不斜视，眼看前方。

中午在春江楼用餐，“导游”帮我们点了糖醋熏鱼，孔祥儒赞不绝口。春江楼的菜好吃，服务也周到，用餐完毕，还赠送礼品，有檀香扇、杭州二十四景扑克牌、西湖风景明信片。孔祥儒对这些小礼品个个爱不释手，我和司机都说我们不要的，全给你吧。“导游”更聪明，对领班说：这位朋友是台湾来的，很喜欢你们的这些有特色的小礼品，能不能多给几个？领班看看孔祥儒的大蛤蟆眼镜和反“D”字形肚皮，确信孔祥儒是台湾同胞，并为他的爱国热情所感动，破例送了一大盒小礼品，孔祥儒非常珍惜地装在包里，一再表示要多介绍几个台湾同胞来春江楼吃糖醋熏鱼，收精美礼品。

下午到灵隐寺，我对孔祥儒说我不进去了。孔祥儒不知是不是想着正好可以省下二十块钱，或者他现在心思完全在“导游”身上，根本就没时间同我客气，反正他没说什么，只顾自己带“导游”进去了。我真想提醒他：在佛门圣地最好不要卿卿我我。但我没说，想着反正我是眼不见心不烦。

没进灵隐寺，我就在车上与司机聊天。司机也不知道我跟孔祥儒是什么关系，就把那个台湾佬臭得一塌糊涂，并说他最瞧不起台湾人的这个毛病，我说那不一定，你看我不就蛮规矩吗？司机看了看我，说你不是台湾人，我说你怎么知道我不是台湾人，他又看看，说讲不出来，反正你不是。我很奇怪，凤凰冈的洗头妹“一眼”就看出我是台湾人，杭州的司机却“一眼”就看出我不是台湾人。

由于在杭州耽误了一天时间，苏州肯定是去不成了。孔老板要赶到无锡，因为无锡正在举行第三届全国自行车产品交易会，这才是我们此次出差的真正目的地。大约是“导游”导得孔祥儒很开心，否则他不对我谈行程安排，我觉得我们关系很奇怪，有时候像是好朋友，无话不说，有时候又不像是朋友，什么都不说，闹不清，难道老板和他的职业经理人都是这样？

15

台湾的客商全部被安排在无锡湖滨大酒店，我与孔老板住一间，也成了“台商”。

台湾人在一起抱得很紧，他们之间做生意也蛮讲义气，给我的感觉是他们之间不会互相欺诈或无限期地拖延货款。我陪着孔老板整天与他们泡在一起，感觉也很开心，他们对我很友好，说什么事也不回避我，只是有一点不太习惯，他们太喜欢找小姐，而且他们经常在一起交流这方面的经验，不知是炫耀还是以此表示关系亲密。有人说台湾人小气，在我看来这要看是什么事、对什么人，至少，他们在找小姐时是很大方的。说台湾人小气的另一个原因可能是相对于香港人而言的。就我与他们的实际交往来看，总体感觉是：台湾人更像大陆人，而香港人多少有点被西化了；台湾人普遍比香港人文化程度高，香港人普遍比台湾人富裕；台湾人比较有事业心，香港人讲究生活得开心；台湾人与台湾人之间抱得很紧，相互之间做生意也讲信誉，但台湾人对大陆的男人和女人采取的是“重女轻男”政策，香港人这方面不是很明显。

跟这一批台湾商人在一起的另一印象是他们似乎只是对祖国大陆的人民币和美少女感兴趣，而对大陆的秀丽风光却视而不见。在无锡的几天里，我曾多次提醒他们沿太湖去看看鼋头渚，看看三山，顺便登鹿顶山，再跨六十孔桥，游梅园，他们一概没有反应，不仅不去我推荐的这些名胜，就是近在咫尺的蠡园他们也不屑一进，那情景就好像无锡的这些风景都是我家的，是我为客人精心准备的礼物，而客人却不愿接受一般。

在无锡泡了几天，我对孔老板此次江浙之行的目的也逐渐清楚。台湾自行车行业不仅在深圳东莞有一些工厂，在江浙一带也有不少。孔老板一直想做他们的生意，但从深圳长途运输显然不切实际，并且他在深圳凤凰冈的这间工厂规模也太小，深圳市场已经供不应求，不可能再分出一部分供应江浙的台商，一个最简单的办法是在长江三角洲另建一间厂，但那是以后的事，眼下不行，眼下孔祥儒没有这么大的实力。事实上，就是凤凰冈这间小厂，他还借了青年创业投资基金和他大姐夫的钱。于是，孔祥儒打算借鸡下蛋，也就是从我们去的宁波那家工厂采购现成的花鼓，然后再卖给长江三角洲这边的台湾自行车企业，只是有一个附加条件，就是所有的产品全部打上“宏大”的商标印记。如此一来，他不仅可以赚取差价，而且可以先占领长江三角洲这块肥市场。他只能选择宁波，不能选择无锡或昆山，生产与使用的双方不能离得太近，太近了会露馅。后来我就想，如果我的家乡马鞍山有这种工厂就好了，马鞍山离无锡和昆山比宁波离他们更近，却不属于一个省，最好。可惜马鞍山没有，没办法，我想为家乡做点贡献都不行。

台湾人之间做生意似乎很顺利，我常常看到的情况是孔老板只说“我在浙江搞了个分厂”，对方马上就说“好啊，你给我发货吧”，没想到他们之间生意这么好做！孔祥儒不虚此行。

下一站是南京。南京离马鞍山只有四十多公里了。我在无锡的时候就将这个好消息告诉了老婆，老婆认为我离开恒基公司是赚了个大便宜，没想到台资厂还有假公济私出差回家的机会，并说眼下回乡带来个台湾老板本身就是件很有面子的事。

我们是中午到达南京的。由于我一心想着老婆孩子，玩起来也自然就心不在焉。但还是去看了中山陵。因为按照我的理解，认为台湾人是一定要去中山陵的，那时候还没听说过民进党，我总是将台湾和国民党画等号，中山陵上不是有国民党的青天白日图案吗？孔祥儒对中山陵以及中山陵上面的青天白日图案果然是比较有兴趣，但这种兴趣远比不上他对金陵美女的兴趣。孔老板很聪明，他知道如何利用自己的身份。晚餐时，他对一个服务员产生了兴趣，于是故意装疯卖傻地问一些傻问题，引起服务员的一阵笑声，我赶忙解释："我这位朋友刚从台湾来。"

那时候内地不比深圳，深圳的洗头妹可以天天按摩台湾人的头皮（甚至更进一步），内地人还拿台湾人当稀罕物。听说孔祥儒是台湾老板，服务员的眼睛马上发亮，对他所提的一切幼稚可笑的问题都给予耐心地解答。比如孔祥儒问服务员叫什么，服务员回答叫陈颖，孔祥儒问是什么"颖"，服务员告诉他是邓颖超的颖，孔祥儒又问"邓颖超"是什么人？服务员忍不住又笑了，当时的大陆人谁不知道邓颖超？笑归笑，服务员还是极有耐心地为他慢慢解释。那一刻，孔祥儒仿佛变成了一个天真可爱的小朋友，而我们年轻漂亮的服务员则成了幼儿园里尽职的小阿姨。突然，天真可爱的小朋友像是想起了什么，执意要对热情而极具耐心的服务员表示感谢，感谢的方式是赠送礼品。服务员不敢要，孔祥儒坚决要给，最后引来了经理。我怕闹误会，赶紧向经理解释："我这位台湾朋友对你们餐厅和这位服务员的服务相当满意，执意要送服务员一件小纪念品，服务员不敢要，说你们有规定，您看怎么办？"经理听后大为感动，没想到他这间小餐厅居然深得台湾同胞如此厚爱，居然要给我们免单。

"免单是什么意思？"孔祥儒继续装疯卖傻，要装就要装到底。这次我没让小服务员再费心了，我抢在她前面对孔祥儒解释了。孔祥儒把那个蛤蟆脑袋摇晃了几下，连声说不行。最后，单肯定是照买了，不但单照买了，而且那份礼物也在经理的首肯之下由小服务员收下。经理一直将我们送至马路上，双方仿佛是多年的老朋友，但我不太高兴，因为我发现那份贵重的礼品竟然是我们在杭州春江楼免费索取的那些小纪念品。我有一种服务员被欺骗甚至被玷污的感觉。

孔老板很给面子，不仅按照我的要求与我家乡的市政府对外经济协作办公室的官员进行了会谈，而且还实地考察了几个当地的地方企业。那时候还没有给国营企业解困收购兼并这一说，双方只是谈合作谈投资的事。孔老板是比较诚实的，我亲耳听他对协作办主任说：“我并不是一个很大的老板，只是前年才争取到青年创业投资贷款办起了这家小公司。”但协作办主任对孔祥儒到底能不能投资似乎并不介意，好像只要他能按协作办的要求到他指定的企业去“考察”就心满意足了。实事求是地说，协作办主任还是比较务实的，他并没有要求我们象征性地搞一个“意向投资协议书”，如果他有这项要求，我也会尽力满足他的，如果那样，他当年的“政绩”肯定会更好些，但协作办主任没有这么做，所以我认为他还是个蛮正派的人，我为家乡有这样廉洁奉公的好官员而感到欣慰，也为主任的表现没有让我们大陆人丢脸而对他心存感激。大约感激是互相的，协作办主任对我好像也十分感激，觉得我为家乡人民做出了巨大贡献，这让我有点莫名其妙，以为他当官的时间长了，自然而然地会说客气话，其实不然，他是当真的。就在我们要走的前一天晚上，协作办主任将我拉到一边，正儿八经地说：“你看，你对家乡这么关心，我们真的想好好感谢你，这样吧，你看你有什么事需要市里面出面帮忙的，尽管说，没问题。”我刚开始有一种无功受禄的感觉，但看他说得那么认真，如果不找他帮点忙倒像是反而不给他面子了，于是想了想，还真想出了事来。我说：“是这样，我现在跟单位算是请假，这也不是长久之计呀，如果方便，能不能帮我把人事关系挂到市里?”主任满口答应，说：“没问题，这事我正好可以管得着，我就帮你把关系挂在市政府驻深办事处，你们院虽说是与市里平级的，但只要我发函，他们肯定会给面子。”

孔老板还专门上我家坐了坐，看望了我的老婆孩子。遗憾的是他空手而来。我按自己的做人标准觉得在这种情况下不应该空手。尽管如此，我并没有很在意，想着毕竟是台湾来的，可能礼节与我们不同吧。那天我岳父恰好在我家，他们还聊了聊。岳父有个哥哥在台北，1949 年过去的，当时是国民党空军，后来是公务员，想着条件应当可以，但从来没回来过，可能是他在台湾另成家了，不好面对这边的亲儿子。前两年从台北寄来一千美元，是寄到我岳父这里的，大约是相信我岳父是高级知识分子，是处长，会比较公正地分配这笔钱。尽管如此，为了不给自己的弟弟带来可能的麻烦，他还专门列了份长长的名单，指明谁谁谁多少多少，其中在清华大学当讲师的侄女只分到十美元。好在那位讲师当时不在国内，正在美利坚合众国做为期两年的交流讲学，否则分到这十美元不知会怎么想。我岳父还不错，分到一百，但岳父没要，全部给了他哥哥那一房的人，并且岳父好像还不高兴，说："台湾人一定还以为我们生活在水深火热之中吧。"所以，今天岳父对孔老板的空手造访也见怪不怪。岳父好像比那位协作办主任更有见识，对孔老板不卑不亢，给我长了脸。

不知是岳父的长脸的缘故还是主任的盛情原因，或者是我老婆孩子的客观存在让孔老板更放心，总之，出差回来后孔祥儒对我更信任。表现之一是他经常让我去罗湖提现金。要用钱了，他就拿出一张取款单，在上面签上他"孔祥儒"三个大字，交给我，并让公司那辆拉货用的双排座跟着我，去位于罗湖的海燕大厦二楼一家外资银行取现金。最多的一次是取十五万港币，一千元一张的票子，一百五十张，将裤子口袋塞得满满的。说实话，我完全可以将它拿走，那个双排座司机根本就没跟我上来，海燕大厦附近不允许停车，车停得老远，我拿了钱跑到广州了他可能都不知道，如果孔祥儒为此找到我家，我老婆完全可以反过来向他要人，这么大的中国，他到哪儿找我？报案也没任何证据，没法受理，但我不可能这么做，君子爱财取之有道，除非我永远不想做君子了。我还是要做君子的，所以没有这么做。说实话，有时想着他对小姐们的那个猴相，又觉得真该把他的钱拿走算了。

16

孔小姐告诉他哥哥，有十几万元对不上账。孔老板说：“到底多少？准确点，拿个清单出来，一笔一笔写清楚。”

总共是十六万，恰好是笔整数，肯定被挪用了。

“董事长信箱”接到一封检举揭发信，说张国良已经在村尾租了厂房，并且买了设备，准备自己干了。揭发信没名没姓，不知真假。孔老板递给我，我说这有什么可考虑的，不就三分钟的路嘛，过去看看就行了。

村尾还真新建了两栋厂房，比我们现在用的厂房漂亮多了。新厂房虽然还没完全建好，门口的场地和道路还没弄平，却已经有工厂开始往里搬迁了。我和孔老板把脸凑到窗户上一间一间看过去，果然发现东面的一个大开间里安装着几台冲床。我们找到看场地的老头子，问宏大厂张老板的新厂房是哪间，老头不知道我们是干什么的，但也看出我是干部孔祥儒是台湾人，所以很热情，马上把我们带到刚才我们看到冲床的那个大开间，说：“这就是。机器已经搬来了，过两天就生产。”我侧过头看着孔祥儒，发现他的蛤蟆眼已经变成了三角眼。

离开老头，我对孔祥儒说：“说话一定要兑现，找到那个写揭发信的人，发奖金。”

我们还没有找到写信的人，就有人先找到我们了。西乡万昌公司找上门来，讨要买车床的钱。孔老板说：“我们向来都是现金交易的，谁欠你的钱？”

孔老板让他妹妹拿出账本，翻出凭据，指给对方看：款已付了，这是凭据。万昌公司的来人将脸凑近些，说：“凭据上写的是‘机床’，事实是冲床，这张凭据付的是冲床的款，车床的钱一直没付。”

我将凭据要过来看了看，说：“既然是冲床，为什么票上不写冲床，偏要写‘机床’呢？”

“是你们张老板坚持要这么写的，并说冲床也属于机床的一种，这么写也可以。”来人说，“不过没关系，发票上有机器型号，你们可以核对一下。”

我明白是怎么回事了，孔老板也知道是怎么回事了。他对万昌公司的人说：“冲床我们还没用，退货，货款冲抵车床的钱，多退少补。”

来人说：“这我做不了主，得回去问老板。”

我向孔祥儒建议：“赶快弄清楚他有没有私刻公章和财务章，如果刻了，立即报案，如果没有，再做处理。”

此时的张国良恰好不在凤凰冈，他昨天请了假，说是随女朋友去衡阳。孔祥儒说：“什么女朋友！他在台湾早有老婆孩子，有两个孩子，一男一女。”

我看着孔祥儒，没说话，心里想着一句成语：五十步笑百步。

我先叫来厂长，让她陪着我和孔祥儒一起来到村委会，了解新厂房的情况。村主任说张老板是来签了份租房合同，并且已经交了三个月租金，但不是以宏大公司名义签的。我们问是以什么名义签的，我们想看看合同。主任支吾了半天，说保管合同的人不在，他记不清是以什么公司名义签的了。

我又向孔祥儒建议：“村委会这边的事交给厂长处理，她是村里人，好办。你自己赶快给你的老客户打电话，他们或许知道。”

孔祥儒照我的话做了，他这时候才好像特别听我的。

老客户们有三种回话。第一种是真正的老客户，是孔老板在台湾他姐夫的厂里做事时的老客户，他们说绝不知道有这么回事，并说祥儒你放心，姓张的就是开厂我们也决不和他做生意，除非你要我们关照他；第二种是到深圳这边才认识的新客户，他们说知道这件事，张国良请他们吃饭时说过，说他自己要开工厂，并要我们今后关照他，我们当时并没把他当回事，只是应付着说没问题，但不知道他真搞起来了；第三种是张国良自己到深圳后开发的客户，孔老板本人跟他们反而不是很熟悉，他们说话态度比较暧昧，模棱两可，甚至还有一个姓佟的客户反过来“开导”孔老板，说有生意大家做嘛，兄弟之间做长了还分家呢，大家都是台湾人，互相关照点，别搞得太僵，等等。我抢过电话，对他说：“宏大公司是孔祥儒的，张国良没有一分钱股份，他是给孔老板打工的，不存在‘兄弟分家’一说。”对方停了一下，说：“是吗？你是谁？”孔老板把电话键按住了，说别跟他讲了，张国良没去衡阳，就在深圳，也许就在他那里。

我再次向孔老板建议：到工商管理局查查，看有没有一个叫张国良的台商来注册过什么公司。这一次孔老板没有采纳我的建议，但他也没说不，而是直接拿起电话，拨打张国良的手机，关机。

我说：“接通也没用，他说他在衡阳，几天回不来，你怎么办？”

“你认为他在衡阳吗？”孔祥儒问。

“肯定不会，”孔小姐抢着说，“他这边要开工了，那边怎么可能跑到衡阳去？”

“不一定，”我说，“假如他到衡阳是为了搞钱呢？”

孔老板和孔小姐互相看看，又一起看着我，没说话。

17

还真让我一口猜中。张国良确实是去了衡阳，确实是为钱而去。

张国良的“女朋友”是衡阳人，长得还可以，撇开像唐小姐这类文艺界专业出身的人，她算是漂亮的。好像比赖晓芸还漂亮一些，但绝对不及赖晓芸可爱，差远了。主要差别是赖晓芸洋气，她不土不洋；赖晓芸天真活泼，她忸怩做作；赖晓芸单纯真挚，她势利虚荣。当然，这只是我自己的看法，不一定准确，很有可能是情人眼里出西施。

“女朋友”中专毕业，本来是在宏大公司做文员的，不知从什么时候起，也不知是她主动的还是张国良主动的，反正和“张老板”搞到了一起，正儿八经地做起了“老板娘”。在我来公司之前，全凤凰冈的人大约都知道她是宏大的“老板娘”。有没有实际搞到钱谁也说不清，但虚荣心已经赚足了，甚至可以说是得到了空前的满足。听说就在我来的前几天，“丈母娘”还亲自从衡阳赶来凤凰冈，实地考察了“女婿”的实力。“女婿”说眼下这个厂条件是差了些，主要是对大陆的政策还吃不准，现在已经摸准了，马上就投资干个大的。“女婿”不仅说，而且还把“丈母娘”带到当时正在建设中的那两栋新厂房面前，请“丈母娘”做主，看挑哪间好。“丈母娘”很有见识，当即给予原则指导：第一，设备重，应选一楼，“脚踏实地”发展快；第二，就东不就西，迎着太阳好长。“女婿”言听计从，当即与母女俩一起找到村主任，说：“东头一楼那个最大的开间我要了，现在就付定金。”把个“丈母娘”羡慕得要死，恨不能自己年轻二十岁，当即问“女婿”：“你爸爸还好吗？”

张国良这次衡阳之行主要是为了筹款。本来是不需要的，但没想到孔祥儒不声不响地来了个釜底抽薪，将自己的妹妹安排进来当了会计，一下子断了财路，什么办法都用尽了，资金还是不够，只好硬着头皮来求“丈母娘”。

张国良很懂得做事情的路数，来衡阳之前就先做好了“女朋友”的工作。他对“女朋友”说：“其实钱是够的，但为了争取客户，我已经对他们说好是‘送二结一’，也就是说，头一批先不收钱，用了再说，等到第二批货到时才结第一笔款，这样就押了一批款，流动资金就没有了，所以急需解决一笔流动资金。”

“女朋友”不放心，她问：“如果别人只订这一批货，下次不在你这里进货了怎么办？如果第二批货到了对方还不付第一笔款怎么办？”

张国良说：“不会的。这些客户都是长期用户，不可能只订一批下次不进货。再说大家都是台湾人，台湾人在岛内可以尔虞我诈，但出了岛还是比较团结的，至少我们之间做长期生意不会赖账。”

“其实我这都是为了你，”张国良趁热打铁，“我只有真正当老板了，你才是真正的老板娘。而且，我也只有赚到大钱了，才能和她离婚，与你正式结婚。”

“女朋友”没说话，仍然在低头想着什么，而张国良已经陷入美好的遐想之中，他说：“我们去欧洲旅行结婚，在古罗马的大教堂举行盛大的婚礼！我有许多同学在欧洲，我请他们全部来参加我们的婚礼，我们要让上帝做证，证明我们俩是真心相爱的。我要让你成为全世界最风光的新娘！”说着，张国良还情不自禁地将“女朋友”一顿热吻，“女朋友”费了很大的劲才醒过来，说：“我妈妈有钱。”

张国良此时对“钱”好像根本不在意，在意的完全是感情。他仿佛没有听清楚“我妈妈有钱”这句话的意思，“答非所问”地说：“到那时候，我们就将你妈妈接到台湾来，让她伴着阿里山日月潭的风光安度晚年。对了，你妈也不能太保守，我们应该为她张罗个老伴，台湾有很多有钱的老单身，他们非常希望找一个温柔贤惠的大陆女人共度晚年。你妈妈那么漂亮，肯定没问题的。”

天知道“女朋友”在电话里跟她妈妈怎么说的，反正他们俩这次去衡阳就是去拿钱的。“丈母娘”不仅将老伴的工伤费悉数奉献，而且还从兄弟姐妹那里又凑了几万。本来钱几乎就要到手了，但“女朋友”的一个舅舅突然之间提出了疑问，他将姐姐拉到一边，说：“不对呀，姐姐，我们兄弟姐妹几个人钱凑在一起也不过二十万，一个台商为了二十万跑这么远来求我们，你不觉得奇怪吗？”

“这有什么奇怪？”“丈母娘”说，“你没听说如今越是有钱的人越缺钱吗？实话对你说吧，这点钱人家本来是不需要的，是我实地看了他那里的生意很好，有意想参一股。你姐夫死了，我将来不靠女儿女婿靠谁呀？”

“丈母娘”说着竟哭起来，舅舅只能反过来安慰姐姐，同时心里想着算了，反正我就拿了三万，就算是为了自己的姐姐吧。

二十万到手后，张国良当即真的成了台湾大老板，马上对“丈母娘”和几个舅舅表示：亲戚中谁要是没事干的，来深圳找我，全安排。

一句话说得“丈母娘”光彩照人，“女朋友”的一家一夜之间成了豪门望族，整条街上都知道“丈母娘”成了“台属”，说不定当年春节就能赶上台胞团拜会，几个舅舅走起路来头颅自然昂起30度。

人的预感有时是很准的。张国良拿到这二十万现金后就一直有一种要出事的感觉，所以他很紧张。

钱在“女朋友”身上，即使遇上打劫的也未必能搜出。他们拿女人的长丝袜当袋子，一万一万地排好，然后绑在“女朋友”的腰上，“女朋友”因此看上去就像怀孕四五个月的孕妇。张国良自己身上另装了几千块钱，即使真遇上打劫的，光天化日之下，劫匪拿到几千块之后也会溜之大吉的，绝不会再向一个孕妇下手。既然如此，还能出什么事呢？或许是做贼心虚，自己吓自己。

孔祥儒已经报了案，他向警方提供了确凿的证据，证明他的经理和出纳携款外逃，要求警方协助缉拿。孔祥儒不仅向派出所报了案，而且向深圳市台湾事务办公室做了口头和书面汇报，并将这一情况连同派出所和市台办的反馈信息一起传真给有关客户。

张国良和他的“女朋友”前脚回到凤凰冈，后脚就被警察带走。在派出所里，张国良对孔祥儒提出的指控举不出反证，只好强调自己并不是“携款外逃”，事实是自己也开了公司，挪用了宏大公司一部分流动资金，一旦自己运转起来，肯定会补上这个窟窿的，绝无“携款外逃”之意。并且说：“如果是‘外逃’，还会自己回来吗?”

既已承认挪用，人也就暂时扣留，并进行检查，当即从“女朋友”身上搜出二十万，恰好是孔祥儒报失的数字，十六万现金和四万车床欠款，人赃俱获。

孔祥儒给派出所送了锦旗：“台商卫士神警神速”。

又通报市台办，说案子已破，感谢协助。同样的文字也传真给有关客户。

张国良和“女朋友”被抓之后，宏大厂一下子热闹起来，成了整个凤凰冈的“明星企业”。我去洗头时，洗头妹和老板娘都热情地向我打听这打听那，我说我不知道，这是他们台湾人之间的事，但有一点我说了：宏大公司是孔老板的，张国良只是他请的职业经理，是为孔老板打工的。后来村主任在厂长的带领下来到厂里，找孔祥儒说情，说你们都是台湾人，既然钱已经追回来了，就不要再追究了，算了吧。孔祥儒对村主任很客气，但关于放人的事，他说他做不了主，这是警察的事，他也没办法。

没过两天，“丈母娘”来了，吵着找孔祥儒要人，被孔祥儒的妹妹顶回去：“人是警察抓的，关我们什么事?张国良在台湾的老婆和丈母娘都没管，你算他什么人?”

话虽然这么说，但此后不久，孔老板又突然亲自去派出所替张国良说情，说念其初犯，并且钱已如数追回，希望不予追究。派出所看张国良是台湾人，本来就照顾三分，现在被挪用的钱已全部追回，失主本人又来求情，加上凤凰冈村里面也出面找过西乡派出所和宝安公安分局，考虑到张国良现在也已经注册了自己的公司，也是“台商”了，这件案子可以解释为台商与台商之间的经济纠纷案，现在既然双方已经讲和了，派出所也就做顺水人情将张国良和他的“女朋友”放了出来。

对于孔祥儒为什么突然改变主意主动去派出所保张国良出来，我一直想不通，只是以为台湾人之间确实很讲义气，后来还是他妹妹无意中说漏嘴了：这个张国良本来就与孔祥儒的姐夫沾亲带故，否则孔祥儒当初也不会请他来做经理的。我想，后来肯定还是他姐夫出面了，孔祥儒才来了一个一百八十度大转弯。不是他姐夫的面子大，而是他姐夫的资产大，孔祥儒在生意上还要仰仗他姐夫。

张国良出来之后，这件事我以为就算是过去了。后来我再也没有见过张国良，听工人说他在东莞的一家台湾厂打工，也有人说他到龙冈去办了一家自行车花鼓厂，发展得还不错。到底是什么情况我也不知道，这事真好像是永远过去了，与我无关了。突然有一天，“董事长信箱”又收到一封神秘的检举揭发信，信上说张国良已经找了人，准备杀了丁先生。孔老板经过慎重考虑，还是将这封信给我看了。并且实话告诉我：这个张国良在台湾时就与黑社会有染。那一刻，我像是接到了生死牌，眼前立刻浮现港台影视上黑社会杀人的各种场面，想到了我年迈的父母和刚会走路的儿子，想到了老婆。我当时只有一个想法：迅速逃离，赶快回家。

我没想到我这么怕死。我对孔祥儒说：“你不要对任何人说我家在哪里。”

“那当然。”

“这里只有你一个人知道我家的情况。”

“是的，你放心。”

“我今天就走，马上走，你送我到广州机场，直接送上飞机。”

“没问题。”

路上，孔祥儒塞给我一个信封，我捏了捏，大约有几千块，说：

“谢谢。”

孔祥儒握住我的手，说：“你这都是为了我。”

我说：“你怎么办？他会不会对你下手？”

孔祥儒没说话，眼睛看着远方，似乎很远、很远。这时候我突然感到他的眼光中有一种令人琢磨不透的东西。但反正我也离开他了，不去深想了。

临上飞机时，孔祥儒对我说：“先在家歇段时间，我在江苏的业务很快就要开展起来，你要是愿意，可以帮我负责那边的业务。那些人你在无锡都见过，熟人。随你自己愿吧。”

18

一回到家里，我就有一种死里逃生的感觉。我把儿子紧紧搂在怀里，半天没说话。老婆问我怎么又回来了，我愣了一下，回过神，说孔老板要在江苏开展业务，让我先回来筹备。她说：那你不回深圳了？我说再说吧，反正工资照付。说着，我把那个信封交给老婆，她接过去，认真地数起来，数得很认真。而我则想，这几乎是我的一条命呀！

我照例回情报所“上班”，尽管我现在属于借出人员，市政府对外经济协作办公室主任已经为我办好了借用手续，我上班也没工资，但不去情报所我去哪里？好在有我一大堆来信，正好可以看看。我发现国人对印刷品是很信赖的，当初我为了混稿费胡乱写了一些东西，如今真被人当作某某专家了，收到了很多求教信，这些求教信中居然还有一封来自国防科技大学，并且是两位教授一起写来的，向我请教有关舰艇用轻质绝热材料方面的问题，我真想给他们回封信，问他们可不可以收我做博士，如果可以，我就可以天天当面指导他们了。

看着这些来信，我似乎又很怀念在情报所工作的日日夜夜。所里面人见我从深圳回来都很热情，那样子不亚于见到归国侨胞，我的虚荣心在一定程度上得到某种满足。同事们还嚷着要我请客，仿佛认定我已经发了大财了。被他们这样一捧一抬，我的双脚就离开了地面，而且离得蛮远，想下都下不来。我豁然发现：我已经没法再回设计院了，没法再回情报所了，这里已经不属于我，开弓没有回头箭呀！

回情报所“上班”是有好处的。情报所可以看到各种报纸，其中《中国青年报》上一则招聘启事吸引了我。登启事的是海南一家股份有限公司，说招聘从副总裁到企划人员各个岗位的人才。我给他们去了封信，照例是附上各种证书和奖状的复印件，并对近几个月的经历做了夸张性描述。主要是把时间做了适当的延长，没有说是只干了几个月，而是说干了两年。其实这种“适当的夸张”也不算过分，的确，通过这几个月跟着香港老板台湾老板后面当职业经理人，我所经历的事情和增长的见识比在内地干几年都要多。

我记得好像就投过这一份个人资料，没想到一下就投中了。他们很快就给我回了信，拟聘我做公司发展部经理，并问我有什么待遇要求。我等不及写信了，马上回了电话过去，说我很乐意去海南服务，并说没什么待遇要求，按公司制度办就行了。我能这样说，就说明我这几个月在深圳没有白过，我在恒基公司搞过招聘，知道提待遇要求没任何好处，除非是老板求你，你自己去应聘还能提什么要求？难道公司还能为你改变他们的工资制度？再说，我现在已经没有退路了，回设计院上班肯定不适应了，就是能适应也丢不起这个人。我发现，像我们这样的人，只要你“下海”了，就别想再回头，也回不了头，各种各样的因素让你没法回头，没脸面回头。

对方说你可以来面试，我问面试怎么说，对方说面试时要带来各种证件的原件，一般这么远通知你面试大都能通过的，万一通不过，公司承担回去的路费。我说可以。

我相信自己的实力，包括应付面试的能力。毕竟，我面试过别人。在二十世纪九十年代初，有这样经历的人还是少数中的少数。

我对老婆说我要去海南，她问我怎么不跟孔老板干了，我编了个理由，说台湾人好色，老是要找小姐，我不愿与他们同流合污，所以要去海南。老婆听了很顺耳，就没说什么，我真担心她问：要是海南的老板也好色怎么办？但她没问，我的担心是多余的。

老婆和儿子一起送我到南京，我将从南京乘火车到广州，再从广州坐汽车去海南。我心情不好，在南京无缘无故地跟的士司机吵了一架，直到今天都觉得对不起那个的士司机。在南京车站广场，正好有儿童电动三轮车玩，一次两块钱，老婆觉得太贵了，舍不得，我坚决主张给儿子玩。我们再也不是“二百五”了，无论到哪里我都不可能是“二百五”了，我失去那么多，换来的就只有这一个，如果连儿子玩一下电动车都舍不得，我“下海”干什么?

我排队买票，老婆带儿子排队等电动车。他们等到了，老婆将电动车抓在手里，叫儿子赶快跑过来取票，我看见儿子慌慌张张跑过来，我一惊：儿子大了！会跑了！我第一次去深圳时他连走都困难，现在居然能跑了！

火车开动时，老婆孩子倒没事，我哭了。不知道是为老婆儿子还是为我自己。等到再想和儿子说再见的时候，火车已经驶离很远，我忽然感觉自己不是在火车上，而是在船上，并且船正驶向大海，离岸越来越远，即使这时候我想回头，也可能找不到岸了。

19

海南顺达股份有限公司在报纸上登出招聘启事后，总共收到八百多份应聘信，经多轮筛选，最后确定十三人面试。只要当面交流的事实与应聘材料上反映的情况一致，录用的希望就很大。但是，无论材料是否真实或表现多么好，最后只能从十三个面试者中间录取八个，另外五个由公司支付回程路费回家。可见，竞争还是相当残酷的。

我可能是最远的应聘者，这么远跑来当然不是为了挣这半趟路费。我很重视，事先从电话里旁敲侧击了解到公司的一些基本情况，知道他们老板叫杨东升，吉林长春人；公司总裁是四川人，中国科技大学毕业；副总裁是重庆重型机械厂厂长，祖籍安徽，等等。我决定打安徽牌，因为我是安徽人，而中国科技大学就在安徽，这样，与公司总裁和副总裁都能产生联系。

顺达公司总部在海口市滨海大道南洋大厦六楼。当时滨海大道上好像只有这一个三十多层的高楼，很好找。南洋大厦俯面为正方形，外表是玻璃幕墙，四周配上挺拔的椰子树，气派非凡。我心里想，只要能进入这间大厦，工资肯定少不了，即使少了也落个心情好。

面试在下午两点钟进行，我排在中间，不前不后。看着以前只有在新加坡电视剧《人在旅途》中才见过的真正意义上的写字楼，望着前前后后一个个比我更加自负的博士硕士，想着十三个人当中最后只能录用八个，我不敢肯定等待自己的是什么样的命运，想起南斯拉夫电影《瓦尔特保卫萨拉热窝》里面的一句台词："任何意外的情况都是可能发生的。"不敢掉以轻心。

好不容易轮到我，尽管已经有了充分的思想准备，还是被那阵势吓得心跳。不大的会议室里摆着一个巨大的椭圆形会议桌，会议桌的里面坐了满满一排人，大约有十二三人，事实上，里面的一排根本坐不下那么多人，于是考官们已经坐到了两边，他们几乎围成一个大半圆弧，而我正好就在他们围成的抛物线的焦点上。

为了掩饰紧张，我准备变被动为主动，先发制人。

我朝这一圈人点头坐下后，主持人要我将自己的情况先做一个简单介绍，我立即滔滔不绝。

"我不知道这里有没有安徽人，"我说，"如果有，那应该认识我或至少听说过我。1988 年，安徽省为表彰本省在自然科学领域有特殊贡献的科技工作者，特别颁发了三枚奖章，其中铜质奖章就授予了我。"

说着，我郑重递上了当年颁发给我的那枚铜质奖章。铜质奖章是真的，但当时获得奖章的不只是三个人，而是三百多人，我将那三百多人全部省略，这样显得意义就大不一样了。我其实并没有撒谎，只是运用了说话技巧，这些技巧是事先演练好的。

"其实，"我接着说，"这个奖项并不是针对获奖者的某一项具体的科学贡献，而是对他长期以来在学术上的一贯成就的综合肯定。事实上，在获得此项奖励之前，我已经获得过国家、省、部、委、市和院内的多次奖项。"

我又递上一二三四五六七一大堆获奖证书。这一次我不是递给主持人，而是东给一个西给一个，一下子就造成了全体考官都在看我的证书的壮观场景。

接着，我又如同变戏法般从挎包里取出书、论文等等，摊了一桌子，任他们翻阅。本来每个面试者只有二十分钟时间，轮到我的时候他们竟然忘了这个规定，大家都好像在看稀奇长见识。

录取是必然的。总裁是中国科技大学毕业的，既然我获得过这么多科技类奖项，他如果不录用我就有嫉贤妒能之嫌；副总裁暗暗得意，心里想，看，我们安徽的“人才”才是真正的人才。遗憾的是老板杨东升本人不在，总裁只给我安了个中层位置，使我怀疑他确实有点嫉贤妒能。

20

杨东升是长春人，老三届知青，生产队长。虽然算不上官，但作为下乡知青能在生产队当上队长也不是件容易的事，至少得身体好，干活舍得出力气，而且还要能说会道，办事比较公道、服众才行。

杨东升后来什么时候回城以及回城以后做什么我不知道，严格地说顺达公司的员工都不知道，公司员工如果知道我就会知道。但他是怎样起家的我们都知道，而且一直为公司员工所称道。事实上，当我了解这些情况时，我就萌发了要把这一切写出来的强烈愿望，只是当时有别的事情要做，还不具备埋头写作的心理条件，所以才未能如愿。

改革开放初期，杨东升的母亲蓝老太太就在长春一个叫二道河子的地方开起了裁缝店。蓝老太太与一般人做法不一样，她一下子招了很多徒弟，徒弟不拿工资，管吃管住，包教包会。蓝老太太的主要任务一是带徒弟，二是接活，几年下来，不声不响地赚了钱，到 1988 年杨东升闯海南时，有人说他带了十三万，也有人说他带了八万，不管多少，据说这些钱大部分都是蓝老太太开裁缝店赚来的。

杨东升好像没有打工的经历，到了海南后就抱定主意自己做生意。第一单赚钱的生意是与农民合作建房。大约是他独到的眼光，或者得益于他当过生产队长从而对中国农民骨子里的深刻了解，使他第一笔生意就赚了大钱。他看准的地方叫盐坝村，也就是现在的滨海新村。与农民谈妥的条件是：杨东升掏钱帮农民建楼，换取楼房的六年使用权。盐坝村顾名思义，就是过去晒盐的地方，到了1988年，盐肯定是晒不成了，而且晒过盐的地方也没法种地，现在有“傻瓜”自愿掏钱来帮助他们盖楼房，建好之后楼归农民，掏钱的人只是住几年，反正那地闲着也是闲着，这样的好事哪里找？由于是农民自己建房，并且是村子里每家每户都建，在当时自然是不用办理任何手续，就是现在也只能是当作“历史遗留问题”来处理，假如当时真遇到了麻烦，也由他们当地人自己搞定，不关杨东升什么事，所以建房速度极快，成本极低。由于正赶上海南建省办大特区，全国各地的企事业单位纷纷来海南办公司，办公司就要注册登记，注册登记就要有具体的办公地点，那时候的海口根本没有高楼大厦，杨东升帮农民建的滨海新村就成了抢手货，往往是房子还没建好，楼已被订租一空。杨东升并没有趁机抬高价格，而是要求租房单位一律预付半年房租，这个看似合理的条件为杨东升带来了滚滚财源，他就用这半年的预付租金滚动开发，使一栋栋四层五层六层的农民楼房变戏法一样拔地而起，六年的房租给了他满满一桶金加上一张大大的网，使他在海南站稳脚跟，找到了起点。

杨东升的成功起了个很好的示范作用，于是人们一窝蜂地搞起了房地产开发。这时候，杨东升将注意力放到了出租车上。他在全国第一个搞起了“包车制”。司机只要交四万块钱就可以把车开走，自己去经营，另外每个月再交给公司三千六百元承包费，多余的全归司机自己，三年后车子归司机个人，司机实际上就是个体承包人。这种操作方式能充分调动司机的积极性和工作主动性，司机们自觉地爱车如命，并能显著地改善出租车的服务质量，这种做法后来在全国得到推广。中国改革开放这二十多年特别是头十年的实践证明，谁赶上第一批谁发大财，比如第一批买股票的，第一批搞承包的，第一批倒批文的，第一批跑运输的，等等。有人说那十年经济是政策经济，谁赶政策赶得快谁发财，我认为其实是国家政策赶人，总是一部分人先这么做了，国家再去明确表示支持，然后其他人再一哄而上，比如农村的大包干，就是安徽凤阳小岗村农民已经干了一年多之后才得到国家政策支持的。事实上，没有政策就是最好的政策，政府任老百姓自己去搞，搞好了，国家下文件公开支持，搞坏了，你自己就会收手不干，搞得出格了，政府下令制止，但一般不追究当事人的刑事责任。国家当时确实是摸着石头过河，允许敢为天下先的人先富起来，杨东升就是敢为天下先的人。他当时收司机每个人四万块钱一辆车，而他自己从天津拿的夏利车也是每辆四万块，一进一出他等于没拿钱，每月每辆车的三千六百元不是白赚了？不仅如此，这三年内所有出租车产权归杨东升的顺达公司，这种产权对司机个人也许没有任何实际意义，但是对杨东升却有至关重要的意义。当别人又一哄而上地跟他学着搞起出租车时，杨东升已经将自己的出租车做成“资产”，这是一笔以千万计算的资产，由于会计师事务所出具的资产评估报告是按被评估资产总量的百分比收取费用的，所以他们把无形资产也评估进去了，最后，总资产被评估成了三千多万。杨东升就以这“三千多万”的资产为底数，对公司进行所谓的规范化的股份制改造，或称为“建立现代企业制度”，这一紧跟形势甚至是超前的改革行为理所当然地得到政府有关部门的大力支持，使杨东升和他的顺达公司又一次敢为天下先，再上一个新台阶。

当时关于企业进行股份制改造的政策法规并不完善，很多做法也是在摸着石头过河。一个典型的例子是：只要体改办同意你搞股份制改造了，企业就可以对外公开募股，包括对个人溢价出售一张一张实打实的“股票”。那时候人们称这种股票为“原始股”，公司一旦上市成功，原始股价值就会翻几番，很多人就是在这上面发了财，因此，当时这种股票十分抢手，就是现在，也还是有许多人手里持有这种股票，他们还在耐心地等待政府有朝一日会突然一揽子解决这些“历史遗留问题”。基于这个背景，杨东升的顺达股份有限公司还真募集了不少钱，包括保险公司、银行、国营企业的法人股和社会个人认购的“原始股”。当时海口金山大厦门口地摊上顺达公司的股票最高卖到每股十几元。尽管还没有上市，但杨东升和他的顺达公司已经是财大气粗了，否则也不会在南洋大厦办公，更不会面向全国公开招聘高级人才，如果那样，我也就不认识杨东升了。

完成股份制改造的企业未必都能获得上市。上市是有指标控制的，事实上，绝大多数的企业在完成股份制改造后并不能获得上市指标，也就是说不能成为真正意义上的上市公司，顺达公司就是其中之一。不知是时间差没打好还是杨东升本人在这方面认识滞后了半拍，或者是他当时没有及时招聘到这方面的得力高手，总之，顺达没有跻身于第一批上市公司之列，等到杨东升高度重视这个问题时，国家政策面已经有了变化。其中之一就是国家不鼓励房地产开发公司上市，而顺达公司在做股份化改造的同时，就将公司的主营业务由出租车运营转向房地产开发，并且投资了红城湖国际大厦、新时代广场等大项目。我作为公司发展部经理，到任的首要任务就是要为这些项目寻找一条出路。这时候是1993年的夏天，海南的房地产刚刚经过一个空前绝后的大高潮，国家银根紧缩政策已经出台，但由于高潮刚过，根据牛顿的惯性定律，人们的热情还没有那么快退下去，洛杉矶城、华盛顿城还红旗招展，仿佛是东方不亮西方亮，但西方人并没有向海南的房地产注入多少真金白银，更多的“外资公司”其实是挂羊头卖狗肉，只不过如果这里把“羊”换成“洋”就更贴切。

为了尽快地胜任新的工作，我按照文人的思路行事，首先是夜以继日地学习房地产知识，研究房地产政策，并且在学习的过程中我旧病复发，居然觉得自己应该马上着手写一本关于房地产基础知识方面的书籍，如果写了，不仅自己名利双收，可能对海南乃至整个中国的房地产也是一大贡献，因为那时候房地产方面的专业书籍实在是太少太差了，比如什么叫“容积率”，我们居然在两本书上找到不同的答案。这样过了一段时间，我发现自己的思路不对，其实这时候房地产的知识已经不重要，重要的是法律知识，我觉得应该找一个大律师来接手我们的房地产项目，因为现在我们所面临的几乎全是扯皮打官司的事。顺达公司的房地产项目几乎没有一个是自己开发的，事实上我们也没有开发房地产的专门人才和足够耐心，要是从批地设计报建开始做，那么一个项目得要多长时间？这在当年房地产高潮的时候是不可想象的。事实上，顺达公司的全部房地产项目都是在1992年底至1993年初那段时期从别人手里接过来的，有些已经又卖出去了，有些没有来得及卖出去套在自己的手中，还有的虽然已经卖出去了，但下家并没有付足全款，现在我们找下家要钱，下家不肯付了，或者是根本没钱付了，不但没钱付，还要求我们退钱，因为他们挑出这些项目中的许多毛病。另外有些项目恰好相反，比如红城湖国际大厦，是我们从上家手里买过来的，刚付了首期就赶上银根紧缩，中国的房地产一泻千里，海南更是首当其冲，剩下的大头当然是不能再付了，于是对方就天天来找我们讨钱，我们是肯定不会再付的，事实上根本就付不起，这个项目与我们手里其他项目一样，原本就准备炒一把，如果有下家接手，并且下家付给我们钱，我们当然就会付给上家，现在没找到下家，我们没有入账，哪来出账？于是就扯皮，就说他这个项目有问题，手续不全，等等等等，不打官司能解决吗？

在扯皮打官司的过程中又扯出一些新的问题。有些项目确实是对方败诉了，按法院裁定对方应该退钱给我们，但在具体退多少的问题上，对方又咬出当初给回扣的问题。比如有个小项目我们实际只付了五百万，经法院调解他们如数退给我们五百万，利息就免了，但对方却说最多只能退四百五十万，因为他们当初事实上只收到四百五十万，另五十万作为回扣返还给我们了。这下问题复杂了。不仅复杂了，而且大了，弄不好是要抓人的！

遇到这种事我这个发展部经理就没法处理了，前任发展部负责人早已不知去向，于是我只好向总裁如实汇报。总裁听后也很重视，暗示我不要对别人说，特别是不要对杨老板说，一切由他出面处理。他处理的结果是最后对方只退回现金四百万元，外加两辆走私旧车，账面上算是退回五百万，其实在我看来这个“五百万”还不如对方开价的四百五十万，两辆旧走私车其实连五十万都不值，怎么能抵一百万现金？我觉得很奇怪，甚至怀疑那五十万回扣是不是与总裁也有瓜葛，但我没说，没证据，不能凭怀疑就乱说，再说总裁对我不错，这件案子完了之后他还专门对我进行了奖励，奖励我为公司追回了损失，并认为我很有培养前途，于是将我调离原岗位，不让我再处理房地产遗留问题了，派我去学习，参加一个由海南省体改办举办的企业股份制改造培训班。我很高兴，公司出钱给我提供学习最新知识的机会我还不高兴呀？况且本次学习班有赴香港考察学习的机会，我高兴极了。

事实上，不管当初总裁派我去学习的动机是什么，但结果对我是有利的，不仅让我躲过了房地产扯皮官司那一大堆乱七八糟的事，另外还让我第一次正式接触到资本运营的理论与实践，真正是受益匪浅。后来，正是因为那次培训班的见识，使我在杨老板的资本运营操作中发挥了一定的作用，并从杨东升那里学到了很多关于资本运作的思路与经验，为我以后在中国的资本市场拥有立锥之地奠定了基础。后来我之所以能够进入上市公司的核心部门担任要害职位，事实上都与这次学习班有关。1997 年，在我已经离开顺达公司多年并进入上市公司之后，我在《深圳商报》上发表了一篇文章，专门讲述了国有企业的债务问题，明确提出“债转股”的概念，《经济学报》转载这篇文章并专门就此开展讨论，有人认为正是我的那篇文章拉开了中国国有企业大规模债转股的序幕。这些当然是过奖，但业内人士普遍认同我是学金融的却是不争的事实。他们问我是哪个学校毕业的，我跟他们开玩笑，说是五道口的，他们没人不信，为此，我还认识了不少当行长的“校友”，为后来在金融领域的发展提供了方便。

21

那次培训班除了学到了一些最时髦的新经济知识外，还建立了一批社会关系。或许是碰巧，我们那个班得到当时国家体改委的高度重视，时任国家体改委主任的李铁映同志来海南视察，还专门给我们做了一次报告，在培训班结束前，我们赴香港资本市场考察，包括到和记黄浦、百富勤和中策等著名企业的实地学习考察，实际接触到“做壳”“买壳”和收购兼并等一系列资本运营新思路。那是在 1993 年，在深宝安收购上海延中之前，因此更加难得。

培训班结束后，我找机会绕开总裁，直接向杨老板汇报我的想法。

必须绕开总裁。通过五十万回扣问题的处理，我对总裁已经产生了某种程度的不信任。说实话，事情发生的当时我虽然有疑惑，但并不是很明确，可事情发生之后，特别是我参加了学习班并从香港考察回来之后，感觉清晰许多，觉得总裁接受用两辆走私车冲抵一百万现金这个条件有些蹊跷。因此我就发现，人不要自以为自己很聪明，即便别人不如你聪明，也仅仅是表现为反应比你慢半拍，但是，生活是漫长的，快半拍或慢半拍有时候并不重要。比如现在，我的认识基本上就达到与总裁同样的高度了。尽管如此，我绕开总裁直接找杨老板汇报时并不打算告总裁的状。这倒不是我标榜自己是正人君子，不是小人，而是因为我从小就熟读《三国演义》，知道如果我这样在老板面前告总裁的状对我自己并没有好处。不但没有好处，而且还有坏处，有很大很大的坏处。即便杨老板守口如瓶，不会在总裁面前出卖我，但至少杨老板本人从此之后会时时提防我，说不定还会找个理由炒掉我。我不干这样的傻事情。我找杨老板直接汇报是谈公司今后发展的问题。通过学习班，我对公司未来的发展产生了一些具体的新想法，作为公司发展部经理，我觉得自己有责任也有权利单独和他谈这个问题。

我与他交谈了四十分钟。由于这是我第一次正式和老板谈话，所以事先做了充分的准备。有些问题我怕他听不懂，事先想好了一些深入浅出的例子。例如我为了说明买壳的意义，对他说："假如一个人一心要做官，为此做了很大的努力，但他的年龄又实在是过了第三梯队的界限，怎么办？办法之一是培养他的儿子（全资子公司）当官（上市），或者培养他侄儿（控股子公司）做官，再不行就认个当官的做干儿子（参股上市公司）。"这样交谈了一会儿我发现，杨老板其实非常聪明，他的智商肯定比我高，我通过专门的学习和考察加上多天的思考才产生的想法，他居然在四十分钟之后就明白了，而且甚至在我的基础上有所发展，比我还明白！后来的发展证明，他是资本运营方面的天才——这不是我的评价，我没有资格对他做出这样的评价，而是几年之后当我在深圳的一家老牌上市公司的核心部门担任要害职务时，亲耳听到证券交易所的有关领导和一些大券商这样评价的。

我不知道杨老板是听了我的意见之后才采取的行动，还是他本来就打算这么做的，反正在我向他汇报了我自己的那些想法之后不久，他就开始介入了资本运作。

我们第一项操作是买壳。时间是在深宝安收购上海延中之前。我们没有大张旗鼓，我们做得比深宝安漂亮，成本比他们低多了。"壳"是福建厦门的一家上市公司，操作方法是法人股转让，而不像宝安那样在二级市场强行收购流通股。流通股价格高，强行吸纳容易引起股价波动，又有政策限制，成本高麻烦多，作秀的成分大于商业意义。并且，收购流通股只能是参股，很难真正控股，只能入主董事会，不能控制董事会，相当于认了个"干儿子"，不是亲儿子。

我们获知那家上市公司的母公司需要套现，就与这个作为母公司的国营单位的领导成员反复沟通，彻底沟通，直到他们人人满意为止。我们在只付了第一笔法人股转让款之后就实际行使第一大股东的权力，炮制了一个分红方案，然后就拿分红得到的资金支付第二笔转让款，再通过增资扩股募集新增资金，顺利实现良性循环。

与买壳同时进行的是做壳。第一次做壳并不成功。方法是在海南注册了一家农业租赁股份有限公司，其中的“农业”是为了打国家产业政策牌，我们知道国家一直是支持农业发展的，海南更是提出了将“三高”农业作为今后发展的重点，我们认为打着农业牌上市会容易许多。“租赁”是为上市以后的运作做准备的，其实租赁公司最容易开展资本运作，“租赁”一词并不是一般意义上的出租业，比如不像出租车，它实际上可以理解为一种变相放贷，比如农业租赁，实际操作起来可以做成明为租赁实为分期付款，将“租赁费”提高，高到与分期付款等值。但是后来由于国家对上市指标的分配制度发生根本性变化，我们搞的那个农业租赁公司并没有获准上市，因此它后来也就没有从事租赁业务，只是把它当作一个真正的“壳”用了。

国家对上市指标的控制新政策可以用“总量定死，条块分割”八个大字来概括，被我们戏称为新“八字方针”。所谓“总量定死”，就是国家每年就只有五十个亿的上市总量，不得突破。所谓“条块分割”，就是对这五十个亿的总盘切蛋糕，按省、部、委切，基本上是每个省每个部或每个委各分一个亿。这种政策的直接后果是：凡是在那个年代上市的公司都是小盘股，因为对具体的某个省或某个部委来说，既然总共只有一个亿的份额，给一家上是上，给几家上也是上，不如多分几家小盘公司，多上几家。最精明的当然还是上海人，他们居然推出流通盘只有八百万的超级小盘股！甚至比如今创业板的股本还小。反正国有企业是可以任意切割的，反正多上一家是一家，先上去再说，上去之后再扩股，扩股比新上市容易多了，这就叫上有政策，下有对策。

根据这个新政策，我们的做壳思路也必须做根本性调整。因为我们要想做壳，就好比是想从别人碗里分一杯羹。分上海人的肯定不行。上海人那么精明，能让我们来分吗？分海南本地的也不行。海南本地也是僧多粥少，第一投资、国邦股份、六合农业等知名企业个个急不可耐，现成的实体公司都排不上队，岂容我们来做壳上市？事实上，不仅上海、海南的粥我们分不到，其他任何省市的上市份额我们都不可能分到。哪里的人不精明？何处不是僧多粥少？因此我认为，在中国当时的政策背景下，做壳暂时行不通。

前面我说过，杨东升的智商比我高，我这样说不是谦虚，而是事实。事实是：在我们看来明明是走不通的路，杨东升敢走，而且是理性地科学地去走，结果真走通了。我和他的差距不大，就差一点点，这一点点是：他比我先想到、先看到、先做到那么一点点。当我认为做壳不行时，杨老板认为行，并且去做了，结果做成了。

他想到了国家体委。

根据杨东升的分析，国家体委也是“委”，委比省部高半级，当然也可以分到上市额度，而当时的国家体委及各地方体委和他们的下属机构不是机关就是事业单位，体委下面好像没有什么正儿八经的企业，就是有也很少，至少不会像第一投资和国邦股份这样咄咄逼人，因此，完全可以从国家体委这里分一杯羹。

想到了还要做到。为了做到，我们进行了精心策划。首先，我们赞助中国桥牌协会举办一次邀请赛，定名为“顺达杯桥牌邀请赛”。中国桥牌协会的名誉会长是一位曾经职位很高当时退居二线的德高望重的老同志，更重要的是，名誉会长是当时国家体委主要负责人的父亲的老领导、老上级、老朋友，这位主要负责人喊名誉会长“叔叔”。如果仅仅是一次普通的桥牌邀请赛，国家体委主要负责人是不会出席的，但这一次不一般，这次由于他叔叔参加，所以国家体委主要负责人就必须要出席，特别是他叔叔刚刚退居二线，如果这时候他不出席，他叔叔怎么想？其他老同志们怎么看？其实国家体委主要负责人出席一次全国性的桥牌邀请赛是再平常不过的事情了，但这件平常的事到了杨东升手里就可以让其发挥不平常的作用。我们正是通过这次桥牌邀请赛与国家体委建立了联系，与国家体委主要负责人建立了关系，并最终促成国家体委从国务院拿到了上市份额，而我们正是通过这个份额做壳成功。

大约是我在第二次做壳的问题上明显慢半拍的缘故，或者是我知道的内幕太多的缘故，操作进行到这个阶段，杨老板找了一个高明的理由将我撤了下来，由另外一拨人顶上来完成具体运作。

所谓“高明的理由”当然是提拔。因为这时候原来招聘我的总裁和副总裁已经相继离开公司，并且随着他们的离去，一大批公司骨干也相继离开顺达，于是，公司管理层支离破碎，杨老板就是在这个时候派我回海口总部担任“更重要的职位”的。

22

从北京回到海口，才知道所谓“更重要的职位”并不是总裁，也不是副总裁，而是公司CIS部总经理。谁也不是傻子，我当然知道这个所谓的“总经理”还不如原来的发展部经理重要，当场有一种上当受骗的感觉。我感觉杨老板太小瞧我了，或者说他太高看自己了，居然把这样的雕虫小技不拐弯地直接用在我身上。于是，就庆幸自己当初幸亏没有把对总裁的怀疑反映给他，甚至反过来想，如果当初确实是总裁玩了老板，也可以理解，一定是老板先辜负了总裁，总裁才那样做的。可见，面对同样一件事情，人的主观立场发生了变化，看问题的角度也立刻跟着变化，这样，本来清晰的是非就变得模糊，甚至颠倒过来。

我从北京回到海口的时候，总裁和副总裁都已经离开那里了，我没有和他们见上一面，如果见上，按照正常的礼节大家是要在一起喝顿酒的。如果那样，说不定喝着喝着就会一起说老板的坏话，甚至说着说着，随他们一起离开也不一定。几年之后，我去成都出差，还专门见过总裁一面。但仅仅是“一面”，总裁虽然赋闲在家，却仍然保持当初的架子，与他当年的部下保持一定的距离。当然，他并不知道此时的我正在一家大公司担任高级职位，实际权力比当初他在顺达的时候大，如果知道，或许会客气些，如果那样，我们就可能说到当初发生在顺达公司的一些事情。可惜没有，加上我当时只是路过成都去西昌出席卫星发射仪式，来去匆匆，没安排时间和他细聊。至于副总裁，我再也没见过，也不知我这位老乡现在在哪里，过得好不好，但愿他能看到这本书，并且能据此来与我联系。

通过这件事情，我对“老板”这个词的认识有所深入，感觉不少老板都自以为是，觉得既然自己当老板了，就肯定是比为他打工的经理或总经理高明了，就总是对的。并且我发现这种思想有理论基础，这个基础就是中国传统文化中的成者为王败者寇。

杨老板没有把我安排在真正重要的位置上我还不是最生气，最生气的是他安排了一个于才于德于学历于做人等各个方面都明显比我们差一截的人坐在总裁的位置上，这不是明显侮辱我们吗？要说这个人有什么特别，只有一点，他是杨老板的老乡，是从小一起长大的朋友。这不是明目张胆地任人唯亲吗？可顺达不是党政机关，也不是国营企业，而是股份制企业，而股份制企业一旦被私人性质的大股东控制，它实际上就相当于私营企业了。在私营企业内部，老板搞任人唯亲既不违法，也不乱纪，我们要么选择离开，要么学会忍耐。我当时就想到了离开，要不是资主任，我就真离开了。

资主任是顺达公司办公室主任，在内地的时候和总裁是一个单位的，并且是他们单位的领导。很明显，他是因为总裁的关系而进入顺达并且担任办公室主任的，按照常理，总裁和副总裁的离开，并且有一批中层干部跟着离开，他也应该离开，但是，他并没有离开，而是继续留在顺达公司，继续当他的办公室主任。我感到好奇，特意找了一个机会当面问他这个问题。当然，问的目的并不是真关心他为什么没有离开，而是参考一下他没有离开的理由，考虑我该不该离开。

由于大家都是科研单位出来的，背景差不多，彼此也有许多共同的语言，所以，我和资主任关系一向不错，因此才可以当面问他这样的问题。

资主任抽烟。那天我问他这个问题之后，他没有立刻回答我，而是抽烟，非常平静地抽烟，大约快把一根烟全部抽完了，才说：“走是早晚的事情，但必须等待适当的时机。总裁和副总裁的走其实是被迫的，并不是跳槽或自己创业，在这种情况下，如果我选择离开，不但不能帮他，反而给他造成一定的压力。再说，如果我也走，就造成了一种‘集体辞职’的事实，给老板也有压力，老板很可能想办法把这个压力转嫁到总裁身上，对双方都不好。所以，我暂时还不打算离开。”

资主任说完，我马上就通过牙缝吸了一口气，自叹不如，想着领导就是领导，尤其是资主任这样在内地国家事业单位就任过领导的“正宗领导”，确实是有水平，这么难回答的问题，说实话，当时我问的时候还犹豫了半天，怕给他难堪，没想到他回答起来竟然滴水不漏。佩服！佩服！

既然话已经说开了，我就说出自己的问题，向他请教我该不该离开。

这次他没有抽烟，或者说没有仔细考虑，马上就说：“你干吗要离开?”那意思分明是说：你也不是总裁的人。

我把自己的想法说了。第一，感觉自己被骗了，CIS 总经理还不如原来的发展部经理。第二，挑个没水平的人骑在我们头上，不是明显排斥我们吗?

资主任听了，又开始抽烟。把烟点着，先吸一口，再吐出来，然后才说：“如果你已经找到了合适的地方，当然可以选择离开。如果没有，不如先干着。你已经找好去的地方了吗?”

我摇头，表示没有。他说那你就暂时不要离开。并且开导我，说天下乌鸦一般黑，即便有地方去，谁敢保证那个老板就没有这样那样让你不如意的地方?

我一想，也是，老板都差不多，在用人的问题上，他们宁可相信创业之初甚至创业之前就跟着他们的老关系，比如是家乡人，比如是从小一起长大的知根知底的老朋友，而像我、总裁、副总裁、资主任这些后来由于学历或能力而招聘的“人才”，绝大多数都是阶段性的，这个阶段完成后，你的任务也就完成了。在老板看来，你也不过如此，我还可以招聘到比你更好的；在“人才”看来，既然自己对完成某项运作有贡献，似乎理所当然地应得到某种回报，如果得不到，可能就不满足，甚至有怨言，于是就与老板之间产生一定的隔阂。由于老板认为“人才”不过如此，而作为“人才”的人综合素质往往还可以，不至于找不到工作，不需要在一棵树上吊死，所以，这时候他们以这样或那样的理由与老板分手不足为奇。我承认资主任说得对，走是早晚的事情，但在没有找到合适的地方之前，暂时不用离开。

由于我并没有立刻离开海南顺达，所以，虽然并没有直接参与做壳的后半期操作，但对公司的运作过程还是了解的。杨老板在国家体委拿到尚方宝剑后，回到了他的老根据地长春。由于他在海南的巨大成就，加上每次吉林方面来人都得益于顺达公司的热情款待，今天的杨东升已不是当年带了十几万闯海南的杨东升了。财大气粗的杨东升很快就与长春体委达成默契：由杨老板牵头组建北方奥神体育开发股份有限公司，公司拟在郊外重建一座现代化的新长春体育馆，“无偿”地献给长春体委，条件是原位于市中心的旧体育馆交由北方奥神体育开发股份有限公司开发成一个标志性的“奥神广场”，集商贸、住宅、旅游、休闲、大酒店、文体活动中心为一体。这些巨额投资来源于北方奥神的顺利上市。

我曾经在一篇文章中专门论述过，当一个老板同时控股几家上市公司时，他就可以顺利地开展真正意义上的资本运作。比如他想控股另一家上市公司，如果他要以一家公司去收购算违规，但如果是几家公司同时去收购，每家公司的持股比例不超过相关规定的限额，就合法。控制一家上市公司使你拥有了一条融资渠道，控股数家上市公司是你拥有融资“宽带”。在资本市场，一加一并不等于二，要么大于二，要么小于二，当你控股几家上市公司时，你在资本市场一加一大于二的机会远远比对手大；你可以采用关联交易或其他什么方式在第一年把 A 公司的业绩做得极好，股价就可以炒得天高，这时候你再来一个十送八配八，一下子就从证券市场上圈几个亿，第二年你用同样的方法或略加变化一点的方法用在 B 公司上，第三年是 C 公司，第四年是 D 公司……实在没办法再搞了，就来个资产重组；你可以自己控制自己的公司在二级市场的股价，你可以在较低的价位大量吸纳自己控股公司的股票，当然你不会傻到用真名实姓去买，然后你再通过发布消息或关联交易将该股的股价做得天高，这时候你就可以在高位抛出，套现资金再用于另一个价格相对较低的股票。文章发表后，引起很大反响，其中有评论说我发现了中国上市公司资本运作的“内经”，其实，文章虽然是我写的，但是发现这个上市公司资本运作的“内经”的人不是我，而是杨老板杨东升。

23

我还是有工作责任心的人，既然选择留下，就必须做好自己的本职工作。为了做好工作，我首先研究了我的前任，接受他的一些经验教训。

前任也是总裁带来的人。是个诗人，中国后朦胧派诗人代表人物之一。文采很好，富于幻想，但做起具体的事情来不够勤快，把过多的精力投入自己梦幻般的世界当中去，因此投入为老板工作的精力就少。而且，文人味道太重，看上去就比较孤傲，杨老板的母亲蓝大妈早就不太喜欢他了，但碍于总裁的面子，一直没好意思解聘他，现在总裁一走，正好，两句难听的话一激，就把他挤对走了。我现在虽然也算是文人，但当时不是。当时我的职称是工程师，实际从事的是资本运营，关键是我在香港老板和台湾老板手下当过经理，对职业经理和私人老板之间的本质关系有深刻的认识和理解，加上接受前任的教训，所以，我绝对不会孤傲。不但不孤傲，而且还能在老板面前扮忠臣，也就是把老板想象成皇帝，把自己想象成大臣，想象着大臣在皇帝面前应该怎么做，自己就怎么做。至于老板的妈妈蓝老太太，肯定不是个简单的人物，据说杨老板起家的资金就是她当年靠开裁缝店积攒下来的，老太太虽然在顺达公司没有任何职位，但谁都知道她的实际地位，特别是杨老板本人大多数时间在北京和长春，海口的公司总部其实是老太太在当家。鉴于这种情况，我顺理成章地把她想象成公司的“老太后”，作为大臣该对“太后”怎样，我就对蓝老太太怎样。如此，我居然在这个我本来并不喜欢甚至感到有点委屈的CIS总经理的岗位上做得还蛮开心。

“CIS”是舶来语，其意思是“企业形象识别系统”，但就我所从事的实践看，它的实际任务是企业形象宣传和企业文化建设，有点类似于国营企业的党政工团。根据这个定位，我主要注意两点：第一是勤快、仔细，考虑问题尽量周全，让会挑剔的老太太挑不出明显的毛病；第二是尽量与老太太搞好关系。为了与老太太搞好关系，本来不会打麻将的我也学会了打麻将。不但陪蓝大妈打麻将，并且封老太太“麻协主席”，让老太太高兴。老太太高兴了，我的工作就顺利了，而且还真做了一些事情。比如印制了企业文化广告衫，重新设计制作了礼品袋，请广告公司设计制作了公司宣传画册，与省体改办、省外事办举行篮球友谊赛等等。

应该承认，顺达公司是注重企业文化建设的。公司办公地点在南洋大厦，全体员工统一住在海景湾花园，每天上下班都有专车接送。普通员工坐依维柯，公司领导坐小轿车。每天早晨和下午上班时，几辆车鱼贯而出，浩浩荡荡，甚为壮观，其实这也是一种广告宣传。海景湾花园那栋楼是公司买的，一楼专门留了两套作为食堂和职工文化活动室。食堂免费为职工提供一日三餐，活动室里有卡拉OK和影碟机，但员工们主要还是喜欢玩麻将。员工喜欢玩麻将的一个重要原因是蓝老太太特别喜欢玩麻将，看来，想通过玩麻将来改善自己和老太太关系的绝不只是我一个人。不过，老太太也有些点过分了，好像除了麻将之外她什么都不喜欢，每次我们倾巢出动去旅游，就她一人不参加，而她不参加我们就不尽兴，因为不敢随便花钱，或者说没有适当的借口任意花钱。有一次我们要驱车去桂林，来回要几天时间，我硬是将她拖上，她一想这几天一个人也实在难过，于是同意随大家一路行动，条件是她必须带上麻将，一路走一路打。蓝老太太说到做到，每到一处，只要稍微有一点间隙，哪怕是在路边餐厅等待上菜的十几分钟的时间，她都立刻摆上麻将。在从桂林到阳朔的游船上，她根本不顾两岸的锦绣风光，照打不误，居然还真有人陪她，旁边观战的人也不在少数，如此，基本上可以肯定对她来说麻将的魅力比锦绣山河还要大。

杨老板也经常参与我们打麻将，但他很少从头打到尾，一般是他中途赶上了，说："又干上了?"大伙就笑着与他打招呼，说又干上了，并且边说还边瞟着蓝老太太。杨老板就说别太晚。然后就有人说："杨总玩两把?"他就反问"玩两把?"这时候，通常是蓝老太太忍痛割爱，说："儿子过来，替我玩两把，我腰疼。"杨老板一边说"别扯了"，一边坐到老太太的位置上。杨老板打麻将很随意，他自己是从来都没有输赢的，因为输赢全归老太太，但他好像替老太太赢得多输得少。赢了，杨老板就不打了，说："老太太快过来吧，我不能替你打了，再打别人有意见了。"大伙就笑，说没关系，杨老板也笑，笑着笑着就站起来，让给老太太。当大家又投入新一轮牌局中的时候，他就不声不响地走了。

杨老板在别的场合肯定是"正式"打麻将的，不然他怎么打得那么好？打麻将有时候也是一种交际手段。有一次我们公司因为房地产业务方面的事与另一家公司惹上官司，我们需要与法院方面沟通。那一天杨总亲自出面，请来几个在法院工作的吉林老乡玩东北麻将。东北麻将比我们平常玩的"推倒和"难多了。要求开门，条饼万俱全，还要有岔（碰了或手上有仨头）才能和牌，而且怎么个和牌也有讲究，有时已经自摸了，故意不和牌，反而抽一个中间张打出去，然后喊"报"，喊完之后就再也不能换牌了，这时候如果能把刚才那张故意打出去的牌再摸回来或者是其他喜欢跟牌的人跟你打了那张牌，你就做成一个大和，很大很大的和。正因为东北麻将太复杂，一般只有东北人才能打，我们是上不了台面的。杨老板请法院的老乡玩家乡麻将，当然是想借此联络一下感情，里面的含义是不言而喻的。本来杨东升跟几个法官玩得蛮开心，说着家乡话，玩着只有故乡人才能玩在一起的麻将，好比早年革命志士凭着《国际歌》熟悉的曲调找到自己的同志一般，加上杨老板又故意输一点，大家能不开心吗？但这件事不知怎么就传到蓝老太太耳朵里，蓝老太太兴奋得不得了，她天天委曲求全地与我们玩"推倒和"，好不容易赶上一次东北麻将岂能放过？老太太跑到楼上，一定要替儿子玩，杨东升是孝子，又当了这么多客人的面，只好答应。老太太玩起东北麻将起来如鱼得水，几个大和就把法官们口袋掏空了。老太太高兴疯了，杨老板急傻了，费了很大劲才将老太太哄下桌。

最开心的一次是我们去三亚的天涯海角。公司证券部的钱小姐看上了一个瓷感很好的海螺壳，她正在与摊贩讨价还价，杨老板为了帮她砍价，故意说："不买了，这有什么好的？"钱小姐也心有灵犀，说："那就听你的吧，不买了。"这一下可把摊贩急坏了，但她们又不能强迫我们，所以就拼命讲好话讨好我们，讨好方式之一是"撮合"杨老板和钱小姐，摊贩说："买一个吧老板，你女朋友这么喜欢，你就为她买一个吧。"

杨老板说："别瞎说，她不是我女朋友。"

"那是你什么人？"

杨老板想了想，显然不好说自己是老板，而钱小姐是给他打工的，于是说："是妹妹。"

"算了吧，"摊贩不屑一顾，"这年头哪还有哥哥带妹妹出来旅游的呀？"

一句话把大家全部逗笑了，钱小姐自己也笑弯了腰。我由此发现，现在的女孩子比我们那个时代的姑娘开放多了，要是我们那个时代，未婚女孩碰到这种场面，肯定不敢笑，只会憋得红脸。

总之，在顺达公司做 CIS 总经理那段时间我非常开心。事实上，自从我 1991 年 11 月下海以来，还从来没有这么开心过。说来还真是一件怪事情，原本我并不打算做的事情，没想到一旦做起来还能做得这么顺利，这么开心。或许，正是因为我原本并不打算做，做不做无所谓，所以，在实际工作中才能真正放松的缘故吧。另外可能与工作性质有关，以前我所做的一切工作都是为公司创造经济效益，或者说是为了赚钱，而赚钱并不是一件容易的事情，所以，基本上都有一定的压力。现在这个工作不需要赚钱，相反，还一天到晚想着怎么样花公司的钱，当然就没有指标压力。不但没有压力，也没有危机感。更别说那段时间公司由于刚刚经历了一次大换血，所以基本上不炒人，就是偶然炒人，有“老太后”罩着，也炒不到我头上。所以，那段时间给我的感觉是跟过去在国营单位差不多，甚至比过去在国营单位还要自在。因为过去在国营单位我是属于“干的”，而现在我是属于“看的”，按照“干的不如看的”原理，我不是比过去在国营单位还好吗？然而，正是这种美好的感觉，让我放松了警惕，在我根本没有意识到危机的时刻，危机已经悄悄地向我逼近了。

24

前面说过，我所负责的 CIS 部是个专门花钱的部门，而按照眼下的行规，凡是花钱的地方基本上都有回扣。刚开始我不知道，后来知道了，后来每次谈业务，谈着谈着，对方就主动谈到这个问题，而且谈的方式五花八门。比如有的业务员说："我们可以一起做。"所谓的"一起做"就是一起分钱，分公司花出去的钱。还有比较直接的，说这单业务给他们做，他们可以给我一定的"业务提成"。我们公司出钱请对方做事情，对方给我"业务提成"，这不就是吃回扣吗？

对于吃回扣，我是一直比较警觉的。一方面我信奉君子爱财，取之有道，我想当君子，不想当小人，所以我从来都不吃回扣。另一方面，我深知老板最讨厌职业经理吃回扣，所以我也不敢犯这个忌。因此，每当对方和我谈到这个问题的时候，我就知道对方的报价肯定有水，还可以继续压，于是就继续压，一直压到对方实话实说，说如果按照这个报价，那么我们就不能再考虑你个人的"意思"了。我说这就对了，我不要你们"意思"，你们只要按最低的价格给我把事情做得最好，就是对我最大的"意思"。如果对方疑惑，觉得我是外星人，或者怀疑我的胃口非常大，看不上他们这点小"意思"，我就告诉对方："从某种意义上说，这公司本来就是我自己的，我总不能自己吃自己的回扣吧？"如此，他们就明白了，再跟我谈业务的时候，就不考虑给我个人回扣了，并且主动把报价压低，起码比我的前任低。

其实我这样说也不完全毫无根据。事实上，由于我和老太太关系处理得非常融洽，已经引起公司内部一些人看不惯，他们以开玩笑的方式说我是老太太的干儿子，我听了当然不高兴，但老太太不以为然，说好，我就认他干儿子。既然是“干儿子”，那么我对客户那样说也就多少有一些根据。

天下没有白吃的亏。后来我才知道，“老太后”是个心里非常有数的人，她之所以认我这个“干儿子”，最大的原因还不是我勤快嘴巴甜，而是她一直都在暗中观察，甚至以谈业务的名义冒名打电话，直接向与我们发生业务关系的对方打探价格，所以她知道我没有吃回扣，才处处关照我。但是，凡是都有例外，那一次我就遇到了例外。

那一次我们定做礼品袋，业务完成之后，对方给我一笔回扣，我不要，对方说：现在业务已经完成了，这是我个人业务提成中的一部分，你不要，就归我个人的所有了，与我们公司利益没有任何关系，而你如果要了，对你们公司利益也不会造成任何损害。我一想，还真是这么回事。既然业务已经完成了，款都结了，我如果拿了，确实对公司利益没有任何影响，而如果不拿，相当于赞助这个业务员了。我凭什么要赞助对方的业务员？我傻了？我第一次理解了什么叫“不拿白不拿，拿了也白拿，白拿干吗不拿”的深刻“道理”，于是，经过一番思想斗争之后，终于拿了。

事情真就这么怪，按说那天就只有我和对方业务员两个人，谁也不会知道，但是，老天爷像是长了眼睛，自从拿了那笔回扣之后，我几乎天天听到“回扣”这两个字，而且每次听见的时候，就怀疑别人是在说我。特别是有一次打麻将，他们又在说这个问题，搞得我心不在焉，连自摸都打出去了。关键是，当时“老太后”也在场，并且她还把这个问题直接扯到我头上。

“老太后”说：“你们谁拿回扣都不行，但是我干儿子拿了没事。”

“干儿子”就是我。

“老太后”这样说完之后，空气发生了静止，大家都不说话，正眼看着“老太后”，余光盯着我，而我的正眼和余光都不知道该往哪里落。

“老太后”则若无其事，一边打出一张牌，一边对自己的话做出解释，说：“你们都瞎糟践，我干儿子不瞎糟践。我干儿子就是拿了回扣，也会寄给自己的媳妇，不白瞎了，值。”

明明是在当众表扬我，但我听起来怎么都像是她已经掌握了确凿的证据，因为“老太后”说的完全正确，我确实是拿了回扣，而且确实是将那几千块钱一分钱不少地全部寄给了我老婆。难道“老太后”在我身子后面安装了一架小型摄像机？不但知道我吃了回扣，而且知道我把这个回扣具体用到什么地方去了？

我不能再在顺达做了。从那天之后，我不敢正眼看老太太，也不敢再打麻将了，每打必输，输出去的钱并不比拿的回扣少。没心思呀。当然，更不能听见“回扣”这两个字，仿佛这两个字是专门针对我的。因此，我有一种惶惶不可终日的感觉，不得不离开，赶快离开。

25

离开顺达，我投奔了高方清。

和章一民一样，高方清也是我们中学宣传队的。他比我低两级，本来我们关系一般，但他与我的一个好朋友关系特别好，所以我们之间也就比一般的同学关系稍微近一些。中学毕业以后，我们有一段时间断了联系，1976 年我从建设兵团回马鞍山探亲，在那个好朋友家又碰见高方清一次，他为我们即兴表演了一段单口相声，内容是讽刺孔老二的。相声说得很好，这让我大吃一惊，真正感悟到了什么叫“士别三日”。说实话，以前我甚至有点小瞧他，觉得他之所以能在宣传队里混，并不是他有什么专业特长，而是因为他爸爸是我们那里管文化的领导。

1980 年，我在安徽铜陵有色公司第一冶炼厂做课程设计，他那时恰好在铜陵市文工团当相声演员。又一次的“士别三日”，我又回过头做学生，他已经成了国家干部。

1983 年，还是探亲，我问那个好朋友：“高方清好吗？”

朋友说：“不好。”

“为什么？”

“坐牢了。”

我非常吃惊。

朋友告诉我，高方清带女朋友去游泳，他矮，女朋友漂亮，于是就有几个小混混不服气，当面调戏女朋友，高方清和他们打，吃了大亏，第二天带了武器去报复，将一个混混送进了医院，正赶上

"严打"，说他顶风作案，进去了。

1994 年，海口，我陪客人在歌舞厅听歌，发现台上的歌手像他，但不敢认，前几次是"士别三日"，眼下是"时隔十年"，变化太大了。

叫来服务生，问："台上那个歌手姓什么？"

答："姓高，是我们老板。"

"老板？"

"是，是我们高老板。"

"你们高老板是不是安徽人？"

"是啊，老板你也是安徽的吗？"

"麻烦你叫你们高老板过来一下，说有人找他。"

高方清过来了，很兴奋，但没讲多少话，比十年前在铜陵那一次少多了，我当时以为他是在台上唱累了，后来发现他的话确实比以前少了，是坐牢坐的还是当老板当的？我很想问他，但一直没问，我不想提那一段可能会令他不愉快的经历。

以后我就经常去他的歌舞厅玩。本来是想照顾他生意，可他从来不用我买单，搞得我只敢听歌，喝杯迎宾水，来一点"高消费"都觉得不好意思。

歌舞厅老板自己上台唱歌，这对我来说还是一种新见识。后来听他的部下告诉我，高方清就是从歌手一步步做成老板的，从歌手到经理，再从经理到承包人，又从承包人到老板，一步没差。我从此心里对他产生敬意，再也不小瞧他了。

事实上，高方清这时候已经不仅会唱歌，而且唱出了名堂。刚开始是自己出了 VCD。作为一个有钱的歌舞厅老板，自己花钱出一盘 VCD 或许不算什么，但这盘 VCD 上面的歌全是著名词曲作家专门为他写的，而且有一段时间老是在中央电视台播放。每次播放前高方清就给我打电话，我不但自己看，而且邀请我们单位的同事一起看。同事不知是故意逗我开心还是其他原因，看了之后总是说："高方清真是你的同学？你没瞎吹吧？"弄得我表面生气，心里却觉得很有面子。感觉高方清是名人了，仿佛我也跟着出名了。

那一年高方清还上了中央电视台春节联欢晚会，尽管时间很短，尽管只是四个小生合唱一首歌，但只要能上春节联欢晚会，名气就不一样了。联欢晚会的露面和 VCD 的发行相得益彰，高方清趁机在海口和合肥等地搞签名售 VCD 活动，场面热烈。其中海口的活动我亲自参加的，要是不亲自参加别人说我还不信，活动那么热烈！现场居然有一个老人痛哭流涕，一定要与高方清合个影，说实话，我至今不知道老人到底是人来疯，还是真的对艺术、对高方清的歌声如此热爱。

作为高方清出名的另一个标志是市面上出现了以他的头像作为封面的挂历和宣传画。宣传画肯定是他自己出钱印的，挂历是怎么回事就不清楚了，反正我是抱回来一大堆，到处送人。这时候，高方清的一首《终生为你守口如瓶》居然还上了什么排行榜。这也不是瞎吹的，因为有次我在他家里，厦门那边恰好来了个电话，说他的那首歌上了排行榜的第三名，要对他做一个长途电话专访，广播电台现场直播，整个过程我一直守在他身边，不让别人来打扰。专访持续四十五分钟，中间他还即兴唱了一段《老歌》。

出了名的高方清收到很多歌迷的来信，其中大多数是女孩子。信中要求高方清回信寄照片，要求跟高方清做朋友，要求嫁给高方清，甚至于直接要求跟他过几天夫妻生活的女孩不在少数。这些信很多是我帮他整理的。我很震惊，这些女孩对高方清一无所知，仅凭唱歌就愿意向他托付终身？从那些信来看，你很难说她们是不认真的，我暗自庆幸自己有个儿子，要是有个女儿，可能从此以后就担心死了。

到了 1995 年，海南的娱乐业已经相当不景气，高方清正在思考新出路，而此时我正好经历“回扣”风波，加上眼见着总裁和副总裁相继离去，感觉顺达并非久留之地，就是没有“回扣”事件，早晚也会冒出其他什么事件，再说，从顺达公司的实际经历看，老板往往只信任他们家乡人和从小一起长大的朋友，而我和高方清不正好是家乡人和从小一起长大的朋友吗？于是，我和高方清做了一次长谈，相当投机，并形成了一致想法，认为海南的娱乐业从运作方式到管理水平都比内地先进三到五年，我们应该利用海南的优势到内地发展。我不知道有没有别的原因，本来只是说说而已的事，没想到高方清真干起来。有一天他突然找我，要我为他新成立的娱乐管理公司起个好名字，我想都没想，随口就说：叫新东方。高方清很高兴，他说好，脱口而出的名字最好。很快，“海南新东方娱乐管理公司”正式注册成立。我也不知不觉地就成了这家公司的主要负责人之一。刚开始是兼职的，好像也没拿工资，离开顺达之后，就真干上了。

我与高方清一起乘飞机去武汉，考察武汉新华路娱乐城。我们要将它的歌舞厅承包下来。这时候我不真干也不行了，因为高方清要我留在武汉，负责这个娱乐城。考虑到我不懂做歌舞厅，还特意另配了一个副总。我很乐意，因为武汉离家近，我可以经常回去看看老婆孩子。果然，娱乐城还没开张，我就得到一次回马鞍山的差事。回去取款，总共是一百多万，现金支票，放在一个私人账户上，只有我能支取。那段时间娱乐城重新装修，每天花钱跟流水似的，每次提款我都心痛，生怕不够，还好，由于我把得紧，居然还多出十万。

装修只是我们工作和花钱的一部分，这部分只能算是“硬件”，还有许多“软件”需要做需要花钱。包括服务员的招聘与培训、灯光音响和舞美设计、文艺节目的编排、妈咪小姐的落实、吧台进料酒水进货、订服装买沙发、价格制定海报设计、发请帖找内保、打点方方面面关系等等，以前到歌舞厅玩的时候觉得很简单，不就是听歌跳舞泡小姐嘛，没想到真干起来有那么多弯弯绕。说实话，当时高方清另派一个副总来时我还有点不以为然，甚至认为多此一举，后来不得不承认，如果没有那个副总，我一个人还真玩不转。副总没来之前我就闹过不少笑话，比如招聘搞 DJ 的，我不懂，说成是搞 JD 的，下面的人又不敢当着应聘者的面讲我说错了，只好自圆其说地解释“海南就这说的”，弄得那几个武汉伢以为是真的，居然也赶着时髦说起“JD”来。再就是培训，由于我自己不懂，请了一个会吹牛的“老师”来。“老师”用餐馆服务的方法来培训我们歌舞厅的服务员，一般的还能凑合，真正遇到歌舞厅特有的服务时就乱套了，比如有位小姐点了一份牛奶，“老师”指导的服务标准用语是：“小姐，您的奶。”连我这个外行听了都觉得不对劲。高方清说，要是真开张了，我们提供这样的服务，客人还不跟我们打架？

副总姓何，是行家，他来了之后，马上就将那个“老师”炒了。到底是干这一行的，自己就有全套人马，几个电话一打，缺什么来什么。首先到位的就是培训教师，叫刘乐乐。那才叫专业，长得一表人才，三指托盘跪式服务样样精通，自己先做一遍，然后将人分成几个组，由组长带了一遍又一遍地反复练习，他自己板着脸在旁边巡视，练完之后，他再讲解这个动作为什么要这样做而不那样做，听得服务员心服口服，记得特牢。我特别注意到他培训标准用语，发觉这里面其实有很多名堂，不仅说什么有讲究，怎样说也很有讲究。比如某个老板点了一瓶人头马XO，服务员上这瓶酒时就一定大声地喊：“先生，这是您点的人头马XO，请验酒。”这样大声地“喊”而不是轻轻“说”，并不是怕这个老板听不见，而是怕旁边的人听不见，这是为他宣传，给他面子。相反，如果是客人只点了一杯清茶，服务员就要轻声说，或干脆说“先生，您点的饮品到了，请慢用。”用“饮品”代替“清茶”也是给客人面子。

但是，成也副总败也副总。能干的人往往不听话，喜欢跟老板讨价还价，甚至利用老板的资源为自己牟利。后来歌舞厅发生的一系列不愉快的事大都与这位副总有关。

26

开业前夕，有一个大问题困扰着我和高方清。我们装修得这么漂亮，培训得如此到位，节目安排得那么精彩，连小姐都是专门从外地引进的“新鲜货”，但客人怎么知道呢？一个最简单的办法是登广告。但广告小了少了不起作用，广告大了多了花费受不了，这办法不行。我们又想了第二个办法：看哪家歌舞厅生意好就去把哪家的经理挖过来。这是一个花钱少见效快的办法，但前提是要发现这个人，然后还要保证能把人挖过来，并且这件事还只能我和高方清两个人知道，如果我们这里从海南带来的那个何副总知道了，他万一突然撂挑子而我们要挖的人又没有挖过来怎么办？对何副总保密就是对公司除我和高方清之外的一切人保密，还真不是件容易的事。

那些天，我和高方清天天在武汉的各个歌舞厅转，看哪家歌舞厅生意最好就往哪家钻。这种事不能扩大影响，只能看准一个，一挖到底，不能这个不行了我们再去挖第二个，只能一次成功，所以我们格外尽心。每到一个歌舞厅都要找妈咪点一个小姐，然后从这个小姐嘴里获悉本歌舞厅的一些情况。这项工作的另一个收获是我们对武汉的消费群体有所认识，并根据消费群体的特点对我们的准备工作做适当调整。例如，我们知道武汉人喜欢跳一种叫作“三步踩”的舞，于是，我们马上就在节目中穿插这种节奏的舞曲。

经过大约一周的奔波，我和高方清一致认定位于解放路上的恺撒夜总会生意最好，而生意好的主要原因一是他们的硬件好，二是他们的经理得力。对于硬件我们是有足够信心的，后来者居上嘛，我们要的就是他们的经理。初步确定后，其他地方不跑了，我们专门守在恺撒夜总会。

我们了解到这个女经理姓曹，她有三个特点。一是很专业，我们从方方面面的途径打听到，女经理原来是解放军胜利文工团的舞蹈学员，武汉军区撤销时，被送到武汉音乐学院师范部学习，毕业后分配到市群艺馆做辅导干部，是武汉市第一批交谊舞爱好者的老师，在本地很有些人缘与背景；二是她很敬业，这从她每天的工作时间和工作效果就可以证明；三是她很有分寸，每天都要陪各种客人跳舞，给足客人的面子，但她只跳快三和三步踩等快节奏的舞曲，很少跳慢节奏的，特别是不跳慢四，并且一到跳“费司”的时候总找理由早早地离开了。高方清说这最后一条尤其重要，歌舞厅经理最好是女的，而且这女经理最好要漂亮并且会跳舞，但是这个女经理不能乱，女经理要是一乱了这个歌舞厅就臭了，歌舞厅臭了有身份的客人就不会来，而有身份的客人如果不来，歌舞厅上哪里赚钱？

我不是很懂，于是不耻下问。我问高方清：“不跳‘费司’我可以理解，‘费司’就是英文的‘Face’，是贴面舞的意思，正派的女人当然不能随便跟客人跳，否则不就成了歌舞厅小姐了？但为什么不能跳慢四呢？”

高方清向我解释：歌舞厅的灯光与音乐节奏是成正比的，音乐节奏越强，灯光也就越亮。慢四慢曲，所以灯光就很暗，再说，慢四的舞姿是男人的右手搂住女人的腰，女人的手搭在男人的肩膀上，男女之间挨得很近，如果再配上暗光和慢节奏，很容易违背男女授受不亲的原则，所以正派的女人最好不要随便跟男人跳慢四。

最后，我和高方清一致决定：就挖这个女经理。

关键时刻，高方清要回海南，非回去不可。机场，高方清留给我的最后一句话是：“我相信你一定能办成这件事。”

我肯定是属于那种经不起别人捧的人，给点信任就献身。

这时候，我除了知道那个女经理姓曹以外，别的什么都没有，一切得从零开始，而高方清留给我的时间只有一个礼拜。

那天晚上我早早地就去了恺撒夜总会。我去的时候他们还没开张。服务员还在打扫卫生和往每张台子上摆蜡烛杯。蜡烛杯浅浅的，里面盛一点清水，中间放上一根又粗又短的红蜡烛。红蜡烛现在还没点燃，要等客人来了才点着，来一桌客人点一根蜡烛，不仅有情调，也是夜总会管理上的需要。正在打扫卫生的服务员见我进来似乎很为难，他们还没开张，不知道该怎样接待我，比如不知道该不该把蜡烛点上。这里面有一套程序，一旦蜡烛点上，服务员马上就要为这一桌提供服务，但服务是一个系统工程，比如服务员要上水，但吧台此时正在备料，还没进入出品程序，硬要出就更乱套。我突然意识到自己来得不是时候，不该提前的时候提前也会给别人造成不便，就像去朋友家做客，说好是晚上七点，如果你六点钟到了，表面看起来你对这次做客很重视，早早地就到了，其实你是给朋友找麻烦了，你六点钟就到了，朋友是忙着接待你呢还是忙着准备晚餐？意识到这个问题之后我又站起来，对服务员说："你们还没营业吧？我先出去转一圈，过半个小时再来。"

"不用了。"这时候突然有个声音从门外进来，说话的正是那个女经理。

女经理已经走到我面前，非常热情地对我点点头，然后对服务员说："你去忙吧，我先陪这位客人坐坐。"女经理说着已经将包搁在台子上，笑着问我："不反对吧？"

"不反对，不反对。"我说。

"我认识你，"女经理说，"你们还有一个先生呢，他今天怎么没来？"

"他今天回海口去了，过两天就回来。"我说，"您是曹经理吧？"

"哎，你怎么知道我姓曹？谁告诉你的？"

"你看看，我们来玩这么多天了，就允许你认识我们，我们不能认识你呀？"

称呼也是能互相影响的，在她的影响之下，我也将"您"改成了“你”，非但没有不礼貌之感，相反还觉得亲切许多，看来，礼貌有时候也是距离的代名词。

刚才离去的那位服务员眼里有活，现在已经不声不响地送来两杯水。

我大概是心中有鬼而有点紧张，端起杯子猛喝了口水，那个姓曹的女经理没喝，但她也端起了杯子，在手中晃了晃，说：“你们是海南来的？”

“是。”

“来武汉做生意？”

“对，开娱乐城。”我没来得及细想，随口就说出来了，就像我前两个月随口说出“新东方”一样。如果我要是细想，可能我就不会这么快说出自己也是搞这一行的，不是说同行是冤家吗？但既已出口，收也收不回来了，听天由命吧。

“你们也是开娱乐城的？”

“对，开娱乐城的。”

“在武汉？”

“在武汉。”

“哪里？”

“新华路娱乐城。”

“新华路娱乐城是你们开的呀？”

“怎么，你听说过？”

“听客人说的。”

“是吗？客人怎么说？”

“没怎么说，就说新华路娱乐城被一个海南大老板买去了，正在装修呢。”

我笑着递上自己的名片，说：“我们不是什么大老板，也买不起整个娱乐城，我们是娱乐管理公司，就像希尔顿酒店管理公司和香格里拉酒店管理公司一样。我们不投资建娱乐城，但我们专门管理娱乐城，这样就可以实现娱乐城管理的专业化、规范化、科学化、系统化和规模化。”我很想一口气再多说出几个“化”来，只是说不出来了，就能说出这几个。但我发现，曹经理的眼睛已经发出亮光，显然，她对我说的这一切很感兴趣。

曹经理回敬了一张名片，她有一个男性化的名字，曹路。我发现很多能干的女人都有一个男性化或中性化的名字。

“你们在海南是开娱乐城的?”曹路问。

“是的。”我说。

“你们知道中国城吗?”

“知道，中国城的三楼就是我们管理的。”我现在要强调“管理”，不能把自己说成是开娱乐城的老板，曹路天天遇见各种各样的老板，真老板假老板，大老板小老板，土老板洋老板，男老板女老板，肯定见烦了。

“去年有个老板找我，”曹路说，“他说他是海口中国城的老板，要我跟他去海南当经理，我没去。”

“你没去是对的。”

“怎么说?”

“第一，那个老板有可能是骗子，因为中国城并不在海口，而是在琼山（当时是市）；第二，既然你在哪里都做经理，干吗要舍近求远呢?”

曹路对我点点头，认为我说得对。我又接着说：“其实，你当经理可惜了，像你这样精明能干又是科班出身，待人接物又很会掌握分寸，做个总经理都可惜了。”

“那该做什么?”她笑了，不知是听了我的吹捧高兴得笑，还是觉得我讲话有漏洞，总经理都可惜了那还能做什么?

“你最适合做娱乐管理公司了，”我说，“如果做总经理，做得再好也就是管一家娱乐城，你不可能同时当两家歌舞厅的老总。但是如果你做娱乐管理公司就不一样了，你可以管理几家甚至是几十家歌舞厅，你的任务就是培训总经理，制定规范和行业标准。你知道吗？我们国家有几千家娱乐城，有几百万娱乐行业从业人员，每年上缴那么多的国税，但至今连一个关于娱乐管理的国家标准都没有，你说这些工作都得谁来做？难道是一个娱乐城老总能做得了的吗？当然不是。这些工作必须而且只能由我们专业的娱乐管理公司来做！因为它必须要有大量的娱乐城管理第一手资料，只有同时管理几家、几十家、几百家娱乐城的娱乐管理公司才能做得到，才有资格有能力去做。”

曹路不笑了，她瞪着两只大眼听着我说。那一刻，我感觉我是说服别人的天才。如果不是我，而是换上别人，比如换上高方清，也许他不是我这样说的，他可能会说“你在这里拿多少钱一个月，我给你双倍怎么样？”如果那样说就糟了。许多年之后，当然是曹路成为我妻子之后，我们在一起回想起那天晚上的事，她告诉我：“如果你当时谈钱我们就没有今天了，我当时根本就不缺钱，再说恺撒的老板肯定比你们更有钱，恺撒的熊老板早就许诺要带我去美国，而且老板不是瞎吹的，他已经带走四个人去美国了。”

那个熊老板后来我也见过，确实如她所说。

27

娱乐城开业的前一天，高方清从海南回来，去机场迎接他的已经不是我一个人，而是我和曹路两个人。高方清从海南带来一大帮老板，其中有的人我还认识，比如那个姓郑的大老板，海南几乎没有人不认识他，我当然也不例外。曹路看来的人多，马上打电话给机场公安处的毛处长，从他那里又临时调了一辆警车，让高方清觉得很有面子。在车上，高方清高兴得动手掐了我几次，像个女的。

那天晚上，当最后一次包括彩排在内的演练完成之后，高方清和我在一间包房里与何副总谈话。首先肯定他在整个开业前的准备工作中的成绩，然后向他表白我们对客源问题的担忧，并征询他有什么高招。何副总想了半天，说："最简单有效的办法是在当地请一个玩得转的人。"一句话听得我神经一炸！真是行家！难道他已经知道我们在外面请人了？

"这几天我们在外面物色了一个，感觉还行。"高方清说。

何副总"哦"了一声，没说话。

"我们想请她来专门负责客源的事。"高方清说。

"做公关经理？"何副总问。

"她在那边就是做总经理的。"我说。我要抢着说，生怕高方清说曹路在恺撒是做经理的。其实，经理和总经理也就是个叫法不同，所做的事和所负的责任是一样的，但此时这样说会让何副总心里平衡一些。

高方清、何副总同时朝我看看。高方清说："既然是我们挖她过来，至少也要给她安个副总。我的意思是让她做具体负责公关的副总，原来你请的那个公关经理还继续做她的公关经理。”

何副总不说话，气氛有点尴尬，我们三人恰好又都不抽烟，找不到个台阶。这样难堪了一会儿，何副总终于站起来，说：“你们都安排好了还跟我说什么？”说完一抬腿走了，出了门就唱起革命样板戏来，高亢有力，整个娱乐城的人都能听见。

第二天上午休息，下午三点集合，高方清要做最后的动员与布置，顺便将曹路介绍给大家。这时候，我突然发现何副总没来，赶紧告诉高方清，高方清找来那个负责培训的老师刘乐乐，刘乐乐说何总病了，起不来。高方清和我对了一下眼，我说：“一切照常进行，布置完了之后我们俩去看看他。”

“行。”高方清说。

我将高方清拉到一边，轻声说：“我看这个刘乐乐不错，不如提他做服务部经理，如果老何不来，你亲自抓演出部，曹路抓公关部，我看也行。”

高方清点头说好，就这样办。

我这时候对刘乐乐招招手，小伙子一路跑过来，像个仪仗兵。我对他说：“刘乐乐呀，我和高总商量了一下，想让你负责服务部，高总亲自抓演出部，马上还要来一个曹副总抓公关部，你看行不行呀？”

刘乐乐胸脯一挺，说：“只要老板信任我，我保证尽力做好。”

突然，高方清像神经质似的喊道：“曹路，曹路呢？曹路怎么没来?!”

“马上就来，”我说，“怎么你忘了，是你安排她在家打电话邀客人的。”

高方清没说话，但眼睛活过来，仿佛刚刚受到惊吓才回过神来。

说曹操，曹操到。说话间，曹路已走出电梯，一脸春光明媚地朝我们边招手边走来。高方清看见曹路，脸色如雨过天晴，顿时亮堂许多，我上去拉了一下曹路的手，算是打招呼，马上将刘乐乐与曹路相互做了介绍。平常油惯了的刘乐乐这时候一派腼腆，倒是曹路大大方方地伸出手，说：“你是服务生的小帅哥呀，她们肯定会听你的。”说得刘乐乐更加腼腆，一如小学生第一次得到老师的当众表扬。

高方清对刘乐乐点了一下头，说集合吧，刘乐乐就如太监拿到了皇上的圣旨一般，屁颠颠地跑过去，掏出一把哨子，含在嘴里一吹，手一举，几十号服务员就像士兵一样迅速集合起来。

新官上任三把火。刘乐乐今天特别有精神，口令不是从嘴里发出来的，而是直接从丹田一路顶上来的，极有底气。做完立正稍息向右看齐后，不知他发出了一句什么口令，只见全体服务员齐拍手喊口号：“新东方，新东方，天天不一样！”连拍带喊两遍之后，闭上嘴，照着口号的节奏再用巴掌使劲拍一遍，很有感染力。

曹路小声对我说：“到底是海南来的，是不一样。”

我说：“这就是专业的娱乐管理公司。”

“下面，欢迎高总给我们讲话！”随着刘乐乐一句欢迎辞，服务员们热烈鼓起掌来，我和曹路也暂停了交谈，随大家一起鼓掌。

高方清向前跨两步，举起手向下按按，大家静下来，他说：“大家辛苦了，我感谢大家！还要特别感谢刘经理和何总，大家知道吗？何总硬是给累倒了。我们今晚就要正式开业，这是我们海南新东方娱乐管理公司在武汉开的第一家歌舞厅，作为一个专业的娱乐管理公司，我们还要在这里开第二家、第三家、第四家甚至更多家。你们今天在这里是服务员，明天到那里就是领班，就是经理，甚至就是总经理。你们今天受到最严格最正规的训练，明天你们就要以同样的方式去训练新一批的服务生。”

听了高方清这番话，不仅服务生们很激动，我也感到热血沸腾，仿佛心中有一轮刚刚升起的太阳。

接着，高方清向大家介绍了曹路，并宣布刘乐乐的新职务。服务员们自然是热烈鼓掌表示欢迎与拥护。但我注意到了有一个人表情异样，这个人就是李丽霞。李丽霞也随着大家一道鼓掌，但表情好像心不在焉，目光是游离的，一会儿看看我，一会儿看看高方清，但更多的时候是看着曹路，好像曹路是来抢她饭碗的。

我心里一惊，自责自己工作没有做细，只想到曹路的加盟可能会影响何副总的情绪，把这个李丽霞忽略了。

28

李丽霞是主动找上门来的。自从我们娱乐城投入装修以来，就不断地有人找上门来。比如联系做广告的，联系做服装的，联系送啤酒的，联系唱歌的，联系舞蹈的，联系卖沙发的，等等，但联系做公关经理的就李丽霞一个。那时候何副总还没来，这里管事的就我一个，李丽霞自然是找到我。李丽霞找我与其他人不一样，她不是推销东西的，而是推销她自己。

李丽霞请我吃饭。

新华路娱乐城是个综合娱乐场所，一楼是恒温游泳池，二楼是桑拿，三楼是餐厅，四楼是我们歌舞厅，吃喝玩乐一条龙。李丽霞请我很简单，堵在三楼，我一下来吃饭她就拦住，必须上她订好的那个座位。本来我们和三楼餐厅之间有协议，我在三楼吃饭可以签单，但李丽霞态度诚恳，如果我硬是不给她面子，那就是得罪人家了。我在武汉人地两生，当然不要轻易得罪人。我能够接受李丽霞的邀请去吃饭的另一个原因是李丽霞气质还可以，一点都没有鸡相。这一点很重要，再漂亮的女人，一旦有鸡相就令人讨厌了。至于什么是“鸡相”，恐怕只有做过娱乐城的人才知道，这里面有很多东西是只可意会不能言传的，我也说不清，反正李丽霞属于那种没有鸡相的女人。这样的女人如果相貌还可以，请一个男人吃饭应该不成问题。

李丽霞对我说：“我想来这里做公关经理，也就是负责小姐这一块。”

“你的意思是不是做妈咪？”我问。

李丽霞愣了一下，有点不高兴，但她很快就调整了自己的情绪，挤出一点笑容，说：“丁老板你看我像是做那种事的人吗？”

我看了一下，还真不像。我不知道妈咪该是什么样，但我感觉与李丽霞不太一样。于是我实话实说：“是不一样，但我们有妈咪就行了，干吗还要另找一个公关经理？”

“那可不一样，”李丽霞说，“从工作内容上说，公关经理除了负责小姐这一块外，还要负责其他的公共关系事项，比如与工商、税务、公安部门打交道，与甲方打交道，联系其他一些对外的公关业务等等。你们是外地来的，没个人跑这些事怎么成？另外，从职务上说，妈咪是公关经理的部下，妈咪只拿提成，没有工资，而公关经理拿工资。”

听她这么一说，我感觉这个李丽霞的水平还可以，于是我问：“你是什么学历？”

她回答是大专。

我说你明天拿份简历来吧，顺便把毕业证书带来。

她说好。

当天晚上，李丽霞又给我打电话，绕来绕去说了半天，意思是说将来如果生意好了，她的提成多了，可以分一部分给我。我马上就想到她说的是另一种形式的回扣。接受在顺达公司的教训，我略微思考了一下，说：“这事以后再说，你先按我们今天中午说好的，明天把简历和毕业证送过来。”

第二天下午她将简历送过来，并且还交给我一份小姐的名单，长长的一大溜，好像有一百多人，每个人名字后面都有联系电话，我随机地挑了两个打过去，一个没打通，另一个还真是个小姐，我冒充“王老板”，约她晚上到东方红玩，对方嗲声嗲气说了半天，说什么我没听清楚，但接电话的人是个专业小姐可确定无疑。我信了。又问：毕业证呢？她说毕业证放在宜昌了，等过两天回去带过来。

后来何副总就来了，我因为忙于其他事就将她介绍给何副总，并当面表达了我个人的意见：这位小姐做公关还行，具体怎么安排你自己看着办吧。再后来何副总好像对我说起过李丽霞的事，大概说已经安排她做公关经理了，每月只有八百块工资，主要收入靠小姐提成，并说李丽霞能力不错，前两天还帮我们解决了磁卡电话问题。

关于小姐提成的问题，我以前并不了解，昨天我与高方清、曹路在一起讨论价格问题，才知道是怎么回事。原来客人点小姐时，除客人给小姐本人的小费外，歌舞厅还要按每位五十元收取“鲜花费”，听起来像是客人买了鲜花送给为他服务的小姐，倒也文明合理。这五十块钱按规定要单独立账，每月按百分之五十提给小姐本人，但事实上，这些钱全部进了妈咪或公关经理的腰包。小姐不但拿不到这个提成，而且还要另外“倒提成”。所谓“倒提成”，就是哪位小姐的账面提成高，她不但一分钱提成没有，反而还要倒拿出来一部分钱来孝敬公关经理或妈咪。理由是：既然提成高，说明她的上台次数多，相对来说她收取客人的小费也多，因此要拿出点孝敬妈咪或公关经理，如果她不这么做，那么她在本歌舞厅就做不下去。轻者，妈咪不让你有上台的机会，重则叫人收拾你。做公关经理的一般都有后台，红道黑道都有，要反抗就干不下去。公关经理或妈咪得到这些提成也不会独吞，她们也会拿出一部分来打点方方面面的关系，包括娱乐城老总。以前生意好做时，小姐的“鲜花费”不是现在的五十元，而是二百元，这笔钱不是个小数目。对这些内幕，高方清、何副总、曹路还有李丽霞他们都懂，只有我不懂，因此，歌舞厅还没开张，明争暗斗已经开始。现在李丽霞的心不在焉，正是在考虑下一步的动作。

果然，刚一散会，李丽霞就缠上我，一定要找我谈谈。我实在不想跟她谈，晚上就要开业了，哪有时间？何副总肯定是来不了了，不仅来不了，我和高方清还要去看望他。高方清更忙，昨天与他一起来了一批海南的客人，今天又到了一帮家乡马鞍山的朋友，千里迢迢，今晚他无论如何都要陪客人们吃餐饭，晚上还要亲自上台演出，整个舞台调度和节目安排都由他亲自过问，我和刘乐乐是插不上手的，曹路自己有那么多客人要招呼，肯定不能分身，这时候哪有时间做李丽霞的思想工作？但她实在缠着不放，我要是硬回避她，高方清还以为我有什么把柄在她手里呢，于是我说："好，五分钟，就五分钟。"我怕一个人说不清，把高方清也拉上了。

我们三人走进一间包房，我说："说吧，什么事？"

李丽霞红着眼，说："不是说好让我做公关经理的吗？我里里外外忙了这么多天，没有功劳还有苦劳呢，你们怎么连招呼都没打，就又找了一个公关经理来？"

高方清刚想解释，我抢了说："谁告诉你我们又找了一个公关经理了？"

"那个曹总是干什么的？"李丽霞说着居然流出了眼泪。

"曹路是公司分管公关的副总，你是她手下的公关经理，这有什么不妥吗？难道我们安排公司副总经理还要向你请示汇报？"

我虽然不懂歌舞厅，但我知道怎样压住这样的人，所以我说话得有原则性，不能让她抱有幻想。当然，我用这样的口气说话，也是向高方清证明我没有任何把柄捏在这个叫李丽霞的女人手里。

"那为什么我不能当副总，偏要让她当？"李丽霞这会儿已经彻底哭出来了。

"谁当副总是你考虑的问题吗？"我说，"你现在应当努力把工作做好，工作确实做好了，我们不是不可以考虑安排更能发挥你作用的位置。高总刚才不是说了吗，我们在武汉马上就要开第二家歌舞厅，这几天我和高总一直在忙这件事，不要说是副总，如果你真有能力，我保证你可以当总经理。"

李丽霞给我这么一炸，果然冷静了许多，开始清理自己的眼泪了。

高方清说："作为公关经理，你认为最主要的工作是什么？"

李丽霞没有回答，她还在清理自己的脸并调整自己的情绪。

高方清接着说：“最主要的是客源。今天是开张的第一天，你比曹路来得早，准备的时间也比她更长，我看今晚你有几桌客人，她有几桌客人，不要不服气，一比不就比出来了？”

李丽霞听到这里，好像已经从绝望中走出来。

29

晚上，我坐镇收银台。尽管高方清已经安排他一个亲戚在负责收银，但我还是不放心。不是怕他那个亲戚搞鬼，而是怕他搞错。我们所做的一切最终不就体现在收银上吗？

高方清还没来。他此时此刻正在陪远方来的客人们吃饭，等快开幕时才能陪客人一起过来。刘乐乐腰杆笔直，表情严肃，高度紧张地注视着他的服务生和领班。何副总没来，他真的病了，刚才我和高方清去看过，发高烧，装是装不来的。高方清已经安排人送他去医院。我觉得很奇怪，昨天还唱样板戏的人，怎么今天突然就病倒了呢？曹路胸有成竹，差不多已经在一半的桌子上放上她自己带来的“迎宾卡”。“迎宾卡”上写着“欢迎某某某光临”，落款是“曹路”。这时候她好像已经无事可做，我让她帮着安排舞台上的事。李丽霞刚才跑过来对我说：“这怎么行？她一个人占了那么多位子，我的客人来了怎么办？”我说你放心，你的客人来了我保证有办法让他们坐。

我的话说过火了。

那天晚上爆满，连加座都没有了，好在造成爆满的客人不是李丽霞带来的，而是曹路邀请来的，要是李丽霞带来这么多客人没地方坐我还真不好说了。李丽霞也有客人，好像只有三桌。曹路带来的客人多我心里就很得意，仿佛是我打赌赢了一样。李丽霞也很识时务，这时候她与曹路像是亲姐妹，曹路忙着招呼她的客人，打招呼、送水果拼盘、邀请跳舞，李丽霞忙着陪客人聊天，趁机将客人的电话留下，等待着有朝一日将曹路的客人变成她自己的客人。

开业大顺！

高方清说得对，只要顺，做歌舞厅比做什么事都舒服，整天鲜花美女歌舞升平，跟皇帝差不多了，能不舒服嘛。其实我还是很喜欢音乐的，当年我跟高方清在一个宣传队时，我就是拉二胡的，而且我拉得很用功，曾有一度想一辈子靠拉二胡吃饭。到建设兵团后，一直担任二胡独奏演员和乐队队长。有一天下午下雨，我们宣传队全部集中在礼堂里自由活动，整个礼堂就像是个超市，闹得不得了。也难怪，都是十几二十多岁的青年男女，兵团又不让谈恋爱，好不容易开放一次，机会岂能错过？只有我在礼堂的一角埋头拉二胡。我是要考专业的文工团或歌舞团或艺术学院的，不下苦功夫不行。记得我当时拉的是一首《三门峡畅想曲》，事实上我确实也已经完全投入畅想中，我至今都认为那是一首最好的二胡独奏曲，它将二胡的各种演奏技巧都发挥到了极致，最大限度地展现了二胡的长处。听完那首曲子，您会感悟到中国民族音乐的伟大，您会发觉二胡的表现力并不比小提琴差，至少在表现我国中原一带的风土人情和民族感情时是这样。当我终于完整地用二胡表达完我的情感时，我发现整个礼堂早已人走楼空，他们全去吃饭了，居然没有一人提醒我！这使我感到沮丧，至少乐队的同人应该叫一下我呀！毕竟我还是他们的队长嘛。我收拾好乐器，转过身来，吓呆了，这些男男女女们居然一个没走，全部在我后面围了一圈！我已经从《三门峡畅想曲》中走出来，他们居然没有！他们还在畅想！

恢复高考那年，我本来是考音乐学院或艺术学院或师范大学艺术系的，安徽师范大学艺术系的二胡教授（当时是讲师）李子贤是我的二胡指导老师，他明确地说，只要文化课不拖后腿，专业课你不用考的。谁知就在临近考试前不久，报纸上突然宣扬起了陈景润。有一个武汉的作家叫徐迟，他当时写了一篇报告文学，题目叫作“哥德巴赫猜想”。文章的开头是：数学是自然科学的皇后，数论是皇后头上的那顶皇冠，而哥德巴赫猜想就是皇冠中央那颗璀璨的明珠！我豁然有一种感觉，认为搞自然科学才是最伟大的，而且那时候年轻，虚荣心重，认为学理科的人应该比学音乐的更聪明一些，为了显示这种“聪明”，我竟然突然放弃音乐，报考了理工科。是福是祸现在还没法说，好的结果说明好的一切，但我现在还不知道结果，因为我现在还没有“盖棺”，所以没法“定论”。但不管怎么说，我对艺术还是热爱的，所以在歌舞厅感觉很开心。

但这种开心是“干开心”，事实上，我不像高方清那样紧跟形势，不断地随着时代的旋律走，我已经不行了，甚至可以说完全不懂现代音乐了。两年前我回安徽看望李子贤教授，他曾对我说：“不行了，我这个音乐教授看着乐谱也唱不了现代流行音乐了。”我以为他是开玩笑，现在看来他讲的是实话。我们歌舞厅也有个“大乐队”，听名字我以为至少十几个人，谁知一露面我才知道，所谓的“大乐队”其实只有四个人：一台架子鼓，一个合成器，一把电吉他，一柄电贝斯。比我十几年前带领的那个乐队还小！但人少音不少，四个人搞起来比我们以前十几个人还像模像样。

由于对艺术的热爱，所以我对搞艺术的人就特别尊重，不管是武汉市歌舞团的演员，还是湖北省歌舞团的演员，或者是武汉乐团的乐手，凡是来歌舞厅演出的，我都非常欢迎，非常尊重他们。武汉乐团的一位首席小提琴手，无论后来我在武汉管理哪个歌舞厅，我都打电话给他。有一次他为了感谢我对他的关照，请我吃饭，我说：“要说感谢的应该是我，您知道吗？放在十几年前，像您这样的老师要是肯见上我一面，我都会感动得流泪的。”

十几年前他没见过我，所以我没有流泪的机会，十几年后他见我了，但我已经不会流泪了，倒是我的一席话说得他满脸泪水。

30

开业的顺利并不代表一顺百顺，事实上，歌舞厅刚开业不久问题就出来了。不是一个问题，而是一堆问题。

第一是资金问题。刚刚有一点收入，高方清就要往海南抽，我当然是不希望他抽资金的。歌舞厅刚开业，现在还不稳定，我们在武汉又没有根基，所以必须要保持一定数量的备用金，现在从歌舞厅抽资金，就相当于是从婴儿身上抽血。但公司是高方清的，高方清比我更懂行，他这样做肯定是迫不得已。我当时已隐隐约约地感到高方清在海南好像还有债务问题，开业时海南来那么多大老板不像全部是专门来捧场的，从高方清跟他们的对话看，他们仿佛是债主，高方清在他们面前有意放大歌舞厅的实际投资，并夸大歌舞厅的营业收入，像是在给他们打气，要他们放心。

第二是甲方的某些部门和某些个人总是与我们为难。比如电梯，经常坏，对生意影响很大。每次坏了，我和曹路都要去求爹爹拜奶奶，送烟送钱请吃饭才能搞掂。后来我就非常厌烦了，觉得他们是有意这样搞，是小人所为，终于有一次，当他们再一次把空调停了时，我和曹路的愤怒都超过了极限，与他们大吵了一架。其实我也不愿意吵架，尤其是不愿意跟甲方吵架，但我不吵架没用，是客人跟我们吵架，没有空调，客人说简直是在洗桑拿，不买单，换上哪个管理者能不火？

第三是曹路与李丽霞之间的问题。那是发生在开业半个月以后的事。曹路坚决要炒掉李丽霞。我问为什么，你们不是好得像姐妹一样吗？曹路一开始不跟我做任何解释，后来我说，你不对我说出真实理由我是不会同意你随便炒掉一个部门经理的。曹路说，不炒掉她也行，但我要另外安排两个妈咪，我说可以，反正妈咪也不拿工资。当天晚上，曹路就带来两个妈咪。这两个妈咪还带来几十个小姐，于是，那天晚上李丽霞的小姐几乎一个没有上。相反，她手下几个漂亮的小姐还当场“跳槽”，不跟李丽霞了，转而跟新来的妈咪。这样坚持了几个晚上，李丽霞就顶不住了，又找到我，还是像上一次那样流眼泪，说她这个公关经理现在已经被架空了。我觉得很奇怪，你们前几天不是好好的吗？李丽霞吞吞吐吐，说本来是好好的，但一到领提成时曹路就跟她翻脸了。我问为什么，李丽霞说，曹路嫌她孝敬得少，不要，于是就另外带来妈咪，并把客人介绍给新来的妈咪。我说你们这里面应该有个行规吧，按行规办不就行了吗？李丽霞说不行，因为她还要另外孝敬何副总。我没想到这里面这么复杂，比资本运作还复杂。

复杂归复杂，但跟着高方清那段时间还是我自“下海”以来最得意的。这种得意来自于高方清对我的高度信任，好像比对他自己都信任，凡是遇上现金的事，全部由我经手，并且只能由我经手，从而使我始终处于一种“士为知己者死”的情感之中。作为一个职业经理，处于这种情感之中是最幸福的，比那种在顺达公司游山玩水打麻将还要感到幸福。我对高方清的忠诚有时甚至于超过他自己对自己的忠诚。举个例子：给我们做装修工程的是一个跟随高方清多年的老朋友，这个老朋友对我也十分尊敬，有一次从海南上来时，还专门为我扛了一大箱杧果，让我好感动，但就是这个老朋友在我和高方清面前诉苦，说他老是要请手下干活的人吃饭，高方清听了没说话，只是笑笑，我不乐意了，我说：“你诉什么苦？你从家里带过钱来吗？你请客的钱最终还是来自公司。”一句话呛得他不吭声。事后高方清对我说：“你行，这话我都说不出口。”

然而，正是在这段时间，我和老婆的感情就出现了严重的危机。起因是她近半年来经常在电话中跟我说一件事，这件事与房子有关，更与面子有关。我那时已经将户口及人事关系迁往海口，但她和儿子还在马鞍山，她自己还在设计院画她的图纸。我也试着将她调往海口，并且她本人也在海南省建筑设计院干了一段时间，但最终由于各方面的原因她还是选择留在马鞍山钢铁设计院，这就面临一个房子问题。马鞍山设计院有一个规定：女人分房降一档。也就是说，我老婆是工程师，但由于我已经调离设计院，以前分给我的房子现在算是分给我老婆的，这样就要往下降一档，她只能分到助理工程师的房子。老婆在电话里说，她现在觉得很丢人，整个楼里就我儿子一个人是大孩子，其他全是小毛孩，于是，老婆向我提出了这样一个问题：你“下海”这么多年了，到底给我们母子带来了什么？如果这样，当初你还不如不“下海”，如果不“下海”，现在也熬出头了。

老婆的话是对的。事实上，这也是我常常想到的一个问题，想着如果当初不下海，那么现在应该评高级职称了，甚至可能当主任了，肯定比现在这样四处漂泊强。但是，想没有用，这个世界上什么药都有，就是没有后悔药。既然没有后悔药，那么我就只能继续往前走，咬着牙往前走，尽量不要想这些不愉快的事情。但是，今天让老婆把这个问题捅破了，并且不是捅破一次，如果仅仅捅破一次，我还可以自己给自己打马虎眼，装糊涂，还能让心中的伤口慢慢愈合。可是不行，类似的电话老婆每隔一段时间就打一个，仿佛是每隔一段时间就再捅破一次，老是不让我心中的伤口愈合，一直在流血，让我特别痛苦。当夫妻双方的一方感到特别痛苦时，这种婚姻就已经变成一种负担。我意识到了，但她没有意识到，可能到今天她都没有意识到我最终为什么要提出与她离婚，她一直都认为是曹路破坏了我们的婚姻。其实，曹路最多只是起了一个催化剂的作用，要是没有曹路，我们的婚姻可能确实会再维持一段时间，但已经成为一种负担的婚姻，再维持一段时间有意义吗？即使没有曹路，生活中就不会出现李路王路张路陈路吗？但我和她说不清，到现在也说不清。

我那时对曹路确实已经有感觉了，这种感觉好像不是这时候产生的，而是在五年前，在我刚“下海”时就埋下了种子。事实上，我第一次见到曹路时，就有一种似曾相识的感觉，后来我认真想过这个问题，终于找到答案：曹路身上同时具备了恒基公司唐小姐和赖晓芸两个人身上我所喜欢的品质和性格。曹路后来也告诉我，她认识我时与前夫离婚已经五年了，同我和老婆分居的时间恰好一致，在这五年里，她一直在寻找着新的爱情，但始终没找到，就在认识我的前几天，她还专门到扁担山找人算过卦，卦上说她的爱情来自天涯海角，马上就要出现。天涯海角是海南的代词。一切仿佛都是冥冥之中安排好的。

31

这一段时间高方清一直在海南。我的担心得到了印证。高方清在海南果然有债务问题，而且执法部门已经将他的一个合伙人抓了起来，高方清回到海南就是忙着救人。但他也还关心这边的事。高方清前两天还给我打电话，说有人反映曹路的问题，我说曹路能有什么问题，他说是吃妈咪小姐回扣的问题。我说这事我知道，吃回扣怎么了，反正也不是吃公司的，关我们什么事；再说客人几乎全是曹路带来的，她吃点提成是应该的。高方清见我态度这么坚决，就没再说什么，只是让我注意点。昨天高方清又打来电话，说甲方那边对我和曹路都有意见，问我是不是与他们大吵了一架，我说是啊。我把吵架的情况跟高方清说了一遍，最后我说："这是件很烦心的事，所以我就没有跟你说。"高方清说："你还是要注意点，特别是和曹路的事，现在里里外外反映都很大，说你们俩好得像一个人，注意点影响。"

我和曹路好得像一个人吗？我怎么不知道？

这段时间我和曹路确实是天天在一起，但都是忙于工作上的事，其他事根本顾不上。要说私下有什么交往，那也就是晚上收工后一起去国际俱乐部吃宵夜。我本来没有吃宵夜的习惯，但现在做歌舞厅了，每天晚上都要忙到下半夜一两点钟，不吃点东西不行。曹路下班也要吃宵夜，于是她带我到国际俱乐部去过两次，每次都是她抢着把单买了。她比我熟，我争不过她。她买了单，下次喊我我就不能不去，否则就有不想补请的嫌疑。但下一次去还是她买单，于是一次又一次，好像已经习惯了，去了就是她请我。这是一件很有意思的事，按理说，我是男人，又是她的“老板”，这单无论如何应该是我买，但在我的记忆中，我买单的情况只有一次，那一次不是我们两个人，而是加上刘乐乐我们三个人，好像曹路是故意给我面子才让我买的。那天刘乐乐还拿我们开玩笑，说：“丁总你今天这套新衣服不错，不是你自己买的吧？”刘乐乐说得不错，那套衣服确实是曹路给我买的。说起来我很惭愧，和女同事在一起，总让她给我买东西，为我花钱。我也想着给曹路买点东西，但买便宜的怕她看不上，反而小瞧了自己，买贵的我还真没钱。从我“下海”之日起，我就养成了一个习惯，收入全部寄给老婆，觉得不这样就太对不起老婆，没办法，这一点和我爸爸一样，遗传。每次给老婆寄钱的时候，看着上面盖有“高额汇款”方章的汇款回折，就像是得到了一丝安慰，感觉自己在外面的漂泊还是有所得的。在顺达公司的最后阶段，当“回扣”事情发生后，“老太后”在麻将桌子上当众“表扬”我，说我即便拿了回扣也情有可原，反正是寄给老婆了，没有白瞎掉，也不完全是敲山震虎，至少有一部分是心里话。现在我给高方清干，身上钱倒是很多，但我看他的钱比看我自己的钱都金贵，高方清又那么信任我，我能动吗？我后悔不该把所有的钱都寄给老婆，搞得自己那么紧，连基本的做人都不够。不过话又说回来，我不抽烟不喝酒，在没有认识曹路之前，也没觉得要那么多钱干什么。

高方清中午又打来电话，说不行呀，曹路的位置必须调整，干脆让她与李丽霞一起当公关经理，两个人也好有个竞争。我一听，火了，出口就说：“这是谁他妈的没事专门往海口给你打电话?！吃饱撑的呀？既然是我在这边全权负责，他们有什么事情找我不就行了吗？现在给曹路降职，不是过河拆桥吗?！”最后我说：“如果执行这个决定，曹路肯定会马上辞职，那么我就必须跟她一起辞职，我不辞职也不能在武汉做了，曹路肯定会说我们骗了她，她的能量你也知道，下次你来武汉还会有警车接你，但与上一次的性质不一样。”

不知道是我当时说话的口气太硬了，还是何副总联手甲方一起在高方清面前怎么耸人听闻了，加上高方清当时正被合伙人被抓的事情弄得魂不附体，总之，高方清坚持要把曹路从副总降为公关经理。在我看来，这就等于是赶她走。

曹路愤然辞职。

我紧跟着也辞职。不是怕她误解我或找人收拾我，而是坚持自己的做人原则。

我要立刻从新东方的宿舍里搬出来。我不想再见到他们了，包括高方清。曹路问："你到哪儿去？"

"不知道。"

"下一步准备做什么？"

"不知道。"

"你搬到我那里去住吧，我们俩也搞一个娱乐管理公司，我有钱。"

高方清在海南找什么人以怎样的方式注册了新东方娱乐管理公司，路子我一清二楚。搬到曹路家里后，我立刻给海口打电话，对方满口应承。我这是给他做业务呢。经讨价还价，先寄去一万块钱，一个注册资本为一百零八万元人民币的"海南双利娱乐管理公司"就算成立了，又当面交给对方几千块钱，公章、财务专用章、合同专用章、营业执照正副本以及对方临时为我们刻的印鉴一应俱全。公司章程上我是董事长，曹路是总经理，各占公司百分之五十的股份。我自己 CI 设计，名片印得有模有样。

我们第一单业务就与新东方唱起了对台戏，一口气接下了新华路歌舞厅。我知道，这是高方清想接而没有接到手的场子。我之所以选择这家歌舞厅就是要做给高方清看看。我觉得自己做事比高方清上路子。成立公司后，我首先亲自动手编写了《双利娱乐管理规范》，这些"规范"中的许多就是新东方现行的制度与做法，加上曹路从恺撒带过来的一套东西和我自己的一些概括和总结，同样的东西，经过一编写一打印，再盖上鲜红的大公章，注明“严格保密”和“违者必纠”后，感觉就大不一样了。其二是我专门设计了《双利娱乐管理标准合同》，这种标准合同有点类似于现在房地产交易过程中发展商制作的“合同样本”，但在1996年的武汉还是个新鲜事，娱乐城的老板一看这玩意，第一印象就是我这家管理公司正规，至少比新东方正规。标准合同一共两页对折，有封面，其内容要点是：乙方（管理公司）出全套管理班子管理甲方（娱乐城）的歌舞厅，甲方按营业收入的百分比（通常是百分之八）支付乙方管理费。由于当时武汉的娱乐业很不景气，我们的管理公司又显得很正规，加上曹路以前在恺撒的名气和我们在新华路娱乐城的示范作用，我们的业务非常顺利，不到半年时间就接了七家歌舞厅。当初新华路歌舞厅开业时，高方清说新东方要在武汉开第二家、第三家、第四家或更多的歌舞厅，这个愿望他一直都未能实现，而我的双利公司一下子就实现了。高方清不能实现而我能实现的原因一是运作模式，二是管理方式。从运作模式上看，新东方要自己投资，而双利是真正的管理公司，不投资，无风险，因此同时做十家也没问题。从管理上说，我和曹路就扎根在武汉做，而高方清自己主要精力放在海南，这边靠何副总管理，但重要决策还要通过高方清，管理与决策脱节，失误难免。

在我的双利娱乐管理公司运作有点起色后，我和老婆的离婚问题也提到议事日程。整个过程比我想象的复杂，叙述清楚又是一本书，这里只讲结果。最后的结果就是她必须要孩子，同时我还必须再付一笔钱。我和曹路商量，将双利公司的全部盈利都给了她。就这还不够，不够就打借条，算我欠她的，然后再付给她。这笔钱后来一直在我再次来深圳后才彻底付清。

离婚之后，双利公司也基本上运作不下去了。武汉人很精明，刚开始被我的那一套唬住了，时间一长，他们觉得完全不是那么回事。按照“标准合同”方式操作，我是一点风险没有，肯定旱涝保收，不管是不是请我们管理，也不管我们管理得好还是不好，反正歌舞厅只要开门就会有收入，有收入我就有提成，扣除给几个管理人员的工资后，我总会有盈利，这叫什么双利？完全是“单利”嘛。搞不成了。任何生意只要是单利肯定做不长。最后，只剩下三家娱乐城与我继续保持合作关系，其中一家是青年路娱乐城，老板叫张正中。

32

很多老板自称是儒商，我不知道现在儒商到底是怎样定义的，但就我自己的理解来说，“儒商”标准是：知识分子出身，后经商获得成功，但仍然保留知识分子身上的基本品质。如果按此定义，我只和一个真正的儒商打过交道，他就是张正中。

张正中出生在四川，父母是五十年代从湖南支援国家三线建设去的四川，所以他应该算是湖南人。恢复高考后，他又考回长沙，也算是一种回归吧。

张正中和我算是校友，我比他高半级。77 级比 78 级只高半级，这是中国高等教育史上一个奇特的现象，不知若干年之后史学家会不会对此有争议，如果有，可查本书为据。我们说是“77 级”，其实是 1977 年参加高考，1978 年春天才入校，一学期之后，张正中他们“78 级”又进来，所以我们是同年不同级，可以理解是对传统“年级”的一种颠覆吧。

张正中大学毕业后分配到东北的一家国营钢铁厂。当时的大学生国家是包分配的。不仅包分配，而且包当干部。对于我们 77 级 78 级毕业生来说，更是各大机关和科研院所的抢手货。那时候还是计划经济，又正赶上“科学的春天”，各大机关和科研院所正是毕业生向往的乐园，但张正中却反其道而行之，主动要求到工厂，并且到了工厂以后还不留在科室，坚决要求去生产第一线。张正中为人谦虚，对工人师傅尊重，干活不偷懒，很快取得工人们的信任，不到一年就从工段长提拔为炉长。计划经济时代，国营钢铁厂“级别”

是很高的，炉长差不多就是处级了，直到这时候，那些还在为混个科长而努力的同学才察觉出张正中的“高明”。

高明的张正中并没有在仕途上继续发展。八十年代后期，他从中国的最北端直接“下海”到最南端。在海南的一家新加坡外商独资的房地产开发公司里，张正中眼睛并没有盯住钱，而是死死地盯着老板的运作方式。张正中不是学房地产的，甚至不是学经济的，学金属压力加工的他要想在短期内真正掌握房地产开发的内经，不认真学习不行。当他帮着老板完成一个项目并取得巨大收益时，张正中没有接受老板的奖金，而向老板提出了另外的要求：给我一套足以在内地注册一家房地产开发公司的材料。老板为他的远大志向所感动，当即给他出具了包括资信证明在内的全部材料。老板说：这套材料是值一千万还是一文不值，全看你自己了。

张正中拿到这套材料后，回去做父母的思想工作。他想：如果我连父母都说服不了，我就干脆让这套材料一文不值。并不十分开通的父母最终还是相信了他。全家齐动员，加上他自己的积蓄，总算凑足了五十万元人民币。当他的“外商独资”房地产开发公司挂牌开业时，实际上他只有四十多万了。这点钱别说搞房地产开发，就是炒楼都不够格，然而就是在这种情况下，张正中做出一个让全家人震惊的决定：向重庆市教育基金捐助四十万人民币！

越穷越要对外捐款，大约与他当年“越想提拔越要下去”的思路同出一辙。不过这次的风险更大。

张正中当时正在谈一个合作项目，项目的甲方是一家国营工厂，工厂位于市中心。工厂要利用街边的厂区建一栋宿舍楼，但一分钱没有。厂长想到了与人合作，条件是三五六五开，也就是说，工厂出地皮，发展商出资金建，建好后，发展商分百分之六十五的房屋面积，工厂分百分之三十五的房屋面积。谈了几家没谈成，问题出在分配比例上。当时比较通行的分配比例是三七开，这个厂长要的比例太高了，所以谈不成。厂长找到张正中，因为张正中是外商独资房地产公司的大老板。“大老板”财大气粗，十分爽快，满口答应。厂长怕夜长梦多，第二天就急着要签协议。签协议时，厂长发现张正中在原协议文本上加了两个“小条款”，第一条是注明分给工厂的房屋全部在三楼以上顶楼以下，厂长觉得张正中很傻，根据厂长的经验，每次分房最头疼的就是一楼和顶楼，现在“大老板”主动将这顶天立地最难分的硬骨头拿走了，这不更好吗？第二条是说如果通过发展商的努力将建筑面积做大，则增大部分的投资全部由发展商负担，增大的面积也全部归发展商所有。厂长认为这一条也能说得过去，反正是你自己花钱多建，不少我们原来的应得部分就行，管你增大多少。厂长以占了个大便宜的心态将协议签了。签了协议后，厂长就觉得这个大老板太爽快了，就觉得工厂欠了张正中的人情，就想找机会报答张正中，可还没等他想起怎样报答张正中，张正中已经把他叫到一边，悄悄塞给他一个万元礼包！张正中后来对我解释，这个红包很重要，一可以保证他永不反悔，二可以保证他在今后的扩充报建时积极配合。

张正中就是在这个时候主动提出要为重庆市教育基金捐助四十万元人民币的。他提出的唯一条件是：捐助仪式必须要市长亲自出席。市长不仅要出席捐助仪式，还要出席仪式之后的招待会，招待会的全部费用也是由张正中的房地产开发公司提供的。在当时，四十万人民币不是个小数目，这样一件大事，自然被当地媒体炒得沸沸扬扬。市长正想找些热点新闻来炒一炒，为争取重庆成为直辖市鸣锣开道，二人一拍即合。

捐款仪式喜庆非凡，市长大人红光满面，电视实况效果极佳。张正中为了表白自己是货真价实，一改以往的捐助都是人工画了一张巨大的现金支票的老掉牙做法，而是直接将一摞摞崭新的人民币齐刷刷地摆在主席台上，电视特写镜头照得记者自己的眼睛都成了人民币的颜色。在紧随其后的招待会上，市长鼓励张正中继续为这片生养他的土地做贡献，张正中激情之下表示：“一定要为本市多投资。为了多投资，决定将正准备开工的那栋多层住宅楼改为高层商住楼，只是不知市长批准不批准。”市长说：“外商来我市投资，我这个市长还有不同意的？你把报告拿来，我这就为你特批。”

张正中拿着这个由市长亲自特批的高层商住楼的项目，又回海南找他以前的那个老板。这一回调了个个，他变成出地皮的一方，相当于那个国营单位的厂长，而他以前的那个新加坡老板变成出资金的合作方，相当于头一份合同中的他自己，但张正中给的条件更优惠，二八七二分成，也就是说，他出地皮只要求分得百分之二十八的房屋面积，剩下的百分之七十二房屋面积归资金方，比市面上流行的三七分成让了两个点。新加坡老板是做熟不做生，张正中曾经是他的部下，张正中注册公司的资料都是他提供的，熟得不能再熟了，干吗不做？再说，当时海南楼市已露疲软，重庆改直辖市又见传闻，机会难得呀，新加坡老板非常爽快地与张正中签订了合作开发协议书。

由于是熟人，又见市长亲自批复，新加坡老板十分放心，资金很快到位。按新规划，一栋位于市中心的建筑面积40000平方米的高级商住两用楼立刻破土动工。开工那天，市长又来剪彩，使真假外商都容光焕发。

张正中与真外商的分成是二八七二，40000平方米他能分得12200平方米。工厂与张正中是三五六五分成，按当时的住宅楼报建总建筑面积是10000平方米，工厂实际应该从张正中手里分走6500平方米，这样，12200平方米减去6500平方米，张正中最后实际所得为4700平方米，并且由于第一份合同中明确规定工厂方面不要顶层和下三层，所以张正中的物业中临街商铺和顶层豪宅比例较高，按当时平均每平方米4000元价格计算，总价值为1880万元人民币，而这桩项目中的地皮其实是工厂出的，资金其实是新加坡老板出的，张正中本人的全部投入总共没超过50万元人民币！

33

张正中现在是深圳中智集团的董事长兼总裁，其麾下的中智担保公司是中国最大的民营担保公司，并且即将成为中国第一家在美国纳斯达克上市的金融企业。麾下的中科房地产开发公司以开发市中心闹中取静的小户型单身公寓而著称，其楼盘最受单身女性青睐，家喻户晓。张正中本人也是如日中天，时任深圳市政协常委、总商会副会长，倍受女企业家们的拥戴。由于其年龄和外形及气质确实有几分像著名演员濮存昕，故而被喻为“深圳商界的濮存昕”。然而，1997 年夏季我在武汉见到他时他可没这么神气。

淘到第一桶金后，张正中未能摆脱他们那一代暴富者的共同命运——盲目多元化。那一代人有个共同的推理：既然 50 万可以带来 2000 万，为什么 2000 万不能带来 200 亿？于是，那阵子想做大陆李嘉诚的人不在少数。我不敢肯定张正中是不是也做过这个梦，但我敢肯定他当时也一定想做大，否则他就不会遍地开花，不会加入多元化的大军了。那时候有个观点，叫作“不要把所有的鸡蛋放到一个篮子里”。该观点是指导多元化思想的理论基础。张正中是知识分子，绝不会做没有理论指导的事。我当时见到他时，他正为在这个理论指导下的多元化战略付学费。现在回过头想想，这笔学费的支付也在情理之中。一个人要做成大事总是要付代价的，只是每个人付代价的时机不同。张正中的起步太顺利了，在发展初期应该付代价时他躲过去了，没有付，现在补付，现在不补付，将来可能付得更多。就像一个人上火车要买票一样，如果你上车时没有买票，那么最好在中途补票，中途不补，下车时就要加倍罚款。中途补票对张正中是最好的结果，因为上车时他根本就买不起票，上了车以后他就地取材，在车上做生意赚了钱，然后就拿这个在车上赚到的钱补票，多好！当然，也有人根本就不打算买票的，比如像我，票是省了，但在为了逃票而花费的精力远远大于票面本身的价值，以至于没有精力做更要紧的事，得不偿失，到头来自己还是没做成老板，只能继续做职业经理。

张正中的学费是武汉青年路上的那家综合娱乐城。这是我所接管的最完整的大型综合娱乐城。在此之前，我在武汉已经接手管理了大大小小六家娱乐城，这些娱乐城有的比青年路娱乐城大，有的比它小，但无论是大是小，实际上归我管理的仅仅是其中的歌舞厅，像这样整个娱乐城全部交给我们管理的只有这一家。

青年路娱乐城是一栋六层楼的建筑，六楼五楼为保龄球馆，保龄球馆的中间是一个大厅，往两边各有六条保龄球道，两层共二十四道。四楼的一半做写字楼，另一半做棋牌室。三楼的一半做歌舞厅，另一半白天做餐饮包房，晚上做 KTV 包厢。二楼是巨大的餐厅，有散座有卡座，很是气派。一楼的右边做营业大堂，左边是一家银行的营业部。在我接手之前，张正中已经想了各种办法，所有的办法刚开始都觉得蛮好，但做了一段时间又完全不是那么回事。比如在我去的前不久，他们刚刚听取了从重庆请来的高手们的意见，花大价钱从重庆请来师傅，隆重推出“海陆空”，将王八（海）、冬虫夏草（陆）、老鸭（空）三合一，用特殊工艺制成精美的火锅，包括啤酒在内，每桌才二百八十元。又花大价钱狠做了一些广告，果然引来一些客人，热闹了几天，但投入的广告费还没收回来，又冷清了。事实上，武汉人很讲实惠，新开张的娱乐场所，老板为了吸引顾客，造人气，往往把价钱压得很低，这时候，武汉的大小老板真假老板蜂拥而至，既讲味口又省钱；个把月之后，娱乐城要慢慢价格回归了，他们的新鲜劲也过了，又去寻找新开张的场所。

我那时的情况也不好，1997 年的武汉，公款请客已不盛行，私人消费总是很算计的，江岸江汉及桥口的很多娱乐城都朝不保夕，我的日子越来越不好过。已经有两家娱乐城提前与我终止合同，手下有几个经理没事做，于是这几个待岗的经理自己主动在外面帮公司接业务，接到业务他们就可以上岗了。其中有一个经理了解到青年路娱乐城的情况，并与他们做了初步接洽，剩下的就是我和张正中直接对话了。

张正中给我的第一印象是他与别的娱乐城老板不一样，一看就是个知识分子，仔细一问还能扯上校友关系，于是亲近许多。我那时对接不接这家娱乐城也不是很在意，因为根据我的经验，接了也干不长，我把这个想法直接对张正中说了，他问为什么，我说："你要是早认识我，我就不会让你做娱乐城了。娱乐业不是知识分子做的，特别是像你这样还没有退化的知识分子。"

张正中并没有生气，反而笑，并且笑得很真诚。我被这种真诚的笑所感动，于是接着说："就是要做也不能在武汉做。"

"为什么？"

"目前武汉的娱乐城几乎没有一家是赚钱的，"我说，"武汉人脾气跟武汉的天气一样，太浮躁，连玩都不能静下心来。"

我接着说："同样是这家娱乐城，如果你当初是建在深圳，可能情况会好些，至少不会维持不下去。"

"你去过深圳？"他问。

"岂止去过。"

接着，我就将自己怎样"下海"，又怎样去的深圳，怎样去的海南，怎样又到了武汉的过程从头到尾不厌其烦地说了一遍。张正中听得很认真，也很有兴趣，还不时地插上一两句。从他的插话里我知道，他也到过海南，现在正准备将主要业务放到深圳。看来我们不仅是校友，而且还有许多相似的经历。

人的感觉在大多数情况下是互相的，人的真诚有时也是互相的。张正中听完我的故事后，也不由自主地谈了他的情况，包括他怎样起家的。最后他告诉我，其实他非常后悔做这个娱乐城，但资金已经投下去了，不做吧，投进去的钱怎么办？做吧，月月赔钱，骑虎难下呀。

“当时你怎么就想起来做这一行的呢？”我问。

“还不是头脑发热，”张正中说，“做房地产的你知道，每年的交际费就得以百万计，于是我就认为做娱乐城很赚钱，与其在别人开的娱乐城大把地花钱，不如干脆自己开一家娱乐城，赚不赚钱是另一回事，起码每年的交际费是肉烂在自家的锅里。再说，自己有个娱乐城对外形象会好些，增强信任感。”

我又问他为什么不在重庆做而要跑到人生地不熟的武汉来做，他说主要是看中武汉的资本市场。因为当时传闻武汉将建立中国第三家证券交易所，并且还不仅仅是传闻，柜台交易，也就是所谓的一级半市场已经在武汉展开了，所以，他才投资这座综合娱乐城的，想捷足先登，先用做娱乐城的方式打下良好的基础，然后在未来的资本市场上大显身手，没想到娱乐城开张了，柜台交易却取消了，第三家证券交易所的事情自然也就不提了。

“你现在打算怎么办？”我问。

“不瞒你说，”他说，“我现在已经将主要资金和精力放到深圳的房地产和融资租赁上，但这里也该有个了结呀。”

“怎么个了结法？”我问。

张正中没有急于回答，只是笑，仿佛我们谈论的只是一桩案例，而不是关系到他一大笔资产的大事。

这时候我倒显得比他急。我说：“你是不是想通过我做最后一搏，成则已，不成也就死心了？”

他没回答，还是在笑。

我又问：“是不是？”

他笑着说：“是。”

看着他那一脸轻松的笑容，我怀疑他是说笑话，但他事实上没有说笑话，因为他很快就跟我谈起了实质性问题。他说：“如果我把整个娱乐城现在就交给你，你打算怎么做？”

我仿佛一直在等他提这个问题，所以他一问我马上就回答："改改风水。"

其速度之快一如我小时候为显示自己的聪明而急于抢答老师的提问。

"改风水？"他显然是既不解又好奇。

"对，改风水。"我知道他会有这种感觉，所以蛮得意，同时又故意卖关子。

"说说看。"他身子向后仰了仰，重新调整一下看我的焦距。

"是这样，"我露出与他同幅度的笑容说，"武汉的大气候我们改变不了，管理上也不会有什么大的作为，前段时间你们搞的'海陆空'其实已经做得很到位了，再花钱搞什么名堂也不见得能比它好到哪里去，所以我想眼下我们唯一能做的就是改变风水。你千万不要以为一谈到风水就是搞封建迷信。"

他点点头，而且已经蛮严肃的了，仿佛非常赞同我的观点。

我受到鼓励，继续说："其实中国人讲的风水是很有科学道理的。不知你注意到没有，像北京的故宫、天安门、十三陵等，我们外行人也能感觉到它的好风水。"

张正中再次点点头，表示认同，同时也催我快讲正题，别扯远，这些个道理他懂。

"你注意到没有，"我说，"我们这个娱乐城眼下的风水就不行。娱乐城说起来挨着主干道，但就是因为挨着主干道，所以正门离马路太远，大约有二十多米，并且这中间是个绿化带，既不能停车，又遮挡视线，这种街面店，别说是退进去二十多米，就是退进去二三米风水都会相差很大。不相信你到解放路和中山路上去看看，再比较比较，中山路上的店铺租金比解放路上的贵三倍以上，为什么？就是因为风水。中山路上店面是紧挨着马路的，而解放路上的商店都离马路五米，所以就差多了。你再看看我们青年路，这一段路上的临街铺面离马路更远，所以价格就更低。"

"你的意思……"

“我的意思是拆除绿化带，改成一个广场，就像新华路上的五星城大门口或者像深圳世界之窗的门前广场一样。如果那样，就等于我们的娱乐城搬到路边上一样，同时，又改善车辆进出并增加停车位，生意必然会大为改观。一旦生意好转，马上低价出手，把资金抽回深圳集中力量搞搞你的房地产开发和融资租赁业务。”

张正中的脸色随着我说话的节奏变化而起伏。刚开始是有点疑惑，后来变得兴奋，最后又慢慢凝重。

“是不是出手到时候再讲，”他说，“问题是绿地改广场并不是一件容易的事。你有把握吗？”

“把握不敢说，”我说，“成事在天，谋事在人。这件事对厂里也有好处，你可以找一下厂长，他们是本地人，多少会有点关系，再说是公家出面，总会好说些，大不了到时候会花点钱，我们出钱就是。另外我这边也再找找人，说不定能碰成呢。”

“如果搞不成呢？”

“设个期限，到时候搞不成的话就只好放弃。”

“什么叫放弃？”他问。

“壮士断臂。”我说。

张正中把整个娱乐城交给了我。

34

管理上我确实没有什么新思路，只是将六楼五楼的保龄球全面降价，全天每局十元，三楼的夜总会请了几次艳星表演，赚钱不是目的，关键是维持繁荣。我的主要精力是放在绿地改广场上，采取的办法是发动群众。我把各个歌舞厅的经理们全部召集到一起，再把绿地改广场的意义对大家说了，然后问他们谁有本事搞定这件事。大家的热情之高出乎我的意料，而且他们几乎人人都说自己有关系。这个说她跟省政府的某处长跳过舞，那个说她与市里某领导打过球，就差没有说谁跟某领导睡过觉了。我听了半天，凭自己的判断觉得这些关系都靠不住，绿地改广场不是跳个舞打个球这么简单，甚至也不是睡个觉就能办成的。正当我感到失望时，一直没说话的段经理说话了。段经理说的声音很小，但我还是听清了。我觉得说话的声音不在乎大小，关键在于说话的内容。段经理说话的内容很简单：江北区区长是我表哥。

行了，如果凭这样的关系找到区长大人还是搞不成，其他关系也就不用费心了。

段经理是我们管理的天津路歌舞厅经理，平常话不多，总有一种忧郁感。她是看了我们的招聘广告来的，给我的印象不错，很有教养，但曹路并不喜欢她，说她是体面苕，不灵活，不适合做歌舞厅经理，还说歌舞厅经理就应该热情奔放，还要有泼辣劲，荤话素话都能听都能讲才行。“体面苕”是武汉土话，意思是人长得漂亮，但不聪明，甚至呆头呆脑的。我对歌舞厅不是很懂，所以什么都敢尝试。我决定尝试着用一次庄重忧郁型的经理。后来的实践证明我是对的。热情奔放并且泼辣的公关部经理配上一个庄重美丽的服务经理效果不错，至少她们不像其他歌舞厅两个女经理老是吵架，甚至还打架。客人们也很会区别对待，大多数客人在公关经理面前都很放肆，确实是荤话素话都能说，甚至直接对公关经理动手动脚，但对服务经理都蛮尊重，他们在这个有教养的女经理面前也变得很绅士。

我对曹路说："你看，只有这样的人家里才会出区长，换上哪个公关经理，说了我都不信。"

曹路说："动心了？"

段经理软磨硬泡，终于把她表哥请到了我们娱乐城。曹路和段经理一路陪着他，我装着日理万机的样子间或着来打个招呼。不是我故意摆架子，现在是我们求人家，摆什么架子呀。但根据我的经验，有漂亮女人在场时，男人对男人常常怀有敌意。

曹路和小段陪区长打完保龄球，吃过饭，直到坐下来唱歌的时候我才正式出场，陪区长喝啤酒唱卡拉 OK。一扎啤酒下肚，区长实话实说："这件事你们谁也不用找了，找也没用。"段经理急得都要哭的样子，干脆坐在表哥的沙发扶手上，拉着区长的胳膊又甩又摇，大有恨不能献身的样子。我很感动，没想到平常斯文的小段关键时刻还能来这一手。

区长说："这件事情你们谁也不用找了，如果找到我还办不成，你看谁还能给你们办成？！"

区长的话像是训人，又像是发火，我想他大概是喝多了。喝多了应该是好事，有事求人最好能将对方灌醉，醉了的人最爽快。

区长今天果然爽快。区长说："别说这点小事，就凭我表妹的面子，你们要把后面整个工厂收购过去也是我一句话的事。"

"那是那是。"我和曹路一个劲地附和，热情得像狗见了久别的主人。曹路忙着给区长加酒，我则亲自为他点烟。段经理这一刻似乎已经胜券在握，脸上一扫以往的忧郁，变得容光灿烂，人也仿佛年轻许多。那神情仿佛曹路为她倒杯酒或者我给她点支烟她都会心安理得。

区长这时候大概真喝多了，已经将段经理的手臂捏在手里，不知是他将表妹当成老婆了还是将表妹当成歌舞厅小姐了。

"凭我的面子，"区长说，"你们在江北区要是看上哪个地段，或走个什么关系，只要我一个电话，没有搞不成的。"

我已经开始想着怎样给段经理进行奖励了。其实给段经理奖励也就是给区长报答。我还打算把段经理直接介绍给张正中，怎么奖励是张正中的事，我相信张正中会根据他在武汉发展的需要来确定自己跟区长的交往程度。区长说得对，如果我们仅仅是因为门口这个绿化地而动用区长，那也太大材小用了。这么大的关系用在我手里简直是一种浪费，浪费就是一种犯罪。这种大关系应该由张正中亲自来用，才能发挥起真正的作用，做到人尽其用。

"但是这件事不成。"区长说。

我刚想说"那是那是"，突然发觉不对。我想肯定我也喝多了，喝多了所以就听错了。这种事是常有的，本想将别人灌醉，没想到别人没醉自己先醉了。

我看看曹路，又看看段经理，才发现我没有醉，因为她们俩都愣在那里，刚才那份喜悦已经不复存在。曹路手里举着啤酒杯，悬在空中；段经理已经抽回玉臂，两眼发直。

"不是我没本事，"区长说，"什么事情我都敢，就两件事除外。"

这时候我已经确定自己肯定没醉，因为思维正常，我已经想到区长肯定会说是贩毒和杀人。

"你们猜是哪两件事？"区长跟我们玩起了智力游戏。

两位女将你看看我，我看看你，然后又异头同率地左右摇摇。我心里想，女人就是女人，要么为什么英国有句成语叫作"the men is men”？意思是男人毕竟是男人。曹路说段经理是“体面苕”，其实她自己也差不多，漂亮的女人基本上都是“体面苕”。

“这个你们都不知道？”我说，“一是杀人二是贩毒嘛。”

“No，no，no。”喝多了的区长居然变成了外国人，一边说着“no”，一边伸出一根手指头在眼前来回地晃。

“不对，”区长又恢复说中国话，“不是贩毒和杀人，是超计划生育和破坏绿化。”

这个我还真没想到。看来不仅两个女将是体面苕，我自己其实也很苕。

这一刻我已经忘记我们今天请区长是干什么的了，好像完全是在闲谈，开心地闲谈。

“怎么说？”我问。

“这还不知道吗？”区长把我们当成了小学生。

“因为这两件事是他妈谁也瞒不住的！”区长终于交出了谜底。

区长说：“你们可能小瞧了这件事了。实话对你们讲，这个厂的厂长是我同学，他已经找过我，我早对他说过，不行，这是破坏绿化。谁要是同意你们这么干了，那么旁边的万紫千红怎么办？凯都怎么办？对面的敦煌怎么办？圣地亚哥怎么办？他们谁不认识个区长副市长的？这件事看起来小，小到相当于我同意你们在人行道上盖店铺。事小，但这件事谁都瞒不住，谁都瞒不住的事情就谁也不敢去做。不仅我不敢，市长省长也不敢做。”

我觉得很奇怪，既然知道事情肯定办不成，为什么不早对自己的表妹直说呢？我感觉武汉人做事情和深圳人风格不一样，要是在深圳，明知道办不成的事情，是不会接受别人吃请的。这不是耽误事嘛。

入乡随俗吧。

事情没办成，我还要安慰小段，不管怎么说，段经理没错。那天我特意去天津路歌舞厅“检查工作”，其实就是想看看段经理，想安慰安慰她。她说对不起，没办好，我说没事，心到佛知。

人的心理是很怪的，我来安慰段经理，事实上是在做一种心理暗示，暗示我自己也是可以原谅的，甚至是暗示我自己会得到张正中的安慰。

张正中能像我安慰小段一样安慰我吗？

35

张正中果然安慰我，他说如果不是我，他会陷得更深。

我问下一步怎么办，他停了很长时间，反过来问我："你那个娱乐管理公司现在怎么样？"

"不怎么样，"我说，"说实话，如果你这里不搞了，我就准备停业。"

"至于吗？"

"至于，"我说，"现在娱乐业十分难做，甲方给我的管理费也算得很精，我给几个经理开完工资后，基本上所剩无几，只是空落一个'老板'名，何苦呢。"

我本想告诉他，做这一行还很危险，红道黑道都要摆平，像我现在这样口袋这么紧，自然是没钱照顾这条道那条道，因此就更加危险。两天前天津路歌舞厅两个妈咪为了争场子，双方动用了道上人，其中一个还冲进了段经理的办公室，差一点就把小段给强暴了，吓得她几天不敢上班。这种事今天能发生在段经理身上，明天谁敢保证不发生在曹路身上？不发生在我自己身上？也许是曹路说得对，像段经理这样文静的人并不适合做歌舞厅。其实如果小段不适合做，那么我也不适合做，张正中更不适合做。不是说做不了，而是不合算。付那么大代价，干吗不做收益更大的事？这个社会是有分工的，不能什么人什么钱都能赚的，每个人都要选择最适合他自己做的事。

"那你打算做什么？"张正中问。

"还没想好。"我说。

“你看这样行不行，”他说，“如果你没什么合适的事做，可以跟我去深圳，我们一起做。”

我愣了一下，问：“做什么？”

“房地产和融资租赁。”

还有两家歌舞厅要继续做，我和曹路商量，她先留在武汉，我只身去深圳看看再说。至于青年路娱乐城的善后工作我推荐段经理负责。我向张正中介绍：小段很稳，素质高，毕竟区长是她表哥，而厂长又是她表哥的同学，由她收拾残局会避免很多麻烦。

“她会做吗？”

“会，”我说，“前几天是受了点惊吓，过两天就没事了。”

通过上次她在区长面前的表现，我相信她有这个能力。我觉得她比我想象的深，没准“文静”是装出来的。

再次来到深圳，张正中安排我做他公司的发展部总经理。听起来蛮吓人，其实就是部门经理，和我两年前在海南顺达公司的职位差不多。考虑到杨老板实际上比张老板资产规模大很多，我豁然有一种被降职使用的感觉。这就是他所说的“我们一起做”？怎么感觉就和当年章一民说“我在深圳等你”一样？当年章一民说了那句话之后，到今天连顿饭都没有请我吃，这次张正中说“我们一起做”之后，连个副总都没安排。

不过，既然来了，只能先做着。

中智集团当时主要开展两项业务，一是房地产开发，二是融资租赁。从行业上来说，一个是金融，一个是地产，当然很不错，但房地产开发只限于做投资商，做不了真正的发展商，中智集团来深圳的时间短，错过了最好的发展时期，因此没有专业房地产开发公司的资质证书，做不了真正的发展商。融资租赁也仅限于做保龄球设备，前两年保龄球热刚刚兴起时，生意蛮好做，那时候有人想投资开保龄球馆，又没那么多钱投资，只好通过融资租赁的方式来解决设备投资问题。具体做法是：中智集团“借钱”给娱乐城老板来买中智集团下属公司的保龄球设备，娱乐城老板拿所购设备和娱乐城每月的营业收入做抵押，在保龄球馆开业后，球馆每月从其营业收入中抽取一部分偿还中智集团的借款，万一球馆出现财务危机无法偿还，则中智集团就自己接手经营或直接拆走设备。这项业务既像国际贸易中的买方信贷，又有点类似于房屋买卖过程中的“按揭”融资。在保龄球热兴起时，这项业务很好做，既可以通过卖设备赚一笔，又可以通过“借钱”再赚利息。但现在保龄球热已经过去了，再这样搞风险就很大了，真要是大面积地出现问题，中智集团要那么多旧场馆或旧设备干什么？张正中在这个时候将我安排在发展部总经理的位置上，就是想让我与他一起探讨中智集团下一步的出路与发展问题。

张正中将我安排在这个位置上的决定或许是正确的，但我不明白他为什么只安排我做一个相当于部门经理的“总经理”，他怎么不想一想，在这个让我感到委屈的位置上，我能全心全意地为他公司的前途命运呕心沥血吗？现在回想起来，可能这正是“儒商”的局限性。如今有很多人自我标榜是“儒商”，以为“儒商”就是有文化的商人。其实，我觉得这是一种误解。“儒商”不是有文化的商人，而是已经从商并获得成功之后，身上仍然保留知识分子的某些秉性，包括知识分子的社会良心和责任心，也包括知识分子的迂腐性和酸性。我想，当时的张正中之所以只安排我做一个相当于部门经理的职位，正是他身上这些知识分子的秉性的客观反映，比如他的思想中一方面还保留着国营单位干部能上不能下的思想，觉得一开始就将我的职位定得很高，然后就没有发展的余地和空间了，说明他骨子里是对我负责任，是想让我跟他长期合作。

张正中当时身上知识分子的迂腐性和酸性表现在他的一厢情愿和过于精明。一厢情愿在于他没有考虑我的感受，只是以他自己的价值观去判断事态的发展，没研究我是怎样想的；过于精明在于他认为反正我刚来深圳，要求不会很高，职位和工资即使低点也不至于会怎么样，至少不会马上跳槽。其实他想错了。事实情况是，当时我认为张正中将我当成了一匹马，他既对我委以重任，又不安排相应的职位和提供相应的待遇，其做法不是像既要马儿拉一辆很重的车，又不让马儿吃足够的料草一样吗？大约是从小受我母亲影响的结果，我身上具有江浙人既不打算占别人的便宜但也不愿意吃亏的一面，所以，在他把我当作马的时候，我就把他当作驴，一头被我骑在上面找马的驴。说实话，我当时确实有一种骑驴找马的心态。最近为了写这本书，我又专门调查了一下，发现这种心态不仅我有过，而且现在的职业经理大都有这种骑驴找马的心态，我觉得这是一个非常危险的现象，应当引起老板和职业经理人双方的警觉。

此后不久，我这匹马果然就跳槽了。

跳槽之后，张正中大约才正式发现我是匹好马，就好比谈恋爱的双方只有在真正失去对方之后，才发现原来失去的就是最好的一样，或者是觉得当时的安排确实有点委屈我了，于是，他专门在晶都酒店摆了两大桌为我送行。我很感动，此后约他长谈了一次，对他开诚布公地谈了我的看法，包括我对他个人的意见。当然我主要是从正面说的，我说知识分子做老板最大的问题是缺少“三气”，即大气、爽气和霸气。他听得很认真，不住地点头。

张正中的最大优点在于他能够认真地听你说，说错了他也不反驳，说对了他就注意去克服。其实我是没有资格说他的，因为我自己还不如他，有什么资格说他？但张正中不这么看，张正中说，不要以为发了财的就一定比没发财的聪明或高明，也不要以为发了大财的就一定比发了小财的能耐大，不是的。聪明、高明、能耐只是一个人发财不发财或发大财发小财的必要条件，但不是充分条件。

我被张正中谦虚的态度和敏锐的思维所折服，所以即使在跳槽之后，仍然与他保持不间断的来往，并在他公司的发展过程中起到了一定的作用。

36

离开张正中后，我在一家更大的公司里谋到一份更高的职位，并且一度似乎成为比他更大的“大老板”，这些现在先不说，留在下一章再专门说，我现在要说的是：由于张正中的真诚和谦虚，在我离开他之后，我们一直保持着经常的接触，并事实上一直充当他的幕僚，为他后来的发展起到了一定的作用。

离开张正中之后，他曾经问过我一个问题：许多曾经不可一世的大企业，为什么会在一夜之间轰然倒塌？是内部管理问题还是大经济环境问题？我说狭义上讲都不是，广义上讲当然是管理问题。他问怎么说，我说是决策问题，但从广义上讲决策也是管理的一部分，所以说是管理上问题当然也没错。他说你还是具体点吧，我们不谈广义，说广义就太笼统了，不着边际。我说好，那我们就从狭义上说。

“从狭义上说，”我说，“一个企业的管理失误会给企业造成一定的损失，甚至是很大的损失，但不会使一个大企业在一夜之间轰然倒塌。而一项重大的决策失误，特别是重大的投资决策失误，就完全有可能造成这个效果。在设计院时我说过一句话：施工的错误可造成万元损失，设计错误可造成百万损失，而规划错误可造成亿万损失。注意，它们之间成幂级数增长。管理（不包括决策的狭义管理）相当于设计，决策相当于规划。”

其实，我这个观点在不同的场合对很多人说过，听者也都认为我说得对，但真正听到心里的只有一人，他就是张正中。

张正中在公司设立了决策委员会，委员会由公司老板、公司高层管理人员及与本公司没有任何利益关系的邀请顾问组成。这个“特邀顾问”是张正中的创举，其作用相当于现在被上市公司广泛采用的独立董事。但当时还没有独立董事制度，所以我说是张正中的创举。

由于“特邀顾问”不在公司任职，不与公司内部其他人存在利益关系，并且他不怕被老板“炒鱿鱼”，所以，“邀请顾问”的意见相对来说比较客观公正。

设立决策委员会后，公司的一切重大决策都需要经过这个委员会集体讨论通过，大大提高了决策的科学性。委员会采用“双向否定”制，也就是说，一项提案，如果委员会其他人都同意，只要老板一个人反对，则反对有效；如果老板同意，但委员会其他三分之二的委员反对，则反对同样有效。这种“双向否定”制既保留了老板的决策权威性，又使老板本人的权力受到制约。古今中外的社会实践反复证明，没有制约的权力是危险的权力。对社会是这样，对企业也是这样。企业有时候就是一个小社会。

决策委员会制度不仅可以避免公司决策失误，而且还可以帮助公司开拓新的经营思路。中智集团后来将融资租赁业务转向融资担保业务，正是这种决策委员会反复酝酿的结果。

中智集团的决策委员会共有两名“特邀顾问”，除了我之外，还有一个在银行任职的梁先生。张正中一直看好金融业，但作为一个资本不是特别雄厚的民营企业，涉足金融行业谈何容易？融资租赁是不能搞了，我收集了大连信托和沈阳信托两家公司因为大连海运船舶租赁官司而同室操戈的案例资料，说明融资租赁的种种弊端，避免了公司在租赁行业的大举投资。事实上，当初张正中几乎就要全资收购重庆市租赁公司。那次是我陪他一起去的重庆，由于张正中在重庆的关系基础较好，谈判非常顺利，租赁公司几乎没有不良资产，国资局之所以愿意将租赁公司转让给中智，就是想更好地发挥它的作用，所以条件非常优惠。那一刻，张正中已经动心了，因为他已经电话指示深圳这边准备资金。我最后说服他放弃的理由是：收购过来的全部资产对我们几乎都没有用，因为我们不可能将这些资产搬回深圳，所以接手后的第一项任务并不是开展租赁业务，而是处理这批资产，合算不合算？

放弃收购租赁公司后，张正中将注意力放到融资担保上。这时候，正好发生了一件事情。

前面说过，除了融资租赁之外，张正中麾下另一项主要业务是投资房地产，而房地产是资金密集型行业，再大的房地产商也会感到资金不足，而张正中又不愿意搞一些零打碎敲的小项目，要做就做能达到一定规模的，因此资金上就存在缺口。为了解决资金，他先后想了各种办法，其中之一就是与别的公司相互担保，从银行贷款。刚开始还比较顺利，但是后来发生了问题。后来他向银行的贷款还了，但与他们相互担保的那一家公司到期并没有归还银行贷款。银行按照担保书的条款，追到他这里，要他代为偿还。当时张正中身边的很多人劝他不要还，说钱也不是我们借的，凭什么让我们替他们还？张正中也相信，如果他真不还，银行也不能立刻把他怎么样，因为即便按照担保书条款追诉，司法过程也是一个漫长的过程，即便法院明确判定他替对方偿还贷款，他还可以上诉，还可以讨价还价，还可以拖，拖到最后说不定第一责任方就有偿还能力了，他就可以没事了，万一对方仍然没有能力偿还，一定要他代为偿还，考虑到他确实是代人受过，无论是法院还是原告想必也会同情他，给予宽限或免息也说不定。但是，如果这样做，公司的信誉就没有了。什么叫担保？担保就是当别人没有办法偿还的时候，你替他偿还。张正中到底是儒商，他懂这个道理，而且，作为一个真正的儒商，也更加懂得商业运作的精髓，把商业信誉看得比自己的生命还要重，于是，张正中力排众议，毅然决定代人受过，主动及时地替对方偿还了银行贷款。

不用说，精明的张正中这次吃亏了，吃了大亏。但是，既然天下没有白占的便宜，那么反过来也一样，天下没有白吃的亏。

张正中主动替对方偿还到期贷款的举动让银行吃惊，也让银行感动，因为他们还从来没有遇到过这样的事情，于是，行长们成了张正中的朋友。张正中的行为也一度成为深圳银行界传诵的佳话。甚至有一个银行行长向张正中坦露：如今商业银行的坏账率很高，一个重要的原因是贷款担保机制不完善，随着市场经济的发展，将来这方面一定要规范，担保也将成为一个新兴的行业。

或许，那个行长是当闲话讲，但张正中并没有当闲话听，而是认真研究了国外的经验和国内的法规，初步认定可以把担保当成一个产业来做。当张正中把这个想法提交到公司决策委员会上的时候，得到一个人的坚决肯定。这个人就是前面提到的决策委员会当中另一个“特邀顾问”梁先生。

梁先生是做银行出身的，当过农业银行营业部主任，按照现在的叫法，应该是二级支行行长，根据“往大说”的原则，我一直叫他梁行长。梁行长是广东人，特别勤奋，思想很活，不断地会冒出一些思想火花。张正中曾经对我说如果老梁要能将自己的思想理论化系统化，一定能干出一番事业来。后来，梁行长真的要将自己的思想理论化系统化了。在我的鼓励下，他打算写一本书，并且他利用自己作为广东本地人广泛社会关系的优势，加上银行出身的背景，很快找到了一个愿意出钱的单位，于是我和他一起夜以继日地赶写了那本《资本委托管理制度》，并由广东经济出版社出版。

出了书的梁行长思想果然清晰许多，所以，当张正中把他打算将融资担保当成产业做的想法在决策委员会亮出之后，立刻得到梁先生的极力支持。他建议成立融资担保公司，使张正中的想法更加坚定，于是当机立断，立刻注册中智担保公司。后来的实践证明，张正中的果断是英明的，如果稍微一犹豫，可能就注册不了了。时过境迁，现在来评价梁行长在中智集团主营业务转向融资担保过程中的作用已经没有意义，实事求是地说，起决定作用的不是别人，正是张正中自己，但梁行长也起了一点作用，不多，就那么一点，但有时候那么一点也相当重要，比如高考时候的一分。

由于在银行的信誉好，中智担保公司的担保银行认账，所以，在不长的时间内，得到了长足的发展。今天，张正中麾下的中智担保公司已经成为中国最大的民营金融担保公司，而张正中本人也连续两年荣登福布斯中国富人排行榜。后来也有不少老板照他的思路做，通过各种关系打破禁令，注册了担保公司，但是，到目前为止，没有一家能与中智相比。为什么？因为担保的基础是信誉，担保公司可以一夜成立，但企业的信誉不可能在一夜建立。

中智担保公司注册后，我做了两件事。一是在张正中的要求下为这个新注册的担保公司写一份介绍，由于是新注册的，还没开展任何业务，所以只能写一些概念性的东西。我写道："中智是一家以融资担保为主营业务的民营金融企业，深圳中智愿做银企之间的桥梁，为深圳市的企业，特别是民营高科技企业提供银行商业贷款担保；深圳中智坚定地认为，民营经济将是二十一世纪新经济最具活力的部分，中智愿以其雄厚的资本实力和背景为民营企业特别是民营高科技企业的健康发展贡献力量，并与之一起迈步向前。深圳中智，与您共创二十一世纪知识经济新天地！"

第二件事是在报上做些鸣锣开道的工作。我写了篇关于中小企业担保难的文章向《投资导报》投稿。编辑收到传真后马上打来电话，说他们的记者正好也在赶写此类文章，问我能不能与那个记者合作完成这篇文章。我说可以呀，记者马上就赶过来与我进行了交流。我当然很乐意，又将记者引荐给张正中。几天之后，那篇文章以一个正版的篇幅刊登在《投资导报》上，文章是以我和那个记者两个人的名义发的，记者的名字在前，我的在后，文章的基本思想与我的投稿内容一致，但内容在我投稿的基础上有较大扩充，主要是加进了除中智以外的深圳另两家担保公司的一些内容，所以记者的名字放在我前面我没意见。

深圳的另两家担保公司分别是深圳中小企业担保公司和深圳高新技术投资担保公司，这两家担保公司都是政府行为的产物，刚开始的来头比中智猛，但中智后来居上，现在的发展已经超过他们。有两例为证：第一是中智担保已经完成在美国纳斯达克上市辅导阶段，不日将在美国挂牌上市，这是纳斯达克系统所接受的第一家来自中国的金融企业，表明中国大陆的金融体制改革取得实质性成果，中国的金融企业已经走向世界；第二是我前几天受朋友委托，就一项深圳市重点建设项目贷款事宜与某银行正式接触，希望银行给予支持，银行方面明确表示：最好请中智担保，如果是另两家担保公司担保，我们行所能接受的单笔最大担保额是一千万，而如果是中智担保，则可以是三千万。也就是说，中智一家的受理担保金额比他们两家加起来还大！

37

现在回头说我离开中智集团以后的事。

在我“骑驴找马”的阶段，正好赶上中国企业改革发展研究会在深圳举行一个关于企业收购兼并的研讨会，有一个当初我们“企业股份制改造培训班”的同学邀请我参加，我去了，并做了发言。其实我从小就爱发言，回想起来有利有弊，直到今日，这个个性到底是利大于弊还是弊大于利我也不知道，但那一次我肯定是得利了，因为那次会议上我的发言至少引起了两个人的高度注意，这两个人后来都请我做过经理。

我先做了简单的自我介绍，然后就介绍我在海南顺达公司当发展部经理时候所经历的资本运作的一些事情。由于这是关于企业收购兼并的研讨会，我当然不必说在高方清和张正中手下做的那些事。

我说我曾是海南顺达股份有限公司的发展部总经理，我们顺达公司并不是一家上市公司，但通过近几年的资本运作，通过买壳与做壳，已经控股或参股数家上市公司，顺利地实现资本运作的良性循环。接着我重点讲了买壳与做壳的具体过程，包括当时的思路和操作步骤，以及我们遇到的障碍和最终解决方法，特别讲到了买壳操作中应当注意的或有债务问题，并说或有债务有时候比正常债务风险更大，更不容易控制，而不能控制的风险是最容易爆发的风险。

我的发言本来并没有引起多大的反响。那次研讨会上比我来头大的、比我会吹牛的人太多了，但是，在我发言半小时之后才姗姗来迟的国家经贸委的一个处长所做的总结性发言却一下子将我推向了研讨会的中心。这位处长先是讲了收购兼并的意义，接着就开始讲案例，他讲的居然正是我半个小时之前刚刚讲过的案例！由于他是国家经贸委来的，他的发言大家都很注意听，他的话也无疑是最具权威性的。这位处长在讲话的过程中，一些一直注意听发言的人已经开始看着我，并有一些零星的议论，最后，这位处长说："不可思议的是，我刚才讲的这些案例，它们的策划人和操作者不是来自上市公司，也不是来自投资银行，而是出自海南一家未获上市的股份有限公司，它就是海南顺达股份有限公司。各位如果对收购兼并资产重组有兴趣，可以好好研究一下他们的案例。"

说完之后，全场爆发出热烈的掌声，但大多数掌声其实并不是冲着他的，而是冲我的。关于这一点，那位处长不知道，我知道。但他讲得确实精彩，太精彩了！

研讨会结束时，有个人走到我面前，递上一张名片，说："你明天上午到我公司来一下。"面部表情非常亲切友善，但口气是不容置疑的。说完，简单地握了一下手，走了。腰杆笔直，脖子绷硬，很像解放军国际关系学院里武官班的学员。这时候我才发现，他一左一右有两个人跟着。那个邀请我来参加会议的朋友告诉我，他就是黄翰林。

黄翰林是我认识的所有老板中最有王者风范的一个。他是深圳一家老牌上市公司的董事局主席。我从认识他的那一刻起，就一直叫他"主席"。因为在我的心目中，主席比老板大得多，也神圣得多。

主席后来对我说，他本来是冲着国家经贸委这块牌子去的，没想到意外地捡到了我这块宝贝。

当我接到黄主席的邀请时，我猜想主席一定是看上我这个"人才"了，为保险起见，我照例背上那个足以证明自己实力的挎包，并暗暗庆幸自己多留了个心，挎包没有丢在武汉，而是带到了深圳。我坚信今天它会发挥作用。

我知道深圳人晚睡晚起，想着不能太早，太早了我在那里等上半小时就没身价了。上午十点，我找到那栋专门以这家上市公司命名的大厦，一如刘姥姥进了大观园。主席的名片上写着是二十九楼，但六部电梯的显示都是只有二十六楼。难道是名片上印错了？不可能，我做过集团公司的IC总经理，知道这么大的公司肯定有定点的承印单位，固定的专版，绝不可能错，至少不会错到老板这里。是另外还有专用电梯？找了一圈，没找到，只好不耻下问。大门口的保安说，先要上到二十六楼，办完登记手续后才能继续上。

二十六楼的大厅比一楼大厅更气派许多。花岗岩的地面一直铺到墙脚，墙脚的一圈是白色的大理石镶边，使整个大厅如一幅立体的油画。大厅的南墙是透明的抛物面，香港新界的上水和落马洲尽收眼底，北面被绒布做成深红，红墙上镶嵌着据说是24K纯金上镀的“某某实业（集团）股份有限公司”。这里面也有讲究，凡是直接称“某某集团”而不冠深圳、海南、北京、上海等地域字样的，就是全国性的大公司，现在国家工商管理总局已经停发这类执照了，可见该集团是有历史的。

这一排金色大字还不算是最醒目的，最为醒目的是油画中央的一溜玻璃台桌。玻璃台桌也设计成弧形，与对面的透明墙面保持同心弧度。固定这个玻璃台面的是非常轻巧而坚固的金属钛架。选用金属钛而不用不锈钢，不仅超凡脱俗，也赋予这个前台高科技的含义。关键是前台后面那三个女孩，猛一看让来宾怀疑她们未成年，仔细观察也不过就十八岁。三个女孩也如同她们面前的金属钛做成的台架一样，清爽而超凡脱俗，在水晶玻璃台面的陪衬下，让你不得不相信她们冰清玉洁。女孩们今天穿的是银灰色工装。这种工装显然是专门设计并在香港定做的，领口开阔，展露出只有十八岁少女才有的新疆和田玉般的肌肤，腰身收紧，使挺拔的前胸如美国麦道飞机刚刚起飞时的机首。下面是裙摆极小的半步裙。穿这种半步裙走起路来自然如着和服的日本少女，更赋予这幅活动的立体油画异国情调。半步裙的另一大妙处是赋予少女优美的坐姿，客人一出电梯，首先注意的可能正是那白玉般的大腿，但你只能到此为止，再想深入是不可能的，半步裙限定少女的坐姿必须是双腿并拢，为她们美丽绝伦的外表添上极富教养的注脚，仿佛出自名家之手的国画加盖了鲜红的印章，显得更加完美。

极有教养的美少女对我投来有分寸的微笑，其中一个已经起身："先生您好！请问我有什么可以帮你吗？"

我赶紧将目光由机首上移几十厘米，使自己的表现尽可能与环境相一致，说："是黄主席约我来的。"

说着，我递上自己的名片和黄主席的名片。少女脸上的微笑放大了一些，微微弯下身子。在她微微弯下身体的时候，那开阔的领口展现出更大一片乳白色的白玉，我本能地调整了眼球的焦距，使余光的清晰度大于正光。少女在电脑的键盘上轻轻敲了几下，脸上立刻恢复与本大厅协调一致的被热情浸泡出的灿烂，"啊，原来您是丁总呀！请来这边登个记，黄老板正等着您呢。"

我收回黄翰林的名片，却不得不取出自己的身份证。这里所谓的"登记"已经省去了在一本登记册上填写姓名、身份证号码、来访时间、被访人等一系列烦琐的程序，你所要做的仅仅只是将你的身份证在扫描仪上划一下，至于你的影像，早已被自动扫描并与身份证的信息一同储存在电脑里。

走进这样的大厅，受到如此的接待，如果你像我一样是来面试的，双向选择顷刻之间就变成单向了；如果你是来谈合作的，马上就会对这家公司产生足够的信心；如果你是银行行长，你现在考虑的可能不是贷不贷款的问题，而是考虑贷多少的问题；如果你是来找麻烦的，一看这阵势就可能直接从电梯再回去。总之，黄主席的气势与气魄不一定要他自己当面展示，他可以通过这个大厅和他手下那三个少女来表达同样的意思，达到相同的效果。

实践证明，我带那个挎包是多余的。它一定让人觉得我很傻气，不仅三位少女对我的态度必须通过敲击电脑才能逐步实现热情化，就连黄主席也认为我那些东西不值一看。

黄主席在二十九楼的座位与三位少女在二十六楼相同，也是面朝香港背靠内地，这让我想象他们的座位安排是不是请风水先生指导过的。但二十九楼不是一个平面，它是有台阶的。黄主席的“巨班台”实际上是在一个台阶上，这样，主席就仿佛在天安门城楼上，我就变成在金水桥的这边，不得不昂首挺胸伸脖子与他对话。好在黄主席很体谅我，没让我坚持太长的时间，只见他将伟人般的大手用力一挥，说：“你做我的助理，具体抓收购兼并资产盘活这件事。住房有没有?”

“我住在一个朋友那里。”

“不用了，我通知行政部马上给你分配一套。你会开车吗?”

“会，但驾照是花钱买的。”

“自己不用开了，给你配司机。”

一切都在五分钟内结束，根本没给我表现的机会，好像也根本用不着我表现。

五分钟内主席居然没笑一下，却让我感到无比的亲切。那一刻，如果恰好有人来行刺主席，我会挺身而出的。

38

在后来的几天里，我和黄主席虽有交流，但并没有过深谈，然而他在我心中的“王者地位”却日益清晰。

黄主席非常推崇“大难不死必有后福”这句话，并且熟知“天将降大任于斯人也，必先苦其心志，劳其筋骨，饿其体肤……”这套理论，他说他就有数次大难不死的亲身经历。

第一次是他六岁时，在小河沟里捞鱼虾，一不小心滑下去，淹“死”了，好在身上穿了件塑料雨衣，雨衣里兜了气，故而没有完全沉下去，一个村民恰好从旁边路过，见水面上漂半截雨衣，觉得捡了个便宜，遂用竹竿将雨衣挑起来，挑不动，发现下面奄奄一息的小孩。这个村民我始终没见过，但村民的儿子我经常见到，他早已被黄主席安排到集团公司在深圳的一个下属企业管后勤工作，在深圳有户口，有住房，有工作，有老婆孩子，成了深圳真正的“四有新人”。

第二次是他当兵时，全军组织军事演习，他作为师里的尖兵，却鬼使神差地把枪给弄走了火，打乱了全军的演习计划，导致师长挨了军部一顿批，还严重地影响了全师的各项荣誉和考核指标。按照“一切从实战出发”的原则，这种情况是可以枪毙的，据说两个战士将他架上来时，他已经瘫了，要不是政治部主任拉住，师长当场就做出过激举动了。同样，那位传说中的师长我也没见过，但当时的政治部主任我可是天天见面，他就在集团公司担任党委副书记，分管集团人力资源工作，和我的责任交叉，熟得不能再熟了。

第三次是他刚来深圳之初，钱花完了，还没找到工作，已经到了汽车站，正在考虑如何饿了肚子混票上车之际，突然想到了“置之死地而后生”，于是依然返头，走进一家铁皮屋，对铁皮屋里的负责人表示：我不要工钱，先干活，如果您觉得不满意，随时走人。这间铁皮屋是卖牛仔布的，小归小，可它是国营单位，是深圳市纺织供销公司下面的一个小门市部。店面小，业务量也小，每次从仓库提货就那么十几二十匹布，租车不合算，扛还扛不动，小问题成了大难题。黄翰林来了后，问题迎刃而解。那时候深圳到处是建筑工地，他从建筑工地上捡来一个废弃的手推车，修补修补后，专门用它进货。就是这辆捡来的破推车，让黄翰林在铁皮屋立住了脚。后来，凭着勤劳，黄翰林被推举为门市部副主任。做了“官”的黄翰林更加努力地工作，那时候是按计划分配指标，多批计划就可以多做业务，为了多做业务，黄翰林跑到管计划的科长家去做起了“保姆”，什么话也不说，去了就帮人家抱孩子，抱得极有耐心，比孩子的父母还有耐心，孩子的母亲不好意思了，“指示”老公无论如何要给这个小黄多点计划指标。科长自己也觉得计划指标批给这样的人放心，于是，那一年铁皮屋做了三千万的业务！门市部也改成纺织品工贸公司，黄翰林被任命为公司经理。后来，国家在深圳试点企业股份制改造，很多单位领导觉得多一事不如少一事，反应并不积极，而黄翰林却敏锐地感到这是一次机会，于是主动充当“实验品”，终于赶上第一班车，使昔日的小门市部变成深圳的“老五家”上市公司之一，一跃成为全市全省甚至是全国的明星。那一年，他已从一个几乎置于死地的“盲流”变成深圳市十大杰出青年之一。

谈古的目的当然是为了“喻今”。主席说：“中国字比外国字有学问。比如‘危机’，只有危险才能有机会，而且是危险越大机会越大。眼下我们集团就有危机，但还远远没有到置于死地的程度，就是真到了那个时刻，我也相信会‘而后生’的。”

黄主席说的危机是我们集团前几年摊子铺得过大，战线太长，又赶上国家宏观调控，银根紧缩，很多项目建到一半后续资金出现问题，但借贷的利息却一天不能拖一分不能少，问题越积越多，终于导致财务状况恶化。在我来之前，公司发展委提出以收购兼并为手段的低成本扩张战略，这个战略得到总裁和副总裁的支持，主席也同意了，但主席凭自己的感觉认为这里面有问题，具体问题出在什么地方他说不清楚。主席认为，这个战略如果要实施，就一定要找一个这方面的专家来，于是，把我给“捡”来了。

39

集团高层会议在二十九楼董事局会议室举行。我是第一次参加这样的会议，心里有点紧张，也有点激动。

董事局会议室为长方形，其大小和形状与一间教室差不多。会议室的中央是一个巨大的长方形会议桌，我们进去的这一方有一条陈列柜，陈列柜里最耀眼的陈列品是香港《时代周刊》颁发的“中国上市公司百强企业”金匾，不断地提醒着我：这是一家超一流特大型企业。因此，一种从未有过的自豪感油然而生。

我们进门的对面是一个投影荧幕，这使得整个会议室又像是一个现代化的军事指挥中心。

我去得比较早，秘书李卫将我领到指定的位置——外围靠墙第一个座位。这与我想象的不太一样，我想象的应该是坐在会议桌上，因为我是主席的助理嘛，哪怕是会议桌上的最后一位也比外围的第一个位置都好，但李卫就安排我坐这个位置，只好坐下来。

过了一会儿，人都进来了。每个人都有自己的位置，各就各位，真有点军事会议的味道。我认真观察了一下，坐在会议桌上的都是集团董事，我刚来，还不是董事，自然不能坐在会议桌上，能坐在外围的第一个位置已经很不错了，相当于非党员团支部副书记，或相当于部队上的副排长。看来，李卫没有欺负我。

不时地有人看看我，那眼神非常友好，仿佛是与我在打招呼，但又不想妨碍别人，所以这招呼打得很节制。

人都到齐了，大家显然是在等老板，我也不时地往门口张望。

突然，我感觉大家都朝我脑后面看，我也本能地回过头，主席已从我旁边的一个侧门进来。我这才发觉我的身后原来有一个门，而且这个门是与黄主席的办公室相通的。是啊，主席怎能与我们同门出入呢。

今天的会议是讨论收购两家国营企业的事。一家是西北水泥集团，另一家是中原电力集团。主张收购西北水泥的是集团发展委员会主任，这位来自兰州的主任说：“我们要充分利用国家开发西部的优惠政策，抓住机遇，实现低成本扩张。西北水泥集团是国家一级企业，地市级单位，现有资产五个亿，我们只要花四千万就可以全部收购过来。收购过来后，当年的收入就可以合并进集团公司的年度报表，我们集团在西北也就有了一个战略桥头堡。另外，我们可以以集团公司的名义为水泥集团担保，直接在西北融资，这部分资金不仅可以用于西北水泥本身的发展，还可以为集团公司所调用。我们还可以利用国家给西北的政策和我们在资本运作方面的经验，在西北开展资本运作，将西北水泥直接上市。”

主任说完后，会场上没人说话。主席大概是为了打破沉闷，突然转换话题地向与会人员介绍了我。主席说：“这位是我新来的助理，从海南来，是国家经贸委推荐的，专门搞收购兼并，与曹破产、吴股份齐名，人称‘丁收购’。”

我没想到主席这么能忽悠，不比唱空城计的孔明差。

主席这么一介绍，那位主任马上就心虚起来，他特意回过头来，对我点点头笑笑。我不能驳主席的面子，于是我说：“我想提两个问题。”

“好，你说。”主席马上鼓励。

“第一个问题，”我说，“西北水泥集团的总资产是五亿，但我想知道它的净资产是多少？”

“净资产是四千万。”主任说。

“那就是说资产负债率达到百分之九十几了？”我问。

“是的。”主任的声音比刚才小多了。

“我们集团现在的资产负债率是多少?”我又问。

“百分之七十六。”主任的声音更低。

“那就是说，报表并进来后我们的资产负债率不但不会降低，反而会更高，是吧?”

主任不说话了。

我继续说：“根据我的经验，在中国，凡是一个企业资产负债率达到或超过百分之九十，它实际上早就资不抵债了。也就是说，他的资产早就为负数了。我们干吗要花四千万去买负资产呢?”

说完这段话之后，会场的气氛有点恐怖，安静得可怕。坐在会议桌上的主任由于是背对着我，而此时他也没有再回头对我微笑，所以我看不见他的脸，但可以想象他的脸色有多么难看。坐在会议桌上的人一个不看我，也不看主席，更不看主任，他们恨不能将自己的眼睛藏到桌子下面。坐在外围的人更可怜，他们几乎将头缩到颈子里。只有主席比较高兴，胸膛挺得老高，脖子直得好长，整个人明显比以往高了一截。事实上，我看见黄主席此时已经面带笑容。受着这种笑容的鼓励，我继续说：“再说上市。西北水泥集团作为西北的重要企业，现在出现资不抵债的困境，当地政府是不会不管的，在这种情况下，给上市指标，将负担推向社会也不是没有可能的。但是，一旦我们将其收购，包袱甩给了我们，当地政府还会把上市指标给西北水泥吗?西北需要摆脱困境的国营企业绝不止水泥集团一家。”

主席继续笑，是那种面部小笑眼睛大笑的笑。主席的眼光不时地扫视着大家，但就是不看我，仿佛我就是一台扬声器，不值得去用眼光交流。

在主席慈祥目光的照耀下，会场开始出现轻微的响声。刚开始是椅子的挪动声，然后是茶杯盖与茶杯之间的碰撞声，再后来是轻轻的议论声。这时候，总裁坐不住了，总裁先咳了一下，然后开始发言。总裁发言的意思不是很明确，一会儿说低成本扩张是公司的既定战略，方向是对的，一会儿又说我讲得很有道理，关于收购兼并之事确实是要认真研究，弄不好就要背上包袱。

听着总裁的发言，我感觉他像个政府官员，因为我看过一本《行政管理艺术》，那上面教导官员们怎样做好领导，从头看到尾，发现其实就是一句话：保持平衡、追求中立、不偏不倚。后来我问李卫总裁以前是做什么的，答：某省纺织工业厅厅长。

总裁的话虽没有明确表示支持谁，但在主任听起来肯定比我刚才的话温和许多。主任这时候脸色可能开始好转，仿佛刚才是被我一棍子打闷了，现在经总裁的清风一吹，正逐渐恢复知觉。借着这种新知觉，主任又做了一番解释，意思是说他本人与西北的有关领导关系很好，只要操作得好，集团公司可以一分钱不用掏，采用净资产负债的方法完成收购兼并。

我当时很想反驳他，想问他，净资产负债能改变集团的资产负债状况吗？但我没有这样说，我不能太咄咄逼人，我要学会说正话，不说反话，也就是说，我要重点阐述自己的正确观点，而不要重点批判别人的错误观点。效果是一样的，但前者太伤人，没必要。再说，主任刚才一急，言语中土味就出来了，我发现他说的可能是合肥话，如果这样，他就该是我的同乡，相煎何太急。

这么想着我心情就平和许多，我说："不能为了收购兼并而收购兼并，首先要有明确的目的，根据这个目的来设计我们的收购兼并计划，并积极组织实施。就我们集团来说，我认为眼下要以盘活现有资产存量为核心，不能通过收购兼并来扩大我们的资产存量，即使真要收购兼并，那也是要直接收购上市公司或准上市公司，买别人的壳，然后通过关联交易把我们的不良资产'卖'给那个壳，让我们套回现金，而不能反其道而行之，通过收购兼并反而增大我们的资产存量，使本来就很高的资产负债率进一步提高，最终导致集团财务状况的恶化。"

"道理上是这么回事，"一个副总裁说，"但是上哪里能不花钱收购到上市公司或准上市公司？"

我听了心里一惊，担心他们是一伙的，合起伙来忽悠老板，因为任何收购兼并活动都是有灰色支出的，而这些灰色支出中的一部分就可能落入经办人的腰包。但开弓没有回头箭，要得罪我就公开得罪，这样他们反而不敢明目张胆地对我实施报复。

我说："宁可不收购也不能瞎收购。以收购兼并的方式来实现所谓的低成本扩张，眼下在中国这个特殊的历史条件下，对我们这样一个资产负债率已经很高的老牌上市公司来说，是行不通的，不仅行不通，而且会适得其反。"

副总裁还要说什么，主席发话了，主席说："好了，低成本扩张还是要搞的，但具体收购哪一家企业一定要慎重，要多听反面意见，多听反面意见有好处。散会！"

我豁然发现，主席也快成政府官员了。

后来李卫告诉我，那天开完会主席很生气。我问是不是生我的气，李卫说不是。我问生谁的气，李卫说他们呗，我又问，谁们？他笑着说，谁们你还不知道？谁跟你意见相反就是谁们。

李卫跟我并不熟，但彼此好像有一种默契。李卫是北大毕业的，素质蛮高，人也很聪明，但相貌一般，过早地聪明绝顶了。他为人随和，太随和了，人缘很好，大家都觉得他人不错，可就是不会委以重任。我后来从李卫那里得知，西北的项目肯定是不做了，所以主席才生气，因为已经花了很多钱，在我来之前这些花了集团公司钱的人还要邀功请赏，老板觉得自己被人耍了，但有苦说不出，通过收购兼并实现低成本扩张的方针也是主席自己认可的，并且曾经在报纸上还吹嘘过，现在不能自己扇自己嘴巴，所以更生气。

至于中原电力集团那个项目，是集团副总裁推荐的，那天经我在会上那么一搅和，副总裁连介绍的机会都没有，相当于根本没有"上会"。副总裁并不死心，想通过总裁再向主席提起这件事。总裁到底是做厅长出身的，很会处理事。总裁对副总裁说："这件事我们不用去直接麻烦主席，我们把'丁收购'找来，先听听他的意见。"

"他算什么东西？"副总裁愤愤地说。

"哎，"总裁说，"不管他是什么东西，我们先听听他的意见总没坏处。如果他赞同，由他去说服老板最好；如果他不同意，那我们就听听他是怎么说的，与他辩辩理，假如在我的办公室我们二比一都辩不过他，上会不是自讨没趣吗？”

总裁将我请到他的办公室，热情得像没落贵族讨好已经成为新贵的昔日家奴。我突然觉得有点对不起他，几十岁的人了，比我还大六岁，正厅长的位置下来，图个什么？都不容易呀！说实话，如果是一般的小问题，就凭总裁这个态度，我就会马上放弃原则，睁一只眼闭一只眼的，甚至两只眼睛全部闭上，但是，收购兼并事关重大，中原电力是十个亿的大盘子呀，稍有不慎，集团公司马上就会被它拖垮！人要有良心呀！

总裁没有坐在自己的大班台上，而是主动下来，与我并排侧身坐在一条长沙发上，副总裁则知趣地拖过一张会客椅，坐在我们对面，那情景仿佛他是听差的，准备随时听从我们的吩咐。

总裁说：“找你来是想听听你对中原电力项目的看法。”

总裁说完又看看副总裁，似乎不仅在征求我的意见，同时也是在征求副总裁的意见。副总裁没说话，他迎着总裁的眼光点点头，又对我点点头，仿佛在鼓励我说真话。其实我不用他鼓励我也会说真话，在一般情况下，我是能不说假话尽量不说假话，在当时的情况下，我更没有必要说假话。我看看总裁，又看看副总裁，尽可能谦虚而友好地对他们说：“材料我看了，我只想提两个问题。第一，中原电力集团有对外三个亿的贷款担保，对外担保在财务报表上不直接反映，因此有很大的隐蔽性，一旦被保单位到期不能偿还银行贷款，我们将承担相同的责任。对外担保属于或有债务，现在我们国家的财务制度还没有将或有债务直接算入负债，但香港的财务制度是将它列为正常债务的，我们公司在香港B股募集了资金，也就是通常所说‘双料上市’，因此，如果将中原电力收购过来，至少在面对香港的年报上会增大资产负债比例。再说，据我所知，我们这边明后年可能也要将或有债务并入负债。事实上，由于自己不能控制，对外担保的风险比自己贷款风险还要大。第二，中原电力几乎全是两万千瓦以下的小机组，这种小机组属于国家不鼓励发展的项目之列，按照中国的惯例，不鼓励发展就是限制发展，过几年就会淘汰，最多撑到大亚湾二期并网和三峡水电试机。这些情况不知您二位了解不了解?”

总裁听得非常认真，听完之后他用眼光询问着副总裁。副总裁不敢接总裁的目光，也不看我，这时候他手里有一根香烟，但他没有点燃，公司规定办公场所不准抽烟，连主席都不违反，副总裁这时候当然不能抽烟，他只是把烟捏在手里，让另一只手的指尖在上面轻轻划过，来回地划，仿佛这样可以解除烟瘾，或者这烟干脆就变成了一根智慧棒，指尖在上面轻轻划过能帮助他思考。副总裁这样思考了一会儿，仍然没话可说。

总裁并不打算硬逼副总裁。总裁看着副总裁，说：“这件事你让发展委再去调研一下，在解答丁助理这两个问题之前，中原电力收购的事情暂不要提交集团高层会议讨论。老板那边我去说。”

我知道总裁最后这句话的含义，我不用去主席那里多嘴了，总裁要自己去说，但无论是谁去说，去怎样说，这个项目是肯定不搞了。

40

我成功地阻止了集团公司的“低成本扩张”战略，避免了集团公司进一步盲目扩张，但同时也宣告自己“丁收购”的命运就此结束。既然通过收购兼并实现低成本扩张的战略遭纠正，那么公司养个“丁收购”干什么？于是就有人明目张胆地说闲话，好在黄主席明察秋毫，及时安排我兼任董事局办公室主任，才使我在集团公司有了自己的一席之地。

主席有自己的专职秘书，董事局也有专职的董事会秘书，按照“上市公司章程指导”明确规定，董事会秘书属于公司高层领导，这样一来，我这个董事局办公室主任看起来主持董事局日常工作，并且具体领导老板的秘书和董秘，但事实上是多余的人。老板的秘书和董事会秘书真需要我领导吗？但我并不是无事可做，在那段时间里，我的工作之一是做黄主席的“防骗顾问”。

我没想到中国有那么多骗子，可以这么说，那段时间里经我接待的人几乎都与骗子有关。凡是来向黄主席推荐项目的人，要么本身就是骗子，想来骗我们，要么就是自己已经被骗子骗了，但是不知道，又来找黄主席推荐骗子给他的项目。这些骗子形形色色，五花八门。对付这些骗子的最好办法是以其人之道还治其人之身。比如骗子来推销地皮的，说那块地皮如何如何之好，而他又是怎样怎样地有背景，费了多少多少精力才拿到这块地，现在实在是看在朋友的面子上，才推荐给我们，其实他是吃了很大亏的等等，我就说：“噢，巧了，我们这儿正好也有块地，比你的那块还好，看在朋友的分上，我以更低的价给你好吗?”

这还不算好笑的，好笑的有三类。一类是冒充中央领导的亲戚，连党和国家最高领导人的亲戚他们也敢冒充；第二类是吹嘘能搞到资金，一开口就是几十亿美元，并且非常神秘地告诉你这是某国贩毒集团的钱，给我们的目的就是为了洗钱；第三类是“高科技”，水变油已经不算什么了，还有比这更先进的高科技，比如磁感汽车，听起来肯定会把中科院的院士们气死。

有一次一个人拿着市里某领导的条子，说是领导的外甥，要求我们给他解决深圳户口指标。巧了，那天这位领导正好在我们集团开现场办公会。我对骗子说：“要什么条子，你舅舅现在正跟我们老板在一起呢，你等一下，他马上就出来，你当面喊他声舅舅，他要是答应了，不用惊动主席，这事我包了。”骗子吓得赶紧溜了。这倒给我们提供了经验，以后凡是有冒充领导亲戚的，我们就用类似的办法对付，屡试不爽。

还有一次一个小伙子出奇招，居然请了个老外当道具。小伙子声称是一家注册于马绍尔群岛的国际财团驻中国的总代理，有名片和老外佐证。我问他有什么事，他说他可以开一张十亿美元的信用证，只要我们出一份保函，贴现后就可以与我们分款用。还说如果我们不相信，马上可以打开电脑，上网查他们那家财团。我不按他的思路出牌，没有去查电脑，而是指着那个老外，问小伙子：“他是谁?”小伙子结结巴巴说不出来。于是我提醒：“他是不是你们马绍尔群岛总部派来的?”“对对，”小伙子说，“他是马绍尔群岛总部派来的。”我又问：“马绍尔群岛是说英语还是说法语?”小伙子又答不上来。临走时，小伙子自找台阶，说：“真傻，白送钱都不要。”边说还边摇头，仿佛我们是那样的不可理喻。我却从小伙子临走时的这句话中得到灵感，以后凡是再出现金融骗子，我就不出面了，一律由李卫出面，李卫的开场白是：您是不是打算给我们白送钱来的?

科技骗子比较复杂，有些纯粹是骗子，有些人不一定是骗子，但有点神经兮兮的，有点小发明就认为自己是爱迪生，还有些人的一些想法确实不错，但只是想法，变成现实还有相当长的一段路。比如有个小伙子搞了一个子母式通用手机电池，思路就很巧妙，但谁来协调各个手机生产厂的利益分配呢？对于不同的人，我们往往以不同的方式区别对待。关于这个问题，我与主席也有过交流，我的观点是：如果我们真想搞高科技，就应当通过正规的渠道，比如国家专利局，比如深圳市科技局，比如归国人员投资创业办公室等，凡是主动找上门的，大多数都是有问题的，不要相信免费的午餐。

作为主席的助理，我的另一项工作是代表主席出席深圳市有关部门或单位举行的各种活动。这些活动有时毫无意义，主席根本就用不着去参加，但收到邀请之后也不能没有回应，一个较为妥善的处理方式是由我代表主席去。这对我来说当然不是坏事，既可以得到很多精美的礼品，又可以结识很多高层关系。还有一种情况是主席出差在外地，实在没法出席这些活动，于是我就去同总裁商量，总裁说得很实在："你去吧，反正你是单身，还可以吃一顿，不去白不去。"我感觉自从那次总裁与我谈过中原电力的项目之后，对我真的不错，后来李卫还告诉我，说总裁那天还专门在主席面前说我的好话，说我的观点很对，通过收购兼并来实现低成本扩张的思路看来是有问题，并且说主席慧眼识珠，总算请来真正的专家等等。

代表主席出席这些活动有时也遇到一些难堪的场面。有一次有一家和我们同样知名的大企业搞活动，照例是我代表主席参加，由于我代表的是主席，级别很高，被安排在第一桌，同桌而坐的有那家公司的老板，还有市领导，不知这位老板是与黄主席有过节还是见黄主席没亲自来心里不高兴，居然当着市领导和各位大老板的面跟我开玩笑，他借着点酒劲说："听说你们黄老板喜欢赌，是不是？"由于他是大人物，一桌子都是大人物，所以我不敢耍聪明，但也要维护主席，于是我说："我是黄主席的助理，又是集团董事局办公室主任，我对我们主席还是了解的。我从来就没见他赌过，一次也没有，但我和您一样，也听说他以前赌过，只是道听途说不算数的，您和黄主席都是大老板，树大招风呀。”

还有一次在一个研讨会上，有一家证券公司部门经理问我：“你们集团公司的大厦为什么是个半圆，而不是个整圆?”我当时很生气，一个部门经理也敢跟我这样说话！我于是就跟他打起官腔，说：“太阳升起的时候就是半圆。半圆表示我们的企业蒸蒸日上，就像初升的太阳；半圆表示我们永不满足，提醒我们不断进取。”回来以后，我专门将这段回答写成文字交给李卫，告诉他，以后谁要是再提这个问题，就这样回答。

除日常事务以外，董事局办公室主任的另一项工作是考察集团公司各二级公司和各部门负责人的工作情况。

当我考察到集团发展委主任那里时，我很想借此机会与他攀攀老乡，改善改善关系。毕竟，在收购西北水泥集团的问题上我给过他难堪。于是，“考察”从攀老乡开始。我问他是哪里人，他说是兰州人，我说祖籍不是吧，他说祖籍是榆中，也属于兰州，我说那我怎么觉得你有我们老家安徽的口音，他说是吗，我说是，特别像安徽合肥的口音。他说对了，已经有几个人这么说过，所以他上次回去专门做了考证，兰州榆中一带人还真是淮军的后裔，所以兰州土话特像合肥话。我说那事实上我们还真是老乡，他说不对，应该是“老”老乡！我觉得这时候他很幽默，与集团高层会议上的表现判若两人。

去集团房地产开发公司的“考察”有点麻烦，因为主席事先给我布置了任务，要我说服房地产开发公司的老总把整个公司搬到集团大厦来办公，这样可以资源共享，既便于管理又节省费用。我认为主席的安排非常正确，集团公司大厦有空房，干吗跑到外面租写字楼办公?是不是想摆脱集团领导?我去了以后直截了当地将主席的意思说了，当然我还讲了一番道理，无非是集团公司现在日子也不好过呀，这样可以节约开支呀之类。我说了半天，对方只回了一句话：“我这个位子你来坐好不好?”我这才清醒过来：房地产开发公司是集团最牛气的公司，房地产老总本身就兼任集团公司副总裁，还是集团董事，论职位实际上在我之上，能接受我的考察已经很给面子了，还要再听我的说教？

借着考察的机会，我还回了趟武汉。我想这次可以顺便看看曹路，能把她接过来更好。至于“考察”嘛，我早就想好了，接受在房地产公司碰鼻子的教训，先听他们说，让他们说个够，然后我再见机行事。

武汉的华中公司情况比较复杂，当年集团公司计划在湖北再造一个集团公司，做了很好的规划、很大的投入，谁知计划赶不上变化，国家经济形势一变，又成了一个烂摊子。为此，华中公司与集团公司相互指责，闹得很僵。

华中公司摊子铺得很大，既有几十家连锁超市，又有好几处房地产项目，还有电器市场。除武汉外，在天门还有一个资产几亿的农工贸一体化的纺织工业总公司。现在是三个摊子两个领导。天门纺织城最有实力，而且打着农业产业化和贸工农一体化的旗号，正准备独立上市，主席一方面希望它上市，另一方面又怕上市之后控制不住，因为一旦上市我们现在的集团公司就不一定能控股。主席对天门的董事长是又拉又提防。天门的董事长也是集团公司的董事，我发现“董事”已经成了主席手中的一个筹码，但这个筹码的分量似乎越来越轻，就像 1948 年底到 1949 年初蒋介石手中的“青天白日勋章”和“委座赐剑”一样，好听也好看，但就是不好用，作用威力日益减弱。但主席就是主席，主席的算盘是：超市经营状况不错，直接归集团公司领导；武汉的其他资产乱七八糟，一下子全部并归天门，这样，既可以将包袱甩给天门，又可以增大集团公司在天门的股份比例，将来天门如果能上市，当然最好，不仅使不良资产变废为宝，而且还能增大集团公司在该公司的持股比例，即使天门不能上市，反正是羊毛出在羊身上，集团公司也没什么损失，怎么算都对集团公司有利。

我到湖北的任务应该比到房地产公司时更艰巨，但我这次有经验了，那就是不要轻易说话，给他们充分的想象空间。到了一个单位，我就非常客气地跟负责人要一个单独的办公室，然后要来公司花名册，把关键人物一个一个叫来谈话，就是听来人说。无论是谁，他们都知道我是主席助理和董事局办公室主任，是主席身边的红人，这次来是代表主席跟他谈话的，被找谈话的人如果对主席忠诚，他们就很高兴，认为我单独找他说明主席信任他，就会对我说许多东西；如果谈话的人心里有鬼，那么他也很心虚，不知道主席是不是已经有所察觉了，特意让我来调查核实的，于是，为了表示忠诚，或者说为了打消主席疑虑，也都要拼命地保全自己，说出一些东西。无论对哪一类人，我都不表态，只是说主席很关心华中公司，也很关心你，特意要我找你谈谈。这样谈得多了，我还真有点同情湖北这边的同事，他们实际上是为集团公司承担了债务，一方面艰难地维持，另一方面还要替集团公司应付湖北这边的银行，也不容易啊。在这种情况下，主要负责人就是对主席有点怨言也可以理解。

想是这么想，但我肯定不能这么说，我在考虑回去以后跟主席怎么说，我担心主席会怪我无能，房地产公司搬迁的事没办成，武汉公司并入天门的事还是办不成，我不是很没用吗？

然而事实又一次证明了主席“置之死地而后生”的英明论断。正当我准备无功而返时，华中公司的一把手主动向我表示：无条件接受主席的方案，集团利益高于一切。我当时真是莫名其妙，后来还是下面的人主动向我密告：他们担心如果不同意主席的方案，主席就会对他们就地免职，接管的人已经来了，就是我。

湖北的事情让我深刻理解了什么叫有所为有所不为，有时候不为确实就是最大的为。

41

大约是我在处理湖北的事情上显示了实际操作“能力”，主席又进一步重用了我，让我兼任华南公司董事长。

华南公司总部在广州，统辖集团公司除深圳以外在华南地区全部的企业。华南公司本身就是一个集团公司，下辖九个企业，总资产将近六亿，主要分布于广州、汕头和惠州。其中在广州有十六家连锁超市、一家房地产公司和一个广州与深圳之间往返穿梭的大巴公司。在惠州有三千亩生地，在汕头有九十五栋别墅和一百多亩熟地。说实话，我一眨眼就成“大老板”了，而且除了杨老板外，比以往我为之打工的所有老板都大。在广州总部我们拥有自主产权的写字楼，而且写字楼太大了，我还租出去一部分。我的办公室也是大套间，比张正中的气派多了。离开中智集团后，我与张正中还一直保持着联系，经常回去看看。有一次我们在一起谈心，我说知识分子当老板并不一定比普通人合适，因为知识分子骨子里就是穷酸，做事顾虑太多，对部下算得也太精。张正中并没有生气，他知道我不是说他的，而是说我自己。事实上，当主席“封”给我这么一大块资产时，我并不领情，我甚至宁可继续做董事局的日常工作，说到底，是怕担责任担风险，从另一方面说，也是自己太有责任心，并且比较正派，不想胡来。因此，刚上任不久，我就调原汕头公司一把手来当总经理，自觉地让出大部分的权力与责任。这在真正的老板看来是不可思议的，但我真就这么做了。大概是我天生只能当职业经理而不能当老板的缘故吧。

汕头公司一把手黄少伟与主席是同乡同宗，在主席的同宗之中文化程度算高的，跟着主席多年了，被集团公司内部称为主席的五虎上将之一。调黄少伟上来做总经理我是深思熟虑的。主席对我说："既然将华南公司交给你，总经理就由你自己选。"我选主席的人而不选自己的人表明我已经比较成熟。这样的选择一方面是让主席放心，另一方面也是让他来为我分担责任。没来之前，我就知道华南公司的日子已经相当不好过了，总资产将近六亿，总负债超过六亿，其中有些资金被集团公司统一调用了，情况与华中公司差不多，前面是我请华中的一把手入瓮，现在轮到我自己了。

为了充分调动黄少伟的积极性并便于他工作，我和他换了一间办公室，并且将华南公司的宝马车给他用，我自己用奥迪。这样一方面显得我很大度，另一方面自己也轻松些。

但老板就是老板，我兼任华南公司董事长后发现有很多地方与以前大不一样。具体表现还真能说上一大溜。

首先是有人拍你的马屁。在你面前说一些非常顺耳的话，心甘情愿地帮你做这做那，什么事都帮你考虑得周周到到，很多时候比你自己想得都周全。

其次是有人向你打小报告。无非是说谁谁谁的不好，然后是报告人自己如何对公司忠心，对你忠心。以前没当"老板"时，我非常讨厌这些专爱打小报告的人，现在的感觉不一样了，因为他们真能让你了解下面很多实际情况，很难想象如果没有这些人老板该是个什么样子。

第三是什么都能报销。每隔一段时间，财务经理就会主动问我有什么票据要报销，只要我能拿出票据，什么都不用管了，交给他，公司再困难，首先也要给我报销，而且速度之快办事效率之高超出我的想象。

第四是很多人非常关心你，不仅女员工个个对你特别殷勤，好像她们每个人都崇拜你，都以能与你的亲近而荣耀，就是你的个人问题，也有人谨慎热情地替你张罗。那时候我与前妻已经离婚，但与曹路一直没办结婚手续，所以从法律关系上说，我还是单身，有部下在这个问题上关心我也是正常的。

我和曹路的关系出现了一点问题。问题不是来自我们俩之间，而是来自她家那边。早在武汉时，她家人对我们的关系就提出过质疑。有一次她老父亲认真地跟我谈了一次话，大意是说：我们对你印象很好，也十分赞同曹路和你确定恋爱关系，但这样又让我们觉得很难堪，因为你是有老婆孩子的人。我当即表示：我和老婆已经分居几年了，实际分居时间差不多比曹路离婚时间都长，只是手续没办，今天您老既然这样说了，我马上就回去办。我和前妻办完手续后没有回武汉，而是直接随张正中来到深圳，但这是我和曹路说好的，我们要来深圳发展，并且当时我们也听说离完婚六个月之内不能另外结婚，否则违法（到底有没有这项规定我至今不清楚，但我觉得这种说法有道理）。半年之后，情况出现了变化，她父母坚决反对我们结合。刚开始我根本没在意，都四十岁的人了，在婚姻的问题上还听父母的？但是后来由于我们没结婚先分居，一拖一年没在一起，加之她父母特别是她姐姐天天灌输，她的思想也发生动摇。一个朴实的想法是：他们都是我的亲人，不管怎么说总不会害我的。据说她父母反对的基本理由是对我不知根不知底，满世界地乱跑，跟我结了婚就要离开武汉，还不如就在武汉找一个知根知底的，既可靠也安定。今天回过头来看，她父母这种担心也不能说一点道理没有。事实上，我们有那么一段时间还真算是分开了，并且各自寻找自己的机会，但找来找去，发现还是离不开对方，才又走到了一起。

先说我自己。我自己觉得人的感情是互相的，当我得知她父母坚决反对并且她自己的思想也有些动摇时，我第一感觉是很生气。她父亲暗示我应当离婚，我照办了，回去费了九牛二虎之力离了，之后你又变卦，这算什么事？随后我又想，这只不过是曹路自己找的借口，四十岁的人了，又是二婚，父母还能包办吗？一定是这段时间我离开长了，她又遇上了什么人，见异思迁了。于是我就想：

你有什么了不起？天涯何处无芳草？男人四十一枝花，凭我还找不到老婆？笑话。如此，我就真开始留意起来。但很快发现，偌大的圈子，真能合自己心意的人还真没几个。可能是我自己眼光高了，通过唐小姐的启发和曹路的实践，我对女性的要求已经相当苛刻，说实话，一般的女人无论她是否年轻漂亮，是否有钱，是否有高学历，我不在乎，我要找的不是一般的女人，要找像唐小姐和曹路这样天生就不一般的女人。我觉得一切后天的东西都不重要，比如有些男人找女人或女人找男人往往很看重对方资产情况，也就是说看对方有没有钱，我觉得钱恰好是最不重要的，今天有钱的人或许明天就没有钱，这些年在深圳、海南、武汉、广州等地的职业经理生涯，让我有幸目睹不少所谓的大老板在一夜之间沦为负资产的经历，所以，在我看来，钱是最靠不住的。再比如有人很看重对方的学历，我觉得那也是没什么用的，学历是可以考的嘛，实在想要学历又没耐心去考还可以买嘛，现在有几个老板不是MBA工商管理硕士？别的不说，就说我的一个同班同学，明明没有出国留学，现在打出的名片却是美国某著名大学的国际金融专业博士，除了我之外，谁知道他是假的？再比如有些男人找老婆喜欢找年轻漂亮的，我觉得那更靠不住，凡是“年轻”漂亮的，首先是年轻，但“年轻”靠得住吗？越年轻漂亮的女人越是老得快！真正经老的人就是唐小姐和曹路这样从小就被专家选拔出来的专业演员，不仅经老，而且耐看，一招一式一举一动甚至身上的气味都经得起看，经得起摸，经得起闻。然而，现实生活中这样的人并不多。

功夫不负有心人。我那时还真遇上这么一个。其实，这个人我本来就认识，不仅我认识，而且我们那个时代的人基本上都认识。她是某直辖市人民艺术剧院的专业演员。二十世纪八十年代演过一些电影，还演过主角，一切先天的东西都无可挑剔，而且特别善良。当然，我是在和她交往一段时间之后才发觉她特别善良的。但是，正因为经过一段交往，我才知道她实际上比我大五岁。我感觉无论如何不行。我都四十了，大五岁那不就是更年期了？不行，实在不行！那天我们在吃肯德基，我对她实话实说，她居然没有生气，还是那样满脸灿烂一副微笑，弯弯的眉毛一根一根的，却遮盖不住眉毛下面皮肤的洁白，眼角一点鱼尾纹都没有。她说：“我们是不合适，这样吧，我给你介绍一个三十岁的，还没结过婚，也是我们剧院的，现在在广东电视台做主持，你跟她挺合适，还可以生个孩子。”我再傻也知道她这是拿我开涮了，但我不生气，她有权利拿我开涮，也应该拿我开涮。

回到广州后，我仍然觉得对不起她。年龄大有罪吗？年龄大是她的错吗？但是没办法，我说什么也不能找个比我大五岁的。要说这事也怪她自己，她干吗不说自己三十八呢？其实她说自己三十八我也信，别人也会相信，只要她不提曾经演过的电影，别人就算不出来她的实际年龄。

算了，别想了，过去的是就让它彻底过去，要向前看。

但这件事并没有过去。回到广州没几天，就接到她的电话。

“我在广州。”她说。

“在广州？”

“不欢迎吗？”

“欢迎，欢迎。”我说。

“怎么欢迎？”

“请你吃饭。”

“好，我在天河南港渔村。”

我以为就我们俩人，特意让司机自己随便找个地方先吃饭，等我的电话再过来。谁知她还带了一位小姐，就是她说要给我介绍的那位电视节目主持人。有那么一刻，我非常感动，原来她是认真的，她原来并没有拿我开涮，她真帮我介绍了这个三十岁的小姐，她的善良再次得到确认。

小姐在电视台做主持，长得没有她精致，但也绝对专业。说实话，如果不是她介绍的，而是换在别的场合认识，我可能会放下董事长的架子，穷追不舍的，但恰好是她介绍认识的，所以我不得不有所保留。

席间，我问小姐是哪里人，小姐说是湖南人，我就笑，小姐问笑什么，我说："湘女多情情难长。"小姐眼珠转了一转，先是看看她，然后有点神秘地笑着对我说："情短情长看情郎。"

"好!"我说，"才女。"

"你不就想找个才女吗?"演员说。

那天吃过饭，我还带着演员和"才女"到我公司去看了看。演员还是第一次到我公司来，不是在我们交往的时候，而是在我们分手之后，在她给我介绍新的女朋友之后。

"才女"说："你的公司这么气派呀!"

我说："这不是我的公司，上市公司是没有真正老板的，我这个董事长也是打工的，是职业经理。"

就在我几乎爱上"才女"的时候，演员从深圳给我打来电话，她说："算了吧，'才女'不适合你。"

"为什么?"我问。

"'才女'以为你很有钱。"

"我不是告诉她我是打工的了吗?"

"是啊，可'才女'说你这么大公司的董事长，即便是职业经理，不是真正的老板，个人资产怎么说也有几百万呀。"

"那怎么办?"

"这还不好办?"她说，"你要是真有几百万，立马向'才女'求婚，我帮你们张罗婚礼，要是没有，那还不就算了。"

肯定算了。

后来有人对我说，其实我还是被演员涮了，演员是故意找一个年轻的专业"才女"来吊我的胃口，等胃口被彻底吊起来了，再跟我拜拜。

我听后很想给"才女"打个电话，问问是真是假，再一想，算了，是我先对不起演员的，就让她报复一下也是应该的。再说我宁可相信演员没有涮我，宁可相信她确实是善良的。

曹路那边情况也大同小异。她姐姐先是帮她介绍了一个台湾老板，谈了几天才知道那人在台湾有妻小，只是想在这边找个“二奶”，当然是谈不成了。曹路是那种甘愿当别人“二奶”的人吗？后来又介绍了一个省级外贸公司的老总，没交往几天就发现这位老总特别喜欢在歌舞厅搞小姐，前面那个老婆就是为这事跟他离婚的，曹路自然无法容忍。再以后又有人给她介绍个老板，老板财大气粗，不但说给她父母在武汉买四房二厅的房子，还要将她女儿送到国外留学，说不动心是假的，但动了心之后，才知道这个财大气粗的大老板早已资不抵债，要在国外早破产了。

总而言之，我在美女群里转了一圈，曹路在大款堆里逛了一遍，最后大家一事无成，又回到原点。

42

这时候，华南公司的事情我几乎全部交给黄少伟。黄少伟很喜欢管事，而我真觉得没事可管，我们唯一要做的事就是当消防队员，将银行燃起的火堵在广州，千万别让它烧到深圳来，别让它烧到主席这里来。有拍马屁的人向我反映：黄少伟在公司大量安排他的亲朋好友。我真想劝黄少伟：你这不是害人家吗？我有一个同学在内地国营单位不得志，想来南方发展，几次给我打电话，想让我给安排进来，我都没有同意。不是我不讲同学情谊，恰恰相反，是我对公司的情况太了解，把自己的同学安排到这样一个风雨飘摇的企业来，不是对同学不负责任吗？还有人向我反映：黄少伟讲的，公司只能一人说了算，这个人就是他，而不是我。但他说了没用，银行或业务单位一旦正式接触，还是把我这个董事长排在前面。为了不再发生这类不愉快的场面，我就找理由离开广州，回深圳，回到主席的身边。我回到深圳后，黄少伟就是广州那边的一把手，一切就由他一个人说了算。

我还兼任着主席助理和董事局办公室主任，所以只要我想回来，就能回来。

我一回到主席身边主席也挺高兴，主席说我最大的特点是讲真话。我觉得自己没必要讲假话。我心里有个原则，能不说假话时尽量不要说假话，实在需要说假话时坚决说假话，由于“实在需要说假话”的机会实在太少，所以我基本上都是说真话。有一次我回去看主席，正好有一个香港朋友在向老板推荐个大项目，老板见我来了很高兴，赶紧把这个好消息告诉我：集团公司可以把整个舞阳县收购过来。我问那个香港朋友：包括不包括舞阳钢厂？他说不知道，我说打个电话问问。他打了，对方说不包括舞阳钢厂。我说不包括舞阳钢厂就等于没有舞阳县了。那个朋友又打了个电话，对方说你遇到高手了。事后主席特高兴，特有面子。主席说："其实我早知道是怎么回事，但我不好意思说，所以要你来说。"

回集团公司的另一项任务是参加集团高层会议，每次会议都是主席唱主角。我发现主席说话很有感染力，再困难的局面，经他一说马上就形势大好。我现在已经坐到了会议桌上，可以更加直接地面对面地感受主席的震撼力。

我觉得黄主席更像一个诗人，尽管他并不写诗。是不是"王者风范"与"诗人气质"本身就是相通的？小时候我看过一本《列宁回忆录》，书中反复出现过一个观点：政治家首先是鼓动家。那时候我太小，常常将政治家与革命领袖画等号，于是也就将"王者"与"鼓动"画等号。事实上，一个人从小形成的观念是很难改变的，有时候你自以为改变了，但一不留意就冒出来。我对黄主席"王者风范"的印象除了来自他的豪气、大气和霸气之外，另一个来源可能正是他的鼓动性。

有一次召开股东代表大会，我照例回去帮着准备材料。这时候集团公司已经积重难返，从 ST 变成了 PT，由于资产规模太大，负债比例更大，而我们又不是国有控股企业，重组难度就难上加难。已经谈了几家了，也没找到个好出路，说实话，这时候与股东代表见面，比丑媳妇见公婆还要难堪十倍百倍。但是主席有办法，主席胸有成竹。昨天刚有一家航空公司与我们接触。

会上，主席先是不说话，任代表们提问、泻火、发牢骚，等到代表们该说的已经说过了，要发的火已经发完了，大家肚子已经有点饿了，并且代表们之间也有些相互不耐烦了，主席从容地走上主席台。

主席说话底气十足一言九鼎，而且不用麦克风，就那么站在台上说，声音极具穿透力。整个会议大厅都被主席的声音塞得满满的。

主席说："今天我很感动，也很激动。集团公司是谁的？就是我们在座各位的。谁真正关心我们集团公司的生死存亡？还是我们在座的各位。现在谁能够救我们集团公司？谁也不会救，谁也不愿意救，谁也没能力救，唯一能拯救我们集团公司的，只有我们自己！集团公司搞到今天这个样子，是我们在座的各位谁也不愿意看到的。当然，更不是我希望看到的。说实话，集团公司搞成今天这种局面，对大家都是一个损失，但是，我的损失最大，你们谁的损失也没有我大，你们心疼，我更心疼，我比你们在座的疼一百倍！一千倍!!但我能怨谁呢？我谁也不能怨，我只能怨我自己！我自己!!

"集团公司搞成今天这个样子，我有不可推卸的责任。我诚恳地接受各位股东的批评。刚才有些股东代表的发言还是给我黄翰林留面子了，批评得还不尖刻。有些代表的批评很有见地，比如刚才有代表说到，A 股市场 B 股市场两次发行三次增发募集了那么多资金，就是什么事不做，全部拿来买国库券，也不至于搞到今天这个样子。批评得很好！我确实没有拿募集来的资金去买国库券，如果我当时拿募集来的资金去买国库券了，我们今天肯定比现在好得多！说实话，不是我事后诸葛亮，当时我还真想到了买国库券，想到了但是没做，这就更不可饶恕！不是我不想做，是我不敢做、不能做，如果当时我那么做了，证监会肯定就不会给我发行或增发的指标，再说，这么大的事我也做不了主，按公司法的规定，这么大的决定是一定要经过今天这样的股东代表大会讨论通过的，当时要是还是你们在座的各位就好了，但当时不是你们，至少大部分不是你们，当时的股东代表是绝对不会同意我拿发行或增发得来的资金买国库券的。但是，错误不在当时的股东代表，完全在我，因为我根本就没有将这项提案提交股东代表大会讨论。为什么呢？因为我看那么多上市公司谁也没有这么做，但是，我忘了最重要的一点：那么多上市公司都是国有控股或国有股占相当大一部分，他们可以不买国库券，虽然他们现在也走到了或者早就走到了我们今天这一步，甚至于比我们还要惨，但是，他们不用怕，有人救他们，谁？政府。政府救他们！政府可以通过投资管理公司对他们进行资产置换，把不良资产剥离，再重新注入优良资产，一天之内就可以将一个像我们这样的甚至比我们还艰难的公司来一个彻底改头换面！所以，他们可以不买国库券，我们不能不买，错在我！”

主席说到这里，全场鸦雀无声，大家的气显然已经消了，即使还有气，那也不是针对主席的。

主席这时候显得很悲伤很激动，眼睛湿湿的，说话也仿佛哽咽。此时，大家已经没话可说，即使要说，那也只能说一些安慰主席的话。

主席调整一下情绪，继续说：“本来说好是要保密的，但是我现在很激动，我控制不住，我要说，我要对我们自己的股东代表说，第一，我们现在正在与政府交涉，我们不要求特别关照，我们只要求同等对待！第二，即使我们天生就是没娘的孩子，但既然我们已经来到这个世界上，并且已经长到十几岁了，我们没有理由不活下去！我给大家透露点消息，我相信在座的各位肯定会自觉地保密，我们已经跟航空公司进入实质性谈判了！我们集团公司就要拥有自己的航空公司了！！”

这时候，全场起立鼓掌，大厅里爆发出长时间热烈的掌声。本来一个可能倍受指责甚至唾骂的会，由于主席天才般的鼓动作用，变成了一个团结的大会、胜利的大会、鼓舞士气的大会！大会之后，广大股民从对主席的怨恨变为对主席的理解、同情和钦佩。

我前面说过，黄主席在我心目中更像一个政治家，我发现以政治家的气魄和本领管理企业在一定的历史条件下是行之有效的，比如在政局不是很稳定的时期，在经济生活处于转型时期，在摸着石头过河时期等等。例如在新中国建立之初，一大批工农干部走上非常重要的领导岗位，不懂经济的人去当银行行长，没有文化的人来当大学校长，对医学一窍不通的人当上医院院长，等等等等，他们非但没有搞垮我们的国民经济，相反，二十世纪五十年代初还是我国国民经济发展相对稳定相对高速的时期。为什么？因为虽然那些行长、校长、厂长、矿长、院长们的文化知识及专业知识不行，但他们在长期的革命实践中练就了过硬的政治家的本领，包括如何管人、治人、用人、整人的本领。无论做什么事，还不都是人去做的嘛。但是，一旦社会经济生活进入平稳发展和法制轨道，企业活动必须按经济活动本身的规律去运作，否则就要付出沉重的代价，即使是已经上市的公司，已经通过发行和增发募集了大量资金的上市公司，也难免走上 ST、PT 直至退市之路。

我常说，跟着主席的两年，我相当于读了两年博士生，受益匪浅。由于性格所致，我可能永远学不会主席那政治家具有的气魄与本领，因此也就做不了真正意义上的企业家，至少做不了大企业家。但毕竟跟了他两年，多少也学会点对事物宏观性的把握，所以，当我感到自己对集团公司对主席已经没有什么作用时，便选择了悄然离去，并且离去之后再也没有与主席做任何联系，但我永远不会忘记主席，我从主席身上学到的一些东西也将伴我终生。如今，每当我听见别人议论主席时，我总想起小时候听过的一句话：鹰有时候飞得比鸡还低，但鸡有资格嘲笑鹰吗？

43

离开集团公司之后我几乎走投无路。打工是没法打了，哪家公司缺董事长？刚从那么高的位置下来，自己把自己身价抬得很高，小公司自然不会去的，大公司一般职位肯定也看不上，而此时不仅没有任何经济来源，并且消费陡增。出门坐车要花钱，花了钱还不舒服，打的能有坐自己的专车舒服吗？房子还是住集团公司的，但后勤部门已经委婉地暗示：可以免费住三月，三月以后要按半价收租金，每月一千五百元。既然收钱我一人住那么大房子干什么？手机费肯定是没地方报销了，只好省着打，见别人打进来，不接，先掐掉，然后再用座机打回去，一般的关系不理解，好朋友实话实说：这么大老板还省这几个钱？

我病倒了。病得无缘无故，病得莫名其妙。头疼，发烧，高烧不止，只好住院。这是我长这么大第一次住院，与其说是看病，不如说是逃避。手机也关了，反正这下有借口了。

逃是逃不了的。天知道李卫是怎么知道我住院并且找到我的。李卫说："有个女的打电话找你，打了很多次，一定要你的电话，我没给，我说你已经离开集团公司了，新的手机号码不知道。"

"女的？"我问。

"女的。"李卫诡秘地说。

我有点害怕，使劲往坏处想，想到最坏处，努力接受它，没事了。比如我想是不是自己在外面惹了风流债，对方找上门了，想了半天，没有，就是真有也不怕，现在我不是董事长了，不是董事长我怕谁？

“留没留她的电话？”

李卫笑而不答。我发现李卫一笑起来还是蛮好看的。其实绝大多数人笑起来总比不笑好看。李卫笑够了，掏出一张记事纸片，黄色的，上面写着：时艳梅13929919199。

时艳梅？13929919199？名字好听，号码整齐，但我无任何印象。别的不敢说，我对自己的记性还是自信的，如果熟悉，不可能一点印象没有。

管他呢，是福不是祸，是祸躲不过。我打开手机，主动打过去。

“时艳梅吗？”

“对，哪位？”

我自报姓名，对方愣了一下，但还是反应过来。

“噢，你好你好，是是，是我找你。你现在在哪里？”

“不好意思，我怎么记不起来你是谁了？”

“我们在一起开过会的，”她说，“前年，开的是企业收购兼并研讨会，你那时好像从海南来。”

研讨会上那么多人，我还真没注意有一个叫时艳梅的女人，但对方已经报出来路，怎么说也是“会友”吧。我热情许多，主要原因在于她至少不是讨风流债的，比我想象的好多了，所以心情不错。

“你现在在哪里？”心情好了我就会主动。

“外面。”

“外面是什么意思？”我很反感对方这样回答问题，不明确，又好像是有意不说清楚。

“在逛商店。”她说，“你在哪里？”

“医院，”我说，“不过我马上就办出院手续了。”

我怕她大惊小怪。

“你住院了？怎么回事？要紧吗？”她果然大惊小怪。女人就是女人，我还没见过是什么样子，就好像非常关心我，我想，就是曹路听到我住院的消息，其反应也不过如此吧。

“没事，重感冒，发烧，已经好了，马上就出院。”

“哪家医院？我来接你。”

“不用，好多人，你来不方便。”

其实一个人也没有，就一个李卫还被我打发走了。我不打发他也要走的，李卫现在特忙，在我之前董事会秘书也已离开集团公司，现在董事局办公室就他一人，连主席都长期工作于外地，李卫一人代表集团公司董事局，既防威胁又防骗，而且还要负责对外说假话，日理万机。我没想到自己也这么虚荣，干吗要说“好多人”呢？既然是自己躲出来住院，一个人没有才好呀，再说已经离开集团公司了，茶凉也是应该的呀。

到家我就后悔了。回家不如住院，住院不孤独。想了想，还是打电话，总得把话说完呀。其实可能是借口，下意识里倒希望有点故事。

“到家了，”我说，“好不容易把他们打发走。”

既然已经说谎了，就要说到底。我觉得说谎很累，哪怕像我刚才那样无意之中说了一句谎，后来也不得不用十个新谎言来支持一个旧谎言，我有一个朋友就老是说谎，一天到晚说谎，我现在总算理解他了。

“那你现在有空了？”

“有空了，说吧，找我有什么事？”

“没事就不能找你吗？”

“当然能，但李主任说你找我几次，肯定是有事了。”

“既然有空，一块吃个饭吧，我请你。”

“好啊，你请我我还不去呀。”

如果单从吃饭角度考虑，别人请我吃饭我还真不去，来回打的就是几十块，比自己吃快餐贵多了。但我实在是想找一个圈子以外的人说说，就是说说，并不打算听说者能给我解决什么问题，只是说说而已。前几天躺在病床上的那一刻，我甚至想到如果就此永不起床会怎样。会怎样呢？最伤心的还是我父母，受影响最大的可能是我的儿子，其他人呢？比如主席，可能会让办公室送个花圈；比如曹路，可能她会打我的电话，然后接电话的人可能会告诉她，她有可能会赶过来，可能会实实在在地伤心一场，哭一场，但仅仅是“一场”，“一场”之后，该干什么干什么。至于以前我为他们当过职业经理的老板们，比如赖春泉、孔祥儒、杨东升、高方清、张正中，他们有的人可能已经完全将我忘了，或假装已经完全把我忘记了，有的还记得，但记不清了，有的可能记得，但仅仅是记得，记得又怎样？当然，高方清肯定会记得我，张正中肯定会来看看我，其实看与不看对我有意义吗？

住院一场如同死过一回，死过一回总是有收获的。如果死过一回之后再与人好好谈一场，顺便将“准死亡状态”下思考的东西用嘴说一遍，可能就更清晰了。只有清晰的思路才能指导实践。如此，我就去见那个叫时艳梅的女人了。

44

时艳梅是个蛮漂亮的女人。说实话，在深圳，成功的女人绝大多数是漂亮的。有人说，一个成功的男人背后肯定站着一个伟大的女人，要我说，一个成功的女人背后肯定站着一排伟大的男人。哪个伟大的男人愿意站在丑女人的背后？

蛮漂亮的女人时艳梅在我眼里非常一般，因为唐小姐、曹路、那个演员以及广州的那个电视节目主持人都比她更漂亮，其差别在于她们是专业的，时艳梅是业余的。

正因为很一般，所以我不认识她，如果时艳梅的漂亮达到了专业水平，那我肯定就会认识她。无论哪一次会议，特别漂亮的女人总会特别引起别人的关注。自然，也会引起我的特别关注。

“你的很多情况我都知道。”她说。

“是吗？”我问。

“是的。”她说。

“说说看。”我鼓励道。

“你的一个朋友是我公司的模特。”

“谁？”

时艳梅说出了那个演员的名字。演员已经回内地了，我们都换了手机，早已断了联系。

“她以前不是在神州集团做办公室主任吗？”我问。

“她是在那里做办公室主任，”时艳梅说，“但她也是我公司的模特，业余的。我们公司的中老年服装全是她做的模特。”

说着，时艳梅还拿出一本画册，封面就是那个演员。我看了心里并不舒服，但说不出口，也不知道为什么不舒服。

“说吧，找我什么事。”我态度有点冷。

时艳梅见我态度有点生硬，便没有马上说话，而是静静地品着咖啡。西餐厅就这点好，想吃就吃，想喝就喝，轻松随意，消费不高。女人比男人会选地方。

她不说我也不急，左手用叉压住一块七成熟的牛柳，右手握住刀来回地锯，把牛柳锯成一片一片的小长条，然后再把叉子换到右手，叉起一条，在汤汁里使劲压几下，再翻过来，同样的程序做一遍，让牛柳浸透汤汁，再叉起来送入嘴里，慢慢地嚼，惬意极了。有一次我和那个演员吃西餐，她笑话我的吃法不对，说标准西餐的吃法叉子只能握在左手，我说你用我的方法和“标准方法”换着试试，看哪个既自然又舒服，演员很听话，照我的说法试了，说我的方法更科学。

我们这样吃了一会儿喝了一会儿，时艳梅说：“你下一步打算怎么办?”

“我还没想好。”

“这么长时间还没想好?”

“是啊，都想出病了也没想好。”我想缓和一下气氛，故意来点小幽默。

时艳梅果然笑了，说：“其实你不适合再替别人做了，应当自己做点事。”

“说得是啊，”我说，“但大事做不了，小事又不愿做，难呀。”

“你这人还蛮坦诚。”

“没必要不坦诚，不坦诚是心虚的表现。”

“好!”时艳梅说，“那我坦诚地提一项建议：你到我公司来做总经理，试用期三个月，工资我只能付得起你做董事长时的三分之一。”

我心里算了一下，三分之一也有几千，好过没有。通过病中思考，我已经现实许多，心中的虚拟价码也逐渐淡化。但我不可能立刻答应她，倒并不是立即答应会跌身价，确实是想更多地了解一些情况，比如她公司是做什么的，是不是需要一位总经理，她这样费劲地主动找上来到底是求贤若渴还是别有所图。

“公司是做什么的?”我问。

“以前主要是做证券，现在想投资实业。前段时间在服装上做了点尝试，并不理想，请你来就是想让你帮我谋划谋划，看看做什么合适。”

“现在市面上有许多企业策划公司，你为什么想到找我?”

“谈过，”时艳梅说，“一是企业策划公司要价太高，二是我感觉那些人水平还不如你。”

我忍不住有点得意。看来男女都一样，都喜欢听好话。但嘴上却说：“你对我的水平了解吗?”

时艳梅笑了，此时她笑起来并不美，牙齿上不均匀地分布着棕色的咖啡。她说：“上次听了你介绍海南那家公司的发展情况，我就很有兴趣。那时候我正在做股票，特别关注上市公司重组题材，所以对你和国家经贸委钟处长的谈话特别有兴趣，但我觉得他说得不如你好。后来我从《上市公司发展论坛》上多次看到你的文章，前段时间又看到由你发起的关于债转股的讨论，对你的水平还能不了解? 所以，当我从公告上得知你已经离开黄翰林，就一直找你，但你手机换了，只好按公告上的电话打过去。”

“你有我以前的手机号码?”

“有呀，我还有你一张名片。”说着，时艳梅还真掏出一张我的名片。

我想起来了，她认识那个演员，肯定是演员给她的。但我觉得她费这么大劲找我不会仅仅是求贤，没这么简单，可复杂在哪里我不清楚。

“如果真是这样，”我说，“那我也太吃亏了。”

“怎么说?”

“试用三个月，我正好帮你策划好了，然后你就让我走。三月工资加起来才一万多，如果单独做策划，收费至少八万，你也太‘坦诚’了。”

她又笑，而且笑的幅度比刚才还要大，因此牙齿上棕色咖啡的不均匀分布更明显。

“那不会的。”她说，“如果你策划得好，这个项目就要往下操作，我不会为了省几个工资临阵易帅，再去另请一个总经理来。你说呢?”

我觉得时艳梅说的也有道理，如果策划得不好，责任在我自己，损失一点也是应该的。

“现在公司有多少资产?”我问。

“目前可以动用的资金大约有一千多万，你可以按一千万规划。”

“我还是想知道公司整个资产情况，比如有没有不良资产，有没有负债。”

“没有，”时艳梅说，“我的钱大部分是从股市上赚来的，所以没有不良资产和负债。”

“全部资产都是以现金的形式存在?”我问。

“不是，”她说，“去年投资搞了个服装公司，在关外还有一个服装厂，总共花了差不多有四百万，现在我已经不搞了，将服装厂租给别人，每月收几万块钱租金。这部分你可以不管它，就当是没有。”

现金是王呀。我心里想，虽说一千万在深圳算不上大老板，但深圳的大老板能随时掏出一千万现金的还真没几个。

不知怎么，我对时艳梅的印象好起来，觉得她虽然不够专业，但整体魅力并不比那些专业的差。整体魅力除了人本身的条件外，应当还包括一些后天形成的要素，比如人的经济实力。以前我认为这些后天因素对男人很重要，对女人并不重要，今天突然发现对女人也很重要。难道是一场病改变了我的价值观？还是由于我突然失去经济来源而变得看重钱了？

不管怎么说，时艳梅在我眼中是个女人了，而且是个有魅力的女人。在西餐厅暗淡的灯光下，这种魅力会放大。

“请我去做总经理，你男朋友放心吗？”

说“男朋友”而不说“爱人”我是经过推敲的。不管她有没有结婚，你把她当作未婚她总是高兴的。如果她是已婚的，你这样问她会说“你看我像没结婚的吗”；如果她真是未婚，她会说“你怎么知道我有男朋友”。

果然，时艳梅说：“谁告诉你我有男朋友了？”

“这还用谁告诉吗？”我说，“像你这么有魅力的小姐，追求者还能少于一个排？”

时艳梅没说话，脸上露出笑容，笑容中既包含得意，又含有苦涩，或者是先得意后苦涩。

“一言难尽呀，”时艳梅说，“你自己情况怎么样？”

“我能怎么样，”我说，“在深圳，女人不能丑，男人不能穷。像我这样的穷光蛋，还敢找老婆？”

“你也算穷人？”

“怎么不算，”我说，“以前我没想过这个问题，因此也就不知道，现在失业了，什么都要花钱，才发现自己是个穷光蛋。”

“你干这么多年没攒到钱？”

“当然攒到一些，但通过住院我想通了，不管怎么样我必须好好生活，因此我打算买一辆车买一套房，买完之后还有钱吗？”

“买辆车买套房？”她问。

“是啊，”我说，“没车我怎么与人交往？没房我住哪儿？”

“你比我想象的有钱呀。”

“没钱可以买小的嘛。”我说，“有房与没房大不一样，房大房小则是另一回事，就像高中生考大学，能不能考上大学是关键，考上的是不是名牌大学则是另一回事，能上大学的总是好过没上的。

买车的道理也一样。”

时艳梅没说话，仿佛在思考什么。这样思考了一会儿，她说：“如果我们能长期合作，车我可以给你配。”

“算了，”我说，“配的车再好也是你的，你要是真觉得我有贡献，加工资给奖金好了。”

45

时艳梅比她自己说的有钱，这与我认识的大多数老板不一样。大多数老板都往大的吹，她相反，是性格差异还是性别差异？反正她肯定不止一千多万。别的不说，就说写字楼，时艳梅在八卦大厦有两层。自己用一层，出租一层，与很多所谓的“集团投资公司”租别人的写字楼的做法形成鲜明对比。

经过一个月的调研，根据时艳梅的资金状况及性格特点，我初步选中了两个项目。一是汽配市场项目，二是团体膳食项目。我觉得这两个项目投资不大，都在几百万，风险小，回报稳定。由于我们是自己投资自己做，不需要找人合作筹措资金，因此我没有赶时髦地搞什么商业计划书，而是写了份可行性分析报告。当我把报告交给她时，她非常“内行”地问：“怎么是可行性报告？为什么不直接搞商业计划书？”我暗吃一惊，问：“怎么，你是要找人投资呀？”

商业计划书是给别人看的，难免王婆卖瓜，只说好话，不说坏话，可行性分析报告是给自己看的，骗谁也不能骗自己呀。但时艳梅不这么看，说实话，她是只知道商业计划书而不知道可行性分析报告，并且她很固执，甚至于由此认为我做不了商业计划书，知识老化了，只好用老知识来对付。她嘴上虽然没这么说，但意思我还能看出来，因此我就更生气。我觉得她比黄主席差多了。黄主席没上过大学，但黄主席谦虚，黄主席从骨子里尊重知识尊重人才，我说什么做什么，主席首先相信我是对的，然后他才提问，提问的目的不是挑毛病，而是想自己也弄明白，不想稀里糊涂，有时候通过回答他的提问我发现自己的不足，于是加以改进，这就叫相互提高。时艳梅也没上过全日制大学，但她后来补上了函授大学，因此认为上大学也不过如此，从骨子里并不认为知识和知识分子有什么了不起，所以就故意要挑些毛病。

汽配市场项目并不是自己做汽车配件生意，而是我们租别人的地方，然后再把它重新整理装修，搞成一间间店铺，再租给做汽配生意的人开汽配商店。我的可行性分析报告先是分析了深圳人均生产总值和人均消费指数，结论是未来十年深圳人私家车的保有量将会大幅度增加，在这种背景下，汽配生意也必将水涨船高，而随着人们的购买心理日益成熟，单门独户的汽配商店必将被集中化的大型专业汽配市场所替代，这时候谁能领先一步，肯定会胜人一筹。

汽配市场项目的关键是选址。我开着自己新买的那辆吉利车，几乎将深圳市的大街小巷跑了几个来回，先初选十个地点，然后再从中选出三个，最后希望时艳梅决定上这个项目后，再与她一起三选一。谁知说服她的过程比选址的过程还复杂。选址的过程累是累，但心情是愉快的，说服她的过程从一开始就不舒服，因为她总是心不在焉或根本就持怀疑态度。最后我终于有点克制不住了，说："我不是推销商来向你推销东西，我是你公司的老总，我们在共同研究这个项目的可行性，我并不想从这个项目中得到什么好处，我怕你担心我从中会得什么好处，所以连最终的选址都没确定，留着让你自己定。这样吧，我干了两个多月了，也该休息几天，你在这几天里多找几个朋友替你看看这份分析报告，行就行，不行拉倒，我没什么可说的了，该说的这几天已经跟你说过多遍了。"

刚休息两天，时艳梅就打手机请我吃饭，自然还是西餐厅，便宜，说话方便。

女别两日须刮目相看。我没想到仅仅两天时艳梅就几乎完全变了一个人。看来专业与非专业的另一项重要区别就在于前者注意打扮后者不注意打扮，或者是前者会打扮，后者不会打扮。从时艳梅这前后两天的变化来看，会打扮与不会打扮对一个女性来说太重要了。这么说吧，不会打扮的女性简直太吃亏了，好比企业不会财务包装一样，而在中国，不经过财务包装的企业永远不能获得上市资格。由此我想发出呼吁，所有的女人都应当将“自我美化”作为必修课来认真学习，为了不影响其他课程的学习，最好是在女生走出校门的最后一学期专门系统地学习“自我美化”课，比如完成九年制义务教育后，对那些不接受继续升学的女生开设这门课，继续升学者要到她们高中或大学毕业前再学此课，不管怎么说，反正这门课在女生走上社会之前是一定要学习的，否则就是误人之女。

时艳梅这两天肯定恶补了这门课。

首先从头说起。时艳梅以前是烫发，披肩大波浪。现在拉直了，扎成一束高耸的马尾巴，就像当年赖老板的侄女赖晓芸那种发型。这种发型的最大好处是让人感觉脖子增长，形体也随之挺拔。时艳梅虽然现在的年龄比当年的赖晓芸大，但照样可以让马尾巴在后面一甩一甩，富有动感，显得天真活泼，年龄一下子小了几岁，看上去更像当年的赖晓芸了。但赖晓芸是长脸，而时艳梅是圆脸，所以像得不完全，好在她扎成马尾巴后，面部一根乱发没有，人觉得很清爽很精神，整个脑袋像个玩具娃娃头，同样可爱。

再说面部。面部肯定是上了光亮剂。这种光亮剂或许含有蜂蜜，涂上去之后满脸发亮。女人一亮三分美，要不怎么现在总是说“光彩照人”“闪亮登场”？广东话更直接，干脆用一个“靓”字形容女人之美。广东是中国最发达地区，又有香港做后盾，粤语自然代表潮流。亮还只是今天时艳梅面部特点的一方面，另一方面是眼睫毛。时艳梅的眼睫毛今天显然是借鉴了中国证监会对连续两年亏损股票的做法，坚决进行特别处理。这种经特别处理过的 ST 眼睫毛又黑又粗又长，而且向外翻转着弯曲，一根一根黑油油的，随着眼皮一眨一眨，弯曲的黑长眼睫毛一跳一跳，衬托着眼球黑白分明，光芒四射。

上身穿了一件无袖黑色弹力衫。高领的，直逼颈口，但却在胸口留了一个鸡心状椭圆孔，露出深不见底的白皙而细腻的一块，正好可以印证成语“一孔之见”，深奥得很。深凹的两翼是山包，呼之欲出。山不在高，有峰则灵。两座山峰遥相呼应，隔孔相望。

再说裤子。裤子是那种腰小脚大的款式。这种款式的裤子将屁股变成了苹果，圆润而富有弹性，使你忍不住想用双手把它捧起来。由于裤脚特大，裤子挨不上腿，反倒感觉腿的细长有力，而且走起路来有一种飘逸美，综合了牛仔裤与长裙的双重优越性，十分健美。这种裤子与上衣配在一起，又容易使人联想到福建的惠安女，更赋予美女勤劳善良的一面，令正人君子不得不逑。

最后说鞋。时艳梅以前一直穿高跟鞋，以掩饰其身体不高的缺陷。但这种掩饰是不成功的，不成功的掩饰还不如不掩饰，正像一个瞎子为了掩饰自己的缺陷而特意戴上宽大的墨镜，反而使缺陷更加突出。时艳梅今天没穿高跟鞋，穿了高底鞋。高底鞋与高跟鞋有本质区别，前者是脚面与脚跟同时高出地面，看不出来，后者只是跟高，而脚面低，因此很显眼很夸张。时艳梅今天穿高底鞋而不穿高跟鞋，加上细长的脖子和紧收的腰，使我觉得她突然长高了许多。

好装束还要配上好心情，就像好硬件需要配上好软件一样。时艳梅今天的内心与外表似乎也很匹配。

时艳梅一直对我笑，并且这种笑是发自内心的，绝非脸笑心不笑。笑是可以通过相互感染而达到相互传染的。也不知为什么，那天晚上我也一直对她笑。刚开始是被她传染的笑，后来是好像两个人吵过架之后又达成谅解的笑，最后在她新装束的美的感召下终于产生发自内心的笑。

笑过之后我突然有一个大胆的设想：如果我娶时艳梅为妻，我不就实现她初次见面时说的“其实你应当自己做点事”的建议了吗？既然她建议我应当自己做点事，为什么又突然建议我来她的公司里当总经理？这不是矛盾吗？正是这个矛盾才让我觉得心里不踏实，觉得这里面没这么简单，而解决这个矛盾的唯一办法就是娶她为妻！这是不是时艳梅事先设计好的？肯定是！这么想着我就产生了幻觉，幻觉之中时艳梅在新装束的衬托下如仙女一般对我倾诉：你这个傻瓜，我真的是为了得到一个总经理而找你的吗？其实我是醉女之意全在君呀。

“你真是个傻瓜。”时艳梅说。

不是幻觉?！我猛一个激灵，像身上沾了水的狗一样猛摇了一下脑袋，清醒了，却分明见到时艳梅就在我对面，笑着对我说话：“我肯定是看好这个项目才对它挑三拣四、评头论足，如果我说好好好，那就是不搞了；如果我在里面挑毛病，那就是想做了。你连这都不懂？傻瓜。”

时艳梅骂我傻瓜了！在我的词典中女人只有爱一个男人才会这样发嗲地骂他傻瓜。

我这时候已彻底清醒，知道她是在谈那个汽配市场项目。清醒了之后我知道她在说假话。她肯定是找一些朋友问了，那些人都说好，甚至有人说“你不搞我搞”之类的话，时艳梅才认识到这份报告的价值，但她是绝对不会向我认错的，于是她向我示好，示好比认错效果好，又能保全她作为老板的面子。示好的方法就是自我美化请我吃饭向我发嗲骂我傻瓜。

“你这么精明谁敢娶你呀?”我以其人之道还其人之身。没办法，性格所致，宁愿输钱不能输嘴。

她顿了一下，马上又恢复阳光灿烂。

“没人敢娶我就不嫁啊，一个人挺好的呀。”说着她还将脑袋来回摆几下，显得天真可爱。这个顽皮的动作肯定也是新学的，掌握得不错，运用得也恰到好处。

46

斗归斗，但时艳梅确实比以前漂亮多了。烦归烦，我确实有点喜欢她了。喜欢她了我做事就特别卖力。既然汽配市场的项目已经决定上，我又在报告的基础上整理出一个详细的计划，尽可能使预算更加精确，问题考虑得更加周到，包括保安公司我都跑了。任何市场都少不了保安。请保安公司而不是自己招聘保安，我是经过考虑的。我做过娱乐城，知道如今只要做这种场面大的生意，到时候肯定会有人来捣蛋，我们费不起那份精力，将市场交给保安公司，费用肯定比自己招聘保安大些，但保安公司的背景是公安局，出什么麻烦他们都能摆平。时艳梅刚开始不同意请保安公司，打算自己招聘保安，她不好意思说自己招聘保安省钱，只说自己招聘的听话、好管理，我将自己的想法对她说过之后，她同意了。另外我还将市场兼做停车场，每天停车收费就可以支付保安费。总之，我已经完全将这件事当作自己的事来做，提前实践了时艳梅的“你应当自己做点事”的建议。

时艳梅对我也整天阳光灿烂，几乎每天都与我共进西餐，使我每天都沐浴在阳光雨露当中。有时我想：每天有这样一个仙女般的小姐陪着，看了就舒服，工资少点算什么？就是给个高工资，如果天天花钱到外面请漂亮小姐吃饭，可能工资还不够支出。这么想着心里就平衡许多。

我们最终选择了北冈仓库做汽配市场。北冈仓库早已经不是仓库了，迎街的一面早被租出去做了家私城，生意火爆，我们租的是背面。背面便宜，每平米才四十元，关键是它带了一个大院子。做汽配市场没院子不行，几乎没有人走路来买汽车配件的。我们计划整理装修后以每平方米一百二十元对外出租。我调查了，这个价位不算贵。

装修的工程量蛮大。首先是院子平整，重新铺上水泥地，安装汽车自动收费系统，划好停车位。停车位设计成斜线的，这样便于车辆进出，也可以多停几辆车。其次是隔店铺。每个店铺都有独立的卷闸门，里外都要做简易装修，具体的装修要商家自己搞，但我们要制定指导意见，不能任商家乱来。每个店既要有自己的特色，又不能破坏整个市场的整体风格。这些事情说起来容易，做起来还蛮麻烦。有些商家很刁，合同稍有漏洞马上就被他钻空子。院子和店铺落实好了，还有屋顶的广告牌。广告牌刚开始是租不出去，后来又不够租，而有些大的商家进驻就一定要租大的广告位，否则不肯进驻。

说实话，纸上谈兵和实际运作相差还是很大的。现在回想起来，时艳梅不知是感情用事还是为了省钱，或者是她自己确实不太懂，否则，她真该另找一个有经验的经理来专门操作汽配市场项目，而我可能更适合做策划和宏观把握。如果那样，即使那个经理个人可能会捞点好处，但整体上进度一定会快一些。在这里，真是“时间就是金钱”呀。

市场运作的另一个要点是招商。没经验准吃亏。深圳有一批人专门靠钻这个空子发财。哪里要开新市场了，他们闻风而动，早早地就跑过来，装成一个大客户的样子，没事就跟你泡，把我们的底摸得一清二楚，然后就为你出主意：先低价租出去一批，商家都是跟风的，只有租出去一批之后才会引来更多的商家，最后这个市场的店铺如果被“炒”起来，那才能旺起来。我和时艳梅都是聪明人，结果还是上当了。这些家伙只交了个定金，就以高价再出手，气得我恨不能撕毁合同。好在时艳梅比我有大将风度，说：“他们虽然赚了一笔，但是如果没有他们从中哄抬，我们出租没这么快。”

另一个问题是大客户大品牌的进驻。只有大客户大品牌的进驻才能提高我们汽配市场的品位和知名度，才能产生带动和示范作用。这项工作显示了时艳梅的活动能量。天知道她怎么一下子认识那么多的品牌汽车供销商，而且仿佛与那些人是多年的老朋友。我曾自作多情地以为她的“自我美化”是她为悦我而容，现在看来她早有准备，直接奔生意去的。我莫名其妙地嫉妒起来，仿佛时艳梅是我的人，旁人不仅动不得，甚至还想不得。好在时艳梅很在乎我的感觉，她在与那些大客户周旋之余，总是会给我留一定的时间。比如晚上约好了七点钟与大客户吃饭，六点钟的时候她可能会与我共进西餐，顺便与我交流一下当天的工作，并就她马上要与客户们谈的问题与我交换一下看法。每当这个时候，我就觉得自己很重要，也特别卖力地出谋划策。时艳梅这时候显露出她的一个极大的优点：不管我说的有没有参考价值，她都极有耐心地认真听我说，而且还不时地点头或提一些容易回答的小问题。我感觉在这一点上她和张正中特别相像，难道成功的老板都有这个特点？

有时候我正在与时艳梅共进西餐，曹路将电话打过来，我自然是三言两语将她打发。但曹路是没有那么容易被打发掉的。她这人很怪，我热的时候，她不冷不热，翘得很，现在我心里有时艳梅了，对她无所谓了，她倒有点急了。电话越打越勤，有时还在电话里吵起来。我发现女人比男人敏感许多，其实直到现在我跟时艳梅都什么事没有，不要说做什么，就是讲什么都没有。我对她肯定是有想法了，她对我有没有想法我不知道。不敢确定她对我的亲近是出于商业日的还是真情流露，或者二者皆有，就像我自己。但她的城府比我深，可以说所有的老板城府都比当职业经理的人的深，就像几个月之前我的城府深于黄少伟一样。由此看来，一个人城府深浅与他的主观定位有关，不知这算不算考古新发现。

由于不了解时艳梅的真实心态，所以就不敢轻举妄动。怕什么呢？在乎这几千块钱一月的工作？我已经从阴影中走出，发现世界大得很，就是专门帮别人写商业计划书或可行性分析报告也不至于没饭吃。如果我不是给她打工，时艳梅即使再有钱，我也不会产生畏惧心理，大老板我见得太多了，几个月前我自己不就是“大老板”吗？不要以为我那个大老板是假的，其实至少有一半的大老板都是假的。我那个假大老板至少还不负债，比那些资产为负数的大老板们强多了。因此我又有一项发现：关键是一个打工心理的问题。人处于打工的位置，自然就有一种打工心理，在这种打工心理作用下，我对时艳梅是不敢轻举妄动的，包括语言表白都不敢。我忽然感悟，“老板”的身份相当于孙悟空用金箍棒为唐僧画的圈，纵然我有妖怪的胆，也未必想突破就能突破得了。但是，我不能老是让她吊着的，我要尽快实现双方关系明确化，我要行动！大不了就不干了呗，她有什么了不起？我干吗自己吓自己？说不定她一直在盼着我开口呢。这么想着，我就找回了男性感觉，好受多了。

我开始自己为自己策划。策划的结果是决定以最简单的方法对付最复杂的事情。干脆哪一天吃饭的时候把她灌醉，然后借着酒劲送她回去，再想办法赖着不走，最后是该干什么干什么。我为自己的决定兴奋了几天，并对每个细节进行推敲，想好应变的措施。但越推敲越没有把握。比如她根本就不喝酒，或者说她很能喝酒，我没将她灌醉，反倒被她灌醉了怎么办？比如她虽然喝了，并且果然被我灌醉了，但酒醉心明，坚决不让我送她回家，或者是让我送她回去，但只送到楼下，并不让我进屋怎么办？比如她即使允许我进屋了，我就真好意思赖着不走吗？就算我赖着不走，她屋里已经有个男朋友怎么办？最后就算没有男朋友，一切如愿了，但她对这事根本就不在乎，做了也就做了，并不因为做了就一定打算和我结婚怎么办？总之这样七想八想，激情慢慢就退了。剩下的就是自己安慰自己，想着这时艳梅太有心计，真要跟她结婚也未必就幸福，再说吧。

47

汽配市场项目总算成功了。现在每月都有固定收入三十万，不到两年就可以收回投资，于是我又着手完善第二个项目，也就是团体膳食项目。其实我觉得团体膳食项目更有前景。深圳是个移民城市，一千三百万人口当中有一千一百万是暂住人口，这些暂住人口中的大部分并不在家开伙，都在外面吃。深圳人讲究效率，大多数人不愿意将大量的时间花在一日三餐上。深圳人均收入高，绝大多数人不在乎十块八块一顿的快餐。这些因素奠定了在深圳发展团体膳食业的基础。

团体膳食在中国还是一个新概念。它不同于饭馆，也不同于食堂，甚至不同于快餐。团体膳食实际上是工厂化膳食生产，集中统一送配，规范化供餐。其服务对象主要是高级写字楼和高科技企业。这些高级写字楼和高科技企业员工待遇好，福利高，一般都向员工提供免费的午餐甚至是早、中、晚三餐。以我以前任职的集团公司为例，中午按每人八元标准供应自助餐，以我最近调查的华为科技发展公司为例，每月给每位员工发放五百元的就餐磁卡，员工刷卡就餐。但是，很多高级写字楼是不能生火的，比如帝王大厦，在里面办食堂是不可想象的事。事实上，当时我们集团公司的自助餐也是在下属公司的食堂做好了以后再运过来的。深圳科技园新区就明确规定任何单位不得生火做饭。就是像华为这样有场地办食堂的大企业，随着后勤服务社会化的推进，在社会分工越来越专业化的背景下，也不愿意在伙食问题上分散管理层过多的精力，因此，他们都积极欢迎团体膳食公司为其服务，他们只需安排几个专人负责伙食监管就行了。我已经为此联系了华为、中兴、联想、创维等几家大公司，他们的态度是一致的，都表示欢迎我的策划。

这时候，我跟时艳梅的三个月试用合作期早就过了，但她既没有叫我走，也没有给我发奖金或涨工资，当然更没有给我配车。其实我也不需要她给我配车，我觉得开自己的吉利车蛮好，图个吉利。在这种背景下，接受前面汽配市场的经验教训，我是不是还将团体膳食项目和盘托出就是个值得考虑的问题了。我想先压一压，看她的反应再说。在潜意识里，我还是想与她的关系有一个彻底了断。别说是个人，就是个猴子，天天看着一串秀色可餐的香蕉，看了好几个月，不吃上一根也是不甘心的。我有时候骂自己太胆小，考虑问题太周到，前怕狼后怕虎，到头来什么也得不到，天生一个打工的命！我鼓励自己：没准时艳梅正嫌我太没有魄力，太没有男子汉味，甚至还骂我是太监！男子汉，宁可被女人骂作流氓，也不愿被骂成太监。

我不能再窝囊了，我要行动！心动不如行动！

这一天我主动约时艳梅吃饭，当然还是吃西餐，不过事先已经说好：今天是我请你，我买单。

“好啊，”她说，“终于盼到这一天了。”

听得我心惊肉跳，血都快冲到头顶了。

“说吧，请我吃饭有什么事？”她说。

我本想说“没事就不能请你呀”之类，一想这话她上次已经说过了，我再说没意思，就像嚼别人嚼过的口香糖一样，太没有味道了。于是打算直来直去，没准直来直去反倒可以镇住她。她太狡猾了，我绕弯子绕不过她，不如来直的。

我说：“半年前我们第一次吃饭时，你曾说过：‘其实你不适合再替别人做了，应当自己做点事。’你还记得吗？”

她先是愣了一下，随后就露出一排牙齿，但通过“自我美化”训练的她牙齿上已经没有不均匀分布的咖啡，大约是露齿之前先用舌头偷偷地在牙齿上清理了一遍，现在是一片洁白，好看多了。

“怎么，你想自己干了?”她问。

“没有，”我说，“但我一直没想明白，既然你建议我自己干，怎么又让我到你公司里做总经理呢?”

她张开嘴，刚想回答，我右手一抬，赶紧阻止她说话。阻止她说话是为了我自己说话。我说：“这个问题我想了半年了，终于想通了。你的意思是不是说我给你当总经理就是给自己做事?”

她又张开嘴，这次我没有阻止她，而是她自己说不出话来。我说：“如果是这个意思，那就意味着我们俩应该结婚，是不是?”

她的嘴已经张不开了。嘴张不开但眼睛能张开，而且张得很开。脸色也变了，这一次是往回变，整个人由专业的变回到业余的了。

“其实我们都不小了，”我说，“如果真有这个打算，你该早告诉我，省得我猜想了几个月，都快赶上哥德巴赫猜想了。”

本来我想幽她一默，但她并没有反应，我想她一定被我打闷了，来不及反应，或者是她根本就不知道什么是哥德巴赫猜想，所以没法反应。就像二十世纪八十年代我和外国留学生一起吃饺子，留学生见我往饺子上洒醋，她也洒，结果洒得太多了，没法吃，我跟她开玩笑，说你这么喜欢吃醋呀，留学生说是啊，我喜欢吃醋啊。这话在中国人听起来很好笑，算是幽默，但跟老外们笑不起来，没劲。

“如果你真想跟我结婚，可以。”时艳梅突然说。

我以为她被我打闷了，没想到她没闷，反而突然冒出这么一句话，倒是我被她打闷了。我本来已经完全不抱什么希望，只是不甘心这样不明不白，所以想搞明白，最多也就是想出口气罢了，没想到她真的说跟我结婚，我一点思想准备都没有，蒙了。

“你说的是真的?”我小心地试探，仿佛这是在阿富汗，到处有地雷。

“真的。”她说。口气很坚决，不容置疑，一点也不像开玩笑。

这段时间我几乎天天在想着她，说实话，要是一点感情色彩不带，我在这么短的时间里是出不了两个像样的策划的。但是她太精明了，太捉摸不定了，她又是我的老板，所以我对她的想法只能一直是“想法”。事实上，我今天请她吃饭的真正动机就是想结束这种“想法”，没想到她突然告诉我梦想可以成真，我都忘记高兴了。

“要结婚就快点结婚，并且在一年之内生个孩子。”

我理解什么叫心肌梗塞了。

“但是，”她说，“生完孩子之后我们就离婚，孩子归我，我给你一百万，你正儿八经地自己办一个企业策划公司，为你自己做事。我觉得你很适合做企业策划，肯定能做得好。”

我有点不相信自己的耳朵，甚至怀疑是不是又在做梦，关于她的事我是经常做梦，梦到真时真亦梦。我又像被淋湿的狗一样猛地甩了一下头，一个激灵，清醒了。幸亏我属狗。

清醒之后我就很生气，你把我当作什么人了?！但转念一想，这还真是个新见识，不如听她把话讲完，看看到底是怎么回事。

“为什么要这样呢?”我问。

“不管怎么说我是女人，我非常渴望结婚生孩子，相夫教子天伦之乐。但是，”她说，“你知道什么叫‘曾经沧海难为水’吗?”

我心里猛地一颤，分明看见她两行热泪顺脸而下，在本来化妆很好的脸上冲刷成两条明显的沟痕，就像小时候我们班一个叫“赖鼻糊”同学鼻子下面的两条沟。当初“赖鼻糊”鼻子下面的两条沟经常被我笑话，今天时艳梅眼睛下面的两条沟却让我震撼。我突然对她产生了一种怜悯。

“为什么一定要用这种方式?”我小心地问。这次不像在阿富汗，而是像在伊拉克，所以得更加小心。

“我不能叫孩子没有父亲，不能让他成为私生子，孩子必须有一个名正言顺的父亲，而且是个有身份的父亲、体面的父亲。”

“为什么一定是我?”我差点又加上“让你费那么大劲找我”，但是没加，只要知道为什么是我就行了。

时艳梅认真地看了看我，看得我都有点不好意思了。

“首先因为你是单身，”她说，“其次我觉得你很聪明，我想给孩子一个较好的遗传基因。另外我相信你不会耍无赖，这种事要是摊上个无赖就麻烦了。”

“再说，”她停了一下，又继续说，“你也需要这一百万，而且能将这笔钱用在正道上。”

“假如真是如此，”我说，“我们一年以后为什么一定要离婚呢?”

眼泪又奔涌而出，并且伴随着眼泪的还有鼻涕。她是真哭了。

这时候，时艳梅的头埋得很低，手在不停地清理鼻涕眼泪，马尾巴在微微颤抖，连肩膀都有震感。幸亏中间隔了一张咖啡桌，否则我会将她拥入怀中，抚摩她，温暖她，甚至亲吻她。但我绝对不是打算占她的便宜，绝对没有，这时候我想到的只是安慰她，她一定有说不出的苦衷，我没有问，也不敢问，除非我答应她的做法，与她结婚，再生个孩子，然后再与她离婚。但我实在做不到，无论我是多么喜欢她，或者是多么同情她，我都做不到。我听说过有一种女人为了钱可以帮别人生孩子，但没见过男人经营此道的，第一次听说就居然差一点发生在我自己身上，想起来都后怕。

48

其实，我就是想那么做也没有机会了。曹路打来电话，说她已经买好机票，明天中午就到。

女人神了，竟然那么准！

我在机场见到曹路时，她眼上戴了墨镜，显然是哭过了。见到我也不说话，连笑都不笑一下，一副受了大委屈的样子。她这次来了就不打算走了，连结婚证明都带来了，武汉那边的事也已经处理干净，大有誓死跟我过一辈子的样子。我问她："你会不会一年以后又要跟我离婚?"她回答："放你的狗屁!"本想幽她一默，但她根本不知道我与时艳梅的对话，没反应，就像对老外谈吃醋一样，不好玩。

离开时艳梅公司是必然的，再不离开她曹路也会吃醋呀。曹路不是老外，她知道什么叫吃醋。

我决定最后一次约时艳梅出来吃饭，告诉她我明天就不来了，并想最后与她谈一下关于团体膳食项目的事。当然，如果可能，我可能顺便提一下奖金的事。但那天我心情不好，坐了半天居然没有说出话来，不知是奖金的事不好意思开口，还是明天就要离开公司的事不忍说出口。我发现一对相互不反感男女不管是什么理由在一起，时间一长就肯定会产生感情，这种感情就表现在分别时依依不舍。

时艳梅耐心极好，干干地陪我坐了好长时间，见我老是不说话，大约是为了打破尴尬，她突然说了一个完全出乎我意料的话题。

“你觉得上虚拟大学怎么样?”时艳梅问。

“什么‘虚拟大学’?”我问。

“你没看报纸吗?清华北大都要在深圳开虚拟大学。”她肯定比我更关心这个问题，所以知道的比我多。

不知道是因为她的话题太出乎我的意料之外，还是我当年没考上清华工业陶瓷研究生耿怀于今，总之我突然神经质似的恼怒起来。

“大学是可以‘虚拟’的吗?”我说，“如果大学可以‘虚拟’，那么它教出来的知识也是‘虚拟’的，培养出的人才也是‘虚拟’的。经济的泡沫可以危害市场一年，知识的泡沫伤害的可能不止一代人。”

时艳梅并没有说话，或者说她并不理解我为什么要突然发火，她瞪着大眼看着我，“自我美化”的意识完全忘了，嘴巴竟然没有合上，牙齿上不均匀分布的咖啡已经恢复，并且变本加厉地集中到牙龈部分，使牙齿呈上白下黑状，比不均匀分布还可怕。

我有个坏毛病，一旦恼怒了不能立刻停下，反正我已经恼了，不如干脆发出来，或许发出来就舒服了。因为任何发泄都是令人愉快的。我早已不是董事长了，很长时间没有部下供我训导，所以特别需要借机发泄。

“清华有什么了不起?”我继续发泄，发泄有时与排泄一样，不尽难受。

“清华这么做不就是卖牌子吗?”我说，“在股市上清华同方清华紫光已经卖得够高价了，现在仅深圳买清华牌子的企业不下十家，关外有一个小区不好卖，居然也挂上了清华的招牌。现在清华是什么?是有钱就能……”

我突然打住，不说了，但还在喘大气，就像一头驴子一路奔跑，现在突然停下了，反而更要大口地喘气，以平衡心跳。

“反正大学不能虚拟。”我小声嘀咕了一下，仿佛汽车急刹车后，脚刹换手刹时车子还要稍微动一下一样。

我这时候再看时艳梅，她居然阳光灿烂，眼睛比刚才亮多了。

这反而让我觉得疑惑：是我的恼怒让她觉得好笑了？还是她非常认同我的“高论”？我豁然发觉自己过分了，毕竟她是我的老板，毕竟彼此可能是最后一次的见面，我这样是很失礼的。

“你是不是想上学？”我想挽回影响，努力和气地问。

她点点头。

“很好，”我说，“你有空的时候干脆脱产去北京正儿八经地学两年。大学不仅是学知识的，更不是混文凭的，关键是接受那种氛围的熏陶。在大学里正规泡几年，对自己的价值观、思维方式和气质都有改善，而这些东西是‘虚拟’不了的。”

她还是点点头，似乎非常赞同我的观点。

“另外，”我说，“你最好上北京语言大学。”

“为什么？”她问。

“语言大学里大部分是老外。”

“那又怎么样？”

我的喉咙像是破胶的手风琴，突然发声不良，但还是清楚地一口气表达完自己的意思：“嫁个老外吧，事先办个公证，如果将来老外跟你离婚，正好；如果老外不跟你离婚，你该干什么干什么，反正老外也不知道什么是吃醋，中国的男人也不怕老外吃醋。”

明天离开的事我还没顾得上说，因为时艳梅听完我的建议后哭了，我不忍再刺激她。不说就不说吧，明天电话里与她说也一样。

奖金的事更没法开口，你能对一个哭着的女孩提奖金的事吗？我没这个能耐，没能耐活该。

团体膳食项目的事完全没必要说了，既然她都打算上学去了，还有心思搞新项目吗？再说反正我也要离开她了，哪有心思费劲说服她？就算说服了，谁帮她操作呢？算了，这个项目我还是留给别人做吧，比如钱士坤。

49

钱士坤是我的结拜兄弟。那一年在海南，我们三个老乡碰在一起，同是天涯沦落人，一见如故，在我的提议下，即兴结拜成兄弟。我们的誓言没有桃园三结义那么豪迈，但很现实，只有一条：三人中谁要是病了，伤了，残了，另两个人一定要将他背回去！我们没敢说死，怕不吉利。其实，在当时的海南，死也不是不可能的。后来当然是谁也没病没伤没残，自然也就不存在谁背谁的问题，但那时候三人之间有这个誓言，彼此都从对方身上获得了安全感、勇气、信心和力量。由此我就感悟，人处于动荡时是需要相互鼓励和提供安全感的，而中国人结拜兄弟的做法科学有效。

三人中我是老二，他是老三，还有一个大哥。说是老乡，我们三人并不是在一个城市，甚至还不是一个省。大哥来自安徽芜湖，我来自安徽马鞍山，而钱士坤则来自江苏南京。虽然不在一个省，但马鞍山夹在南京和芜湖中间，距两个城市都是四十五公里，三个城市沿长江下游一字排开，最远不出百公里，说老乡当然不牵强。更难得的是我们三人都有军旅经历，彼此又多了一份亲近。

大哥确实比我们大，曾经是空三师的一名大队长，正团职转业，在部队的官衔也高我们许多。只要我们三人聚在一起，总是他买单。虽说谁买单无所谓，但每次都能做到也不是件容易的事。可惜的是，大哥后来与钱士坤合伙做生意，赔了，二人为此不愉快。生意做赔了之后，大哥一度潦倒，还向我借了几千块钱，一直没还，搞得我也不好意思找他了，怕他误解我找他要钱。久而久之，大哥竟与我们渐渐地疏远了，最终完全断了联系。通过大哥的事我得出两个结论。第一是兄弟之间最好不要合伙做生意，合伙做生意赔了肯定彼此不愉快，赚了也未必完全回避分多分少的分歧；第二是兄弟之间最好不要相互借钱，实在需要帮助，干脆就无偿帮助，一旦谈上“借”，本身就很疏远，要是借了不还，连兄弟也难做了。

我和钱士坤没合伙做过生意，也不存在谁借谁的钱没还的事，所以一直保持来往。

钱士坤很注意礼节，对谁都礼貌周到。有一次我从海南出差回马鞍山，路过南京，他知道后赶紧上街采购，为他哥哥的几个小孩每人买了一件衣服，最后还有一个小侄女的衣服实在来不及买了，就掏出五十元放到其他衣服里，写上纸条，说明情况，让他小哥自己买。这件事给我的印象极深，也是我一直想暗中学习的范例，但有没有学到家不得而知，自己看自己是看不出真实性的。

不仅对家里人，就是对外人他也是如此。在海南时，他经常接待来自家乡的亲朋故友，有时一陪就是好几天，把我也搭上。有些关系在我看来很一般，根本用不着耗费那么多精力天天陪，但他总是乐此不疲，从无怨言。后来我在总结他为什么能够成为大老板时，认为广交朋友是他获得成功的最重要的因素之一。

钱士坤的礼貌周到在我身上也得到充分体现。仅以称呼为例，这么多年来他一直叫我老哥，无论是我得志的时候还是失意的时候，无论是他潦倒的时候还是成为大老板的时候，始终如一。

钱士坤身上也有我所不喜欢的东西，其中之一是摆谱。每次我们出去吃饭，他总是对服务员粗声大气，态度非常不好，好像既然他花了钱了，就有权利在服务员身上发脾气，有时实在过分，连我都觉得不好意思。是不是他早就预知有当大老板的这一天，所以提前摆大？

我一直希望钱士坤能来深圳发展。深圳机会多，生活质量高，信息量大，是富人的天堂。钱士坤也一直说来，并且还真“来”过两次，但每次都来去匆匆，并无投资举动。不过来总比不来好，来了就有感觉了，就想到这里来发展。后来他让我在深圳为他找项目，特别是房地产项目。我也帮他找过一些，但好项目别人都抢着做，等我把项目资料拿到手，寄过去，他以内地速度慢慢研究，结论还没出来，项目早被别人拿走了。我对他说，这样肯定不行，除非你亲自在深圳住几个月，我一个部门一个部门带着你跑，一块地一块地地领着你看，否则搞不成，永远只能是纸上谈兵。但是他怎么可能丢下那边的一切，在毫无把握的情况下跑到深圳住几个月呢？后来，我干脆放弃了，并且对他也多少有点怨言，认为他是叶公好龙，白瞎我宝贵的时间和精力，而且多少还耗费了一些金钱。

但这一次不一样，这一次的项目是我自己策划的，项目完全在我自己手里，别人是抢不去的。

我在电话里把项目情况对他说了。他觉得不错，让我把资料传过去。拿到资料后，他在当地找人研究了一下，反映不错。这时候，恰好他的另一个朋友从深圳回南京。这个人在深圳一个中学当校长，来深圳多年了，情况很熟，但我和他之间并不认识。钱士坤将有关情况对这个校长说了，并征求他的意见。校长很负责任，回到深圳后专门进行了调研和咨询，结论是：这个项目非常好，可以干。

钱士坤的电话频率明显加大，几乎每天一个。问题也越提越细，越问越具体，最后，他干脆跑过来。我开着那辆吉利车带他跑中兴、跑联想、跑华为，甚至跑到关外坂田的华为总部。我累，我的车也累。这时候，我对钱士坤已经有点看法了。情况跟时艳梅差不多，好像我是个推销商，在向他推销项目。我这样说并不是因为他在考虑这个项目上与不上的问题上过于谨慎，他回内地已经多年，现在对特区的情况已经不是很了解，谨慎一点是应该的，我指的是礼节上。前面说过，他是很讲究礼节的，在这一点上他一直是我学习的榜样，但就是这样一个很讲礼节的人，几次来深圳居然全是空手，特别是上次他携太太从香港回来，电话要我去罗湖口岸接他，并且指定要奔驰车，我以为他带来国外财团的大客商，需要摆谱，照办了，结果就是他们夫妇俩，我真的有点不高兴了。首先我自己没有奔驰，要找朋友借，其次是罗湖口岸最不好停车，我必须让司机开着奔驰围着火车站一遍又一遍地兜圈子，足足兜了一个小时，而这个“司机”不是一般的司机，一般的司机开不起奔驰，这个司机是个比钱士坤还大的大老板，你说我该不该生气？生气的还不仅是我，还包括曹路，因为这时候钱士坤的做派已经不像是我的老弟，倒像是我的老板了，既然是老板，你就得付出呀，不仅一点没付出，从香港回来连一点礼物都没带，比如给曹路带瓶香水之类的都没有。要知道，曹路可是他的新嫂子呀。曹路说：“他是你什么老弟呀，还大老板呢。”曹路这样说是有道理的，因为当初我在武汉时，每次回去都要绕到南京顺便看看钱士坤，每次都不会空手，其中有一次还是曹路亲自上街买的领带，因此今天曹路有理由说这种话。我当然是为钱士坤开脱，我说：“士坤以前绝对不是这样子，可能是当老板当傻了。”

有看法归有看法，男人之间，又是多年的兄弟，这点小看法是不会影响情谊的，当然也就不会妨碍团体膳食这个项目的操作。

50

钱士坤决定上这个项目了。他是想以这个项目为契机，进军深圳，因为这个项目一上，他就会经常来深圳，甚至是长住深圳，比我以前设想的“在深圳住几个月”还要更进一步，并且可以通过这个项目认识很多人，就是对以前的老朋友，以前他到深圳是来去匆匆，人家也不会把他当回事，现在在深圳有了工厂，别人的看法会不一样的。

接下来的就是如何操作。有两种方案，一是自己注册一家公司，然后选择厂房，开拓客户，慢慢做；另一种方案是直接收购一家现存的配餐公司。第一种方法是省钱，但发展速度慢，容易丢掉机会；第二种方法是发展速度快，可以迅速抢占市场，缺点是花费可能会大一些。钱士坤是精明人，又有大老板的气魄，不做则已，要做就不在乎这点钱，尤其是他意在以此项目作为进军深圳的突破口，将来志在深圳的房地产项目，对搞房地产的老板来说，多几十万少几十万根本就不算什么。

这时候，南油恰好有一家专门做中小学生营养配餐的公司欲出让，原因是国家暂时取消了学生营养配餐计划，这家配餐公司无业务可做，眼看着就发不出工资了。我觉得这是个机会，专门跑过去看了一下，感觉还行。首先从地理位置上看，南油是深圳科技园新区的后院，科技园新区规划要求不得生明火做餐饮业，其供餐来源只能依靠两条路，一是前面的大冲，二是后面的南油，而南油这边环境更好，走新开通的四海大道也方便；其次是这是一家新公司，手续刚刚办完，只进行了试营业，就赶上国家暂时取消学生营养配餐，设备全是新的，又不存在对外担保或银行贷款之类的问题；第三是公司环境特别好，在一家四星级酒店里面，并且生产地点设在六楼，这是很难得的。生产基地建在六楼，苍蝇蚊子老鼠蟑螂自然就会少许多，而科技园新区的都是高科技公司，人员素质很高，许多创业者都有国外留学经历，这些人对卫生要求极高，宁可多花几块钱，也不愿吃卫生条件不可靠的食品。

我给钱士坤打电话，汇报有关情况及我自己的想法。钱士坤这次拿出了特区速度，马上就带着公司财务总监过来了，并且与对方进行了初步接触。对方很主动，这对他们来说无疑是雪中送炭。经初步匡算，全部接过来大约需要二百万，另外对方还拖欠设备款五十万，加上流动资金，整个项目启动大约需要三百万人民币，与我的项目计划不谋而合！我心中暗喜，觉得这是天意。但钱士坤不这么看，他提出一个分三步走的计划。第一步是先投七十万，占三分之一的股份，并且由他自己出任董事长，实际接管公司管理；第二步是再投入七十万，实现真正地控股；第三步是全部收购。总之，这是个走一步看一步的稳妥办法，他认为比一次全部收购过去好。我和财务总监刚开始都持反对意见，认为这个办法不好，拖泥带水，不利于管理，将来麻烦事一定不少，内耗肯定不小，再说出资三分之一就要当董事长好像也不切合实际。另外，最关键的是这种收购方式为未来合作留下了极大的隐患。对方也不傻，如果将来我们搞好了，剩下的股份他有权不出让，我们不是替别人打工了？如果将来搞不好，扯皮的事更多，打官司上法庭也未必不可能，不是花钱买麻烦吗？但我和财务总监都经不住钱士坤说，不是我们不会说，也不是我们没道理，而是因为他是老板，钱在他的口袋里，他嘴巴大，我们嘴巴小，只好依了他。后来的实践证明，这是我犯的最大的一个错误。我应该坚持自己的观点，如果坚持不了，宁可放弃与他合作。事实上，当时已经有另外一个老板看好这个项目，愿意一次性拿三百万做这个项目，但我感情用事，一心想着与自己的老弟合作，认为肥水不流外人田，另一方面，也暗暗地为自己考虑太多，怕那个老板在项目上马之后会慢慢踢开我，不像钱士坤，我们毕竟是兄弟，无论遇上什么事他总不至于一脚踢开我。所以我宁可麻烦点也愿意与钱士坤合作。后来的发展证明，我是错的。做生意不能并且最忌讳感情用事，而我恰好犯了这个错误。

但是，既然依了钱士坤，我们就齐心协力做对方的工作。

对方的工作不是那么好做的，有那么一刻其实已经谈崩了，钱士坤已经撤回南京，后来还是对方做出让步，又把钱士坤从南京请回来。实践再一次证明，实力决定一切，商场如战场。我不得不感慨，今天的钱士坤已经不是并且永远不可能再是当年的小老弟了。

钱士坤以大老板的身份接管配餐公司。我是执行总经理，以前的老板当总经理，钱士坤当董事长。从上任的第一天起，就卷进了一场矛盾的旋涡之中。以前的老板与钱士坤的矛盾自不必多说，要不是被钱士坤逼到墙角，谁愿意当控股三分之二的“打工仔”？他这种怨气无法发到千里之外的钱士坤身上，理所当然地发到我身上。而我对钱士坤过去已经有看法了，现在不仅有看法，而且有意见。

意见从一开始就形成了。

本来董事长、总经理、执行总经理的人选都经过几轮谈判说好了的。说实话，这个方案已经是对方委曲求全了，但是在合同签完后，“董事长”又临时决定再从南京派一个副总经理来。这一次用不着总经理上火了，从我这里就坚决反对。钱士坤一愣，他没想到带头反对他的竟然是他自己的老哥。后来，钱士坤私下同我交换意见，问我为什么反对他的提案。我说：“物极必反，做什么事都不要逼人太甚，再说，人都是有正义感的，正义感告诉我，你过分了。”钱士坤说：“再怎么说你也不能当面反对我的意见呀。”我回答：“这样的大事你事先也该与我通气呀。”

副总经理没派成，但人还是照样来了，不做副总经理做监事，不但可以监视总经理，还可以监视我，因为总经理是挂牌的，并不来上班，也不拿工资，实际是我在主持公司的日常工作。我是他老哥，他派来的监事难道比我还亲？真比我还亲，监事是他岳父。把老岳父派来做监事，也只有我的老弟能做得出来。难为他了，派别的人谁能镇得住我呢？我突然发现我现在在配餐公司的地位相当于当年与高方清去武汉时我手下的那个何副总。做事靠他，管钱靠我，只不过现在我的角色换了，做事靠我，管钱靠他岳父。历史总是惊人地相似，因为决定历史的规律是相同的。

监事不是一个人来的，而是一批人，包括采购、出纳、仓管等等，仿佛日本鬼子投降后重庆来南京的接管大员，煞是壮观。但这一批接管大员素质也太一般了，穿着打扮和外在气质一点不像大公司来的，一个最简单的标志是：他们竟然全部都没有手机，而这边被接收的公司里一个小班长或普通厨师都有手机。这里是 2001 年的深圳，我说的情况绝没有夸张。我觉得很没面子，因为他们来之前我已经做了一些舆论宣传工作，说钱士坤是内地一个很大的老板，很大的老板派来的管理人员竟然连个手机都没有，有点说不过去。我给钱士坤打电话，说这样不行，至少要给你岳父配手机。

有看法归有看法，有意见归有意见，事情还是要做的。不管怎么说，这个项目是我自己一手策划的，我有一种渴望成功的欲望；不管怎么说这个项目是我推荐给钱士坤的，我有一种责任感；不管怎么说钱士坤是我的老弟，我有一种情谊。

做事的关键是市场。那一段时间我天天跑市场。重点跑中兴、联想、华为这样的大企业。我没有跑一般的写字楼，一般的写字楼大多数在福田和罗湖，太远了，送配不方便；写字楼里的客户比较散，一般的公司都是十几个人到几十个人，不便于集中统一送配；写字楼鱼目混珠，里面不乏皮包公司，将来收款会很麻烦。因此我先暂时放弃写字楼，集中精力攻最有实力的大企业。大企业不但业务量大，信誉可靠，而且可以起到示范作用，对公司长期发展有好处。比如华为，有一万多名员工，全部都要参加团体膳食，公司每月往每个人饭卡上打进五百元人民币，一年就是六千万的营业额！而且如果我们做上了华为公司的业务，这本身就很说明问题，对拓展其他客户很有说服力。

但是，做生意说起来是一回事，做起来又是另一回事。在我们搞配餐公司之前，这些大公司成千上万的员工谁也没有饿肚子，他们总是有各种各样渠道解决自己员工的膳食问题，我现在要做的工作其实是从别人碗里抢饭吃，说起来容易，做起来难。而且这些大公司的管理人员往往素质很高，不能用商业场上一般的给回扣之类的方法去搞，否则他们反而不敢把生意给我们做。他们在大公司里待遇相当好，不想因小失大。

51

为了开拓业务，我想出了三大法宝。第一是展现实力。邀请对方来参观，我相信他们都是有良心和工作责任心的，看见我们先进的设备、优美的环境、良好的卫生，他们不可能昧着良心将我们长期拒之门外。第二是展示个人魅力。通过以前和银行打交道的经验，我知道高素质管理人员很看重对方的个人素质，我与他们保持交往，同时不卑不亢，表现出自己应有的品位，比如将自己以前出的书送给他们，在名片上注明自己的学位，与他们谈一些他们感兴趣的高品位的话题，使他们觉得我们这家配餐公司的管理者素质与他们以前打交道的那些餐馆或食堂的小老板们不一样。其中中兴通讯内部网站上还贴上我新发表的小说，让员工参与批评。通过这些努力，他们对我个人的素质毫不怀疑。对我的素质放心，就意味着对我们的管理水平和工作责任心放心。同时我与客户交朋友，以诚相待。不是不能给回扣吗，我就帮客户解决困难，比如帮他们的亲戚找工作。这也是深圳的特点，大多数深圳人都有过家乡亲戚要求帮忙找工作的烦恼，你帮他解决烦恼了，自然就是朋友了。第三是优惠。先吃后给钱，显示我们作为有实力的大公司的气魄和自信心。如此一番工作之后，成效出来了。首先是中兴，然后是华为，他们都专门拿出一块让我们试试。虽然只有“一块”，但意义重大，当月我们的营业额就达到了三十万。

中兴和华为市场的开拓给了钱士坤足够的信心，他决定提前实施第二步方案，再收购百分之三十的股份，使假董事长变成真董事长。我也水涨船高，由执行总经理变为总经理，原老板连总经理都不做了，只保留一个财务经理的职位，实际上配餐公司的经营管理权已经完全交给了我的老弟钱士坤。但是，也正因为如此，我和钱士坤之间的矛盾才提前显露出来。

首先是工资，我以前的工资是原来的总经理定的，每月八千元人民币，但在企业产生效益之前先拿百分之五十，也就是先拿四千元，等企业开始盈利时再补给我。这样做也是有道理的，既能保证我有一定的基本收入，又给我一定的压力和利益驱动力。那时候我是执行总经理，钱士坤全面接管后，我由执行总经理荣升为总经理，按正常的思维方式，我的工资会略微做一些调整，比如工资由八千调到一万，然后还是先拿百分之五十，实际上只拿五千一个月，等公司产生盈利后再拿全工资。但钱士坤没这么做，他将我的工资定为三千元，并且为了让我心理平衡，将他岳父的工资定为两千五百元。说实话，真是我老弟，要是换一个老板，我马上就走人。我不知道内地现在怎么样，但就深圳来说，除非特殊情况并且事先经过充分沟通，否则老板给职业经理降工资实际上就是赶职业经理走。再说，深圳一般企业的老总也没有这么低的工资呀。因为是我的老弟，我没有马上走人，我找他谈谈，就是走人也要谈过再走。我把想法开诚布公地对他说了。他的回答是：工资三千元，不变，但可以考虑给我百分之十的干股。说实话，我更生气，我觉得他一点也不真诚，聪明用在哪里也不要用在你老哥的身上呀！百分之十干股，说起来蛮好听，但我这个总经理是不管财务的，事实上只相当于管经营的副总，干股的意思是税后纯利的百分之十归我，但利润的多少是财务怎样做账的问题，财务只要将钱士坤每次来深圳的差旅费算作成本，再把他在深圳发展房地产业的前期费用摊进成本，再大的利润都可以将它做成亏损！与其到那时兄弟反目，还不如现在就不做。

第二是资金问题。资金是企业的血液，对新企业尤其如此。公司处于市场拓展初期，费用肯定很大，当初我们计划好的是总投资三百万，后来钱士坤只投了七十万就不投了，理由是：如果他要投十万，那原来的老板就应该投二十万。道理是对的，但事实情况是原来的老板已经说好要退出的，他怎么可能再往里面投钱？结果配餐公司没有流动资金，采购部门采取的办法就是在外面大量地赊欠，后果一是价格高，成本上升，二是公司信誉和形象很差。最严重的时候是供货商带了黑道上的人来讨债，不仅影响坏，而且还分散了管理层大量的精力。没有钱的另一问题是严重地挫伤了员工的积极性。配餐公司是典型的劳动密集型企业，员工工资是公司一项重要支出，由于资金不足，原来的老板玩了一个小花招，就是合理地利用“试用期”。比如普通配送工，说好是每月八百元工资，但在试用期三个月内，工资只拿六百。其实这也不是什么新花招，深圳的很多劳动密集型企业都搞过这个名堂，我的前任还不算黑心的，或者说他还来不及黑心就已经将企业管理权出卖给钱士坤了，深圳有些黑心的老板更是将“试用期”的效益发挥到极限——绝大部分员工在两个半月就被炒鱿鱼。这样，员工实际上就只能永远拿到试用期工资，无形中老板就节省了百分之三十的工资支出。钱士坤接手后，肯定还要使用这些老员工，这些老员工已经干满三个多月了，按规定应该给他们调工资，也就是将工资调整到正常的工资水平，由于没有钱，这一计划无法实现，员工情绪相当大。由于我事先将钱士坤吹得很大，暗示一旦钱士坤接手，这个问题就能解决了，但事实上钱士坤接手后这个问题并没有解决，于是公司的一些业务骨干就直接问我：钱董事长是不是像你说的很有钱？我就这个问题与钱士坤电话里多次交涉，钱士坤的答复是：拿一百万做一百万的生意谁不会？我们就是要拿一百万做二百万、三百万、一千万的生意！我想：完了，要么我跟不上形势了，要么我跟错老板了。

第三是管理权限问题。那段时间我说起来是总经理，但时时事事受到他岳父的监视，大事小事都是岳父岳母说了算，叫我怎么工作？比如前面说的员工转正的问题吧，以前我当执行总经理时还是以我的签字有效，现在不行了，我签字之后还必须加上监事的签字才有效，久而久之，我干脆就什么字都不签了。反正我签字之后还要监事加签才有效，那还不如干脆不签。也就是说，我从执行总经理升为总经理后，实际权力不是增大了，反而缩小了，不是缩小一点，而是缩小许多。有一次我召集开会，办公室主任在写会议通知时，故意将监事写成“监视”，居然获得员工会心地鼓掌。其实他岳父也不是有多么不好，就是处处对人不信任。这也难怪，岳父跟我们毕竟不是一个时代的人，并且他是阶级斗争时代劳改工厂的管教干部出身，其思维方式和所作所为必然带有那个时代和那种角色的烙印，在这种背景下，员工将监事与监视混淆是不足为奇的。岳父的最大特点是节省，处处节省，对自己节省，对别人也节省，用他自己的话说，他是将公司当作自己的家了。我们是做餐饮的，卫生第一，厕所里投放卫生纸就跟挖他心一样。我每个月有三千块钱的业务招待费，他和他老婆为此心疼得半死，恨不能每次都在我身上绑一个摄像机。其实，三千元在深圳真是不够，我常常自己贴钱。那时候我们正在攻联想这个大客户，已经差不多了，联想的管理人员素质非常高，连顿饭都没吃过我们的，我们下面有一个业务经理获知他们那边的主任喜得贵子，就想帮着做点红鸡蛋，我完全同意，但岳父不同意。岳父七算八算，最后要按八毛钱一个收钱，气得业务经理脸都白了。由于是岳父，钱士坤的长辈就是我的长辈，所以很多事我明知他不对也不好说。有一次我向南京总部派来的人打听：董事长为什么派岳父来而不派他的一个哥哥来？我想，如果派他一个哥哥来，或许会好沟通一些，但那个人不敢回答。我就劝他喝酒，喝到口齿不清了他才说：董事长和他几个哥哥全部闹翻了，已经不往来了。我听了心里一惊，想，如果连亲兄弟都这样，那么我这个结拜兄弟不是更不堪一击？

第四是信任问题。中国人讲士为知己者死。所谓“知己”就是高度信任。关于钱士坤对我的信任，仅举一例。我们在向华为试送餐一个月合格后，双方要签订正式的供餐合同，我的想法是与华为技术发展公司总部签，这样有利于提高我们的品牌地位，如今企业与企业之间也讲究“傍大款”，我们跟华为技术发展总公司签合同就是傍华为这个“大款”，对今后开展业务大有好处。经过我们争取，对方同意了，但签合同时，岳父不把公章交给我，一定要他自己拿了公章去，但他的边防证过期了，去不了，因为华为总部已经从科技园迁到坂田，这时候我很生气，心里想真是没见识，谁还没见过公章呀？当初我在集团公司时，兼任董事局办公室主任，保管着二十多个公章，也没有出过任何事情，难道现在使用这么一个小公司的公章就会出问题？于是我打电话请示钱士坤，提出我和业务经理一道过去，公章我亲自带了，我负责。钱士坤考虑了半天，最后说如果他岳父实在去不了，可由他们南京派来的另一个经理跟随我们一起去，专门保管公章。

52

事已至此，再做下去已经没有什么意思了。我向钱士坤提出辞职，理由是我实在不懂餐饮业，做起来力不从心，不如找一个内行的人来更合适，我只适合做策划，比如专门帮他搞地产项目的前期工作。钱士坤说可以，但眼下不行，眼下你先将配餐公司的事做好。

没办法，我硬着头皮又干了一个月。

这一个月做得非常艰难。

主要是资金问题。由于资金问题没有解决，我们在采购过程中主要是“骗”。将供货商带来参观，供货商一看见我们那么大场面，对我们就有信心了，就敢把货赊欠给我们。由于能赊欠到供货，所以又维持了一个月。但这种杀鸡取卵的方法也有严重的后果。第一是采购成本增大。天下没有免费的午餐，供货商愿意向我们赊欠的前提是他们将价钱抬得很高，是他们有利可图，这样我们的采购成本其实就相当高。幸好采购人员是钱士坤从内地直接派过来的，采购部归监事直接领导，否则说不定还以为我从中吃了回扣。第二是纸包不住火。新账进来了，旧账又没还，在深圳做生意谁都不是省油的灯，于是一天到晚打电话催款的、上门要债的、半路拦车的层出不穷，搞得我是焦头烂额。有时实在逼急了，我只好“实话实说”：我只管生产和销售，钱的事不归我管，你们找监事。于是这些人又去堵岳父，一下子把岳父的心脏病给堵犯了。这下可了不得！我赶紧放下一切工作将他送到医院。先在南山医院做了处理，然后根据钱士坤的电话指示，又开车将他送到心血管专科医院。好在我恰好有一个中学同学在那里当副主任医师，而且正好是她值班。巧了！我请她给好好看看，并说改日请她吃饭。但岳父岳母关心的是另外一回事。他们将我拉到一边，悄悄地说："你别告诉他我是你的老板，你就说你是我的老板，我是给你打工的。"

"为什么？"我问，"这有关系吗？"

"有关系，"岳母说，"如果你说我们是老板，她就会趁机宰一笔的。"

"不会吧，"我说，"这里是公家，再说我们是中学同学，她宰谁也不会宰我呀。"

"还是保险点吧，"岳父说，"现在做生意专门宰熟人。"

听他们的意思仿佛是我和我同学要合伙宰他一刀。

我只好把同学叫到一边，说："他们刚从内地来，没多少钱，省着点。"

同学笑："做老板的都像你这么黑心吗？这老师傅都这样了，你还想着省钱？"

完了，我还没说呢，她就以为监事是给我打工的了，并且已经将我视为黑心狼。算了，不解释了，也解释不清楚，越描越黑。但我心里真不舒服，像吃了个苍蝇。您说这是什么事？闹得我两头不是人了。

资金不到位的另一大问题是员工的情绪相当大。在这一个月里，大部分员工都干满三个月了，员工们吵着要结束试用期，拿全工资，但我手里既没有钱也没有权，把责任推到监事那里也不是个办法。不管怎么说事情还是要做的，再说监事已经卧床不起了，又不肯去住院，要是真把他逼死了我怎么向钱士坤交代？看来只有我豁出去了，骗！这次不是骗外面的供货商，而是骗我们自己人，骗内部员工，包括我的骨干、我的爱将！

我们家乡有句不文明的土话，叫作"冷尿饿屁穷扯谎"，虽然不雅，但很形象。是啊，凡是要说谎的，大多数与经济窘迫有关。穷了，没钱付账或还债了，就只好扯谎。我现在就是这样，没钱给员工转正涨工资了，但又要员工好好干活，所以就要扯谎，就要骗，要“拿一百五十万做三百万的生意”，不骗怎么办?!

我开始白纸黑字地给员工“画饼子”。这个“饼子”就是《公司发展规划与员工综合待遇对照表》。尽管文理不通，但效果不错。在这份“对照表”里，我将公司未来的发展划分为几个阶段，并且设计了每个阶段员工的综合待遇。

第一阶段为目前的亏损期：保证发放员工工资，保证员工有饭吃；

第二阶段是保本期：月营业额达到六十万，争取下个月达到，保证给所有的员工按时转正，表现好的可提前转正；

第三阶段为初步盈利期：月营业额为八十万，争取三月内达到，全体员工工资普调一次，使工资水平达到深圳市同行业中等水平；

第四阶段是成长期：坂田分厂的设立，月营业额达到一百五十万左右，争取在半年之内达到，全体员工再普调工资一次，使工资水平达到深圳市同行业内较高的水平，组织公司骨干赴总公司参观和黄山旅游；

第五阶段是高速成长期：盐田分厂成立，新的经营模式出台并实施，公司月营业额达到二百万以上，全体员工工资达到深圳市同行业的高水平，按一比一比一的公平原则为公司管理层、技术骨干和普通员工解决六或九人深圳常住户口，同样按一比一比一的公平比例组织九或十二人的队伍到新马泰旅游并考察国外团体膳食行业；

第六阶段为……

为了使“饼子”画得像，我还专门将《对照表》传真给钱士坤，请他签字，保证兑现。钱士坤心领神会，马上大笔一挥，传真回来。我如获尚方宝剑，当即张贴公布，并召开全体员工大会，由我亲自宣读《对照表》。读着读着，我自己已经激动起来，认为这就是真正的大饼，香喷喷的，秀色可餐。当我读到“按一比一比一公平地从管理人员、技术骨干和普通工人中分别抽三或四人组成九或十二人的队伍赴新马泰旅游并考察国外团体膳食行业”时，有工人问："怎样才能保证公平？"我大声回答："实在不行就按比例从够资格的工人中抓阄！"员工又问："谁有资格？"我涨红着脸，扯着嗓子大喊："你们！只要你们坚持到最后，你们就是最有资格的！！"

"哗哗哗……"

掌声雷动，震得整个分装车间像沸腾的油锅。

53

精神确实是可以变物质的。虽然没有资金，虽然到三月还没转正，但由于大前景掩盖了小失落，这个月我们居然顶过来了，营业额达到四十五万元！

达到四十五万仍然亏损。这引起了我认真地反思。反思的结论是除了我们没有流动资金，采购成本高，前期市场开发费用大以及管理不正规有关外，最主要的是我们集中生产统一配送这种经营方式造成的。这种方式最大的缺点就是设备和人员有效利用率低，若不改进，即使月营业额必须达到六十万元也未必能盈利，四十五万营业额亏损是必然的。

由于是集中生产统一配送，从设备来说，比如汽车，都是在中午十一点钟左右同时发车，利用率极低。其他设备也同样。以每月四十五万营业额为例，日生产配送量要达到五百份，而这五百份当中，可能早晚只有一百份，中午一餐就是四百份，这是由于我们服务对象的就餐特点决定的，我们必须满足客户的要求，客户不可能为了满足我们的生产方便而改变其就餐习惯。这样一来，我们的设备和人员实际上都集中在中午的几个小时里使用，而其他时间基本闲置。每天中午都“打仗”，那场面确实是紧张而热烈，甚是壮观，各个供餐点的领班为了保证自己的出品不受耽搁，几乎是用“打仗”的速度抢备自己的饭菜。有时遇到临时增加供餐量，我不得不从各个配送点上“揩油”，各配送点为此还彼此动过武。要是遇上电梯故障，我自己都得亲自上马，要求办公室全体人员每人送下楼两趟。

在特殊情况下，还动员员工中午饿肚子，把员工餐也省给客户吃，等送完之后回来再做员工餐。

为解决这些问题，我想了两个措施。第一是在不增加设备和人员的前提下，开发晚餐生产与销售，使人员与设备均衡使用；第二是在现有的基础上，探索新的经营方式。

关于第一点，我的基本思想是：无论是中兴、华为、联想还是其他公司，这些员工既然中午吃饭了，晚上他们也要吃饭，他们中至少有一半人晚上也不会去自己生火做饭，我们的思路是跟踪服务，晚上直接将集中生产的饭菜送到他们集中统一的住地。由于他们对我公司饭菜卫生及质量是认可的，所以即使我们价钱比外面大排档贵一点，这些博士硕士也会选择我们的。对这一点，我已经找他们谈过，我有充分的信心。而且，他们住地的其他公司（中午不是我们供餐的公司）的员工也会向他们看齐，如果做得好，晚餐供应量没准会超过中午，甚至很有可能会因此给我们带来新的客户。

关于第二点，我准备以公司的名义去承包人家的食堂，并且我已经从东莞一家台湾团体膳食公司挖过来一个小伙子。小伙子带来了台湾团膳公司全套的管理制度与培训教材，我如获至宝。根据这些材料和小伙子的经验，我打算将目前的基地做成管理中心、培训中心、示范中心和重点客户生产中心，然后在外面广泛承包食堂。我已经在沙头角联系了一家工厂，工厂管后勤的小姐我认识，这事基本上已经定了，他们老板已经来我们公司看过，并且参观了我们在南山区卫生防疫站的供餐点。老板说，既然卫生防疫站都吃你们做的饭菜了，卫生条件我绝对相信，具体问题你跟她谈就行了。“她”就是那个管后勤的小姐。合同条款对我们很有利。对方原本就有现成的场地和设备，不要我们投资一分钱，并且员工宿舍、水电费、煤气费都由他们自己负担，这样的生意还不好做？但他们愿意给我们做，是因为我们专业。我们从布吉批发市场统一采购蔬菜平均只有五毛钱一斤，他们在沙头角市场的进价可能是一块五毛一斤。我们做赚钱，他们自己做每月都要贴钱。另外就是个责任问题。既然是我们做，将来卫生健康安全方面的责任全部都由我们负责，他们的管理层可以集中精力搞技术开发和生产管理，利大于弊。

问题找出来了，改进的方法也想好了，我现在唯一需要的是钱士坤的支持，包括资金支持和信任支持。

我已经打了几个电话给钱士坤，要他无论如何过来一趟，很多事情，尤其是这样改变经营方式的重大事情，在电话里面是说不清楚的。

我盼望着钱士坤的到来。

天遂人愿。这一天，钱士坤来了。事实上，他是突然来到的，仿佛是专门为了给我一个意外的惊喜。

他确实给了我一个意外的惊喜。因为不仅他来了，他还带来了三个人。直到大家见面了，钱士坤才向我介绍这三个人，说一个是来做总经理的，一个做副总经理，另一个做营销总监。我突然傻了。是的，一个月前我是提出过辞职，但是他没同意，我就继续干，将营业额从三十万干到了四十五万，虽然四十五万还是亏损，但我已经找到了扭亏为盈的办法，我们离盈利只有一步之遥！这个时候，他却突然把总经理和副总都带来了。但我已经不能说什么，他都直接把老总都带来了我还能说什么？我只好自己说服自己，自己安慰自己。想着是我自己提出辞呈的，而且我也是真的不想做了，既然真的不想做了，那么他带人接替我不是很好吗？根据“有利”的原则，先不管别人的做事方法和做事动机，只要对我有利就行了。这么想着，我心里就平衡许多。我晚上专门设宴接风，三个新来的经理意气风发，比我热情高多了。我蛮高兴，同时更多的是担心，因为他们对困难估计不足，比如流动资金问题，比如岳父岳母问题，他们根本就没有估计。对困难估计不足是很危险的。

我的担心不是多余的。经交谈，我知道这一次钱士坤是花了本钱的。他们在南京登了广告，专门招聘优秀人才。这三个人确实都是优秀人才。尤其是那个准备接替我的老总人选，据说在内地做过五星级酒店总经理，到我们这里来做老总也算是大材小用了。老总人选相貌堂堂能说会道，接风宴上就侃侃而谈，提出了很多好建议。我很吃惊，钱士坤竟然敢于起用不了解情况就发表高论的人。但我没说，我有点自私，怕他们会误解我是嫉妒，又怕钱士坤继续让我干。我真的不想做了，不是对项目没有信心，是对我的老弟钱士坤没有信心。

54

与钱士坤一行同时到达的还有柳教授。柳教授从海南来，与他们同时不同路。柳教授是我和钱士坤在海南时候共同的朋友。也是安徽人，海南大学的经济学教授，社科院下去的，很有水平。钱士坤把柳教授请来，一是帮助我们这个配餐公司诊断诊断，二是想利用柳教授在深圳的社会关系，进一步拓展我们的业务，但最为关键的是想通过柳教授来协调一下我和钱士坤的关系。毕竟，突然把我从总经理的位置上拉下来，很多事情他作为老弟还不好意思开口。

柳教授来了我很高兴，并且我们的许多看法是一致的。比如在总经理的问题上，我们都认为那个准备做副总的更适合做总经理。不浮不飘，稳一些，关键是他实事求是，当我、钱士坤、柳教授一起与他谈话时，他承认自己不是神，如果不偿还债务并提供足够的流动资金，他也不敢保证不亏损。而那个老总的人选说话极对钱士坤的胃口，他表示：如果要南京公司出钱偿还债务和提供足够的流动资金，还要我来干什么？与钱士坤的“一百万做一千万生意”的理论不谋而合！

结果是可想而知的，敢说大话的人当老总。

接下来是我的问题。这是一个十分敏感的话题，必须有柳教授在中间润滑。钱士坤的意见是：我继续留下来做，专门担任经营副总。我不同意。我说如果这样，势必影响新班子的工作，而且将来做好做不好责任也难分清。我的意思是：我可以继续做，但不担任任何职务，我作为总公司的顾问来协助工作一段时间。这样好，柳教授表示支持。柳教授认为作为一个新公司，老总突然变副总，对内对外都不好。我们正说着，一个大客户打来电话，问：“听说你们公司政变了？把你搞掉了？我们生意还做不做了？”我回答：“没的事。南京总公司要在深圳做大投资，搞房地产开发，我升官了，做总公司的副总裁，以后重点抓这边的房地产项目，还想跟你老兄搞大合作呢，谁说生意不做了？”钱士坤和柳教授就在旁边，听得很清楚，对我的回答十分满意，并将我刚才的说法作为全公司对外的同一口径。

我问钱士坤：“既然我不做总经理了，自然没有百分之十干股了，也没有每月三千元的招待费了。那么你准备给我什么待遇？”

钱士坤看看我，又看看柳教授，说：“每月工资四千元，怎么样？”

“你给新来的老总工资多少？”我问。

“每月三千元。”他说。

“既然如此，”我说，“那么我的工资也只能是三千元，否则他心里会不平衡。”

我觉得我很真诚，也很负责任。直到现在，我还是一心为公司好，一心替钱士坤着想。不管怎么说，这个项目是我策划的，又是我推荐给钱士坤的，我当然希望它好，哪怕自己做出点个人牺牲也希望它好。

柳教授说：“三千就三千，另外一千从总公司作为费用报销。”

新来的总经理是个很精明的人，虽然刚来，马上就看出来问题的关键所在，并且以此作为指导自己工作的行为准则。我当总经理时，也有自己的工作方针：对内卫生第一，对外客户第一。新总经理的工作方针并没有对外宣布，但是我还是看出来了，那就是：对外以骗为主，对内以讨好岳父为主。什么样的方针就会有什么样的工作方式，有什么样的工作方式就会有什么样的工作结果。

我当总经理时，卫生确实做到了第一，南山区卫生防疫站在我们这里订餐，因为单位小，我们不愿意做，防疫站破格决定每月额外给我们一定的补贴。业务拓展得也很快，第一个月达到三十万，第二个月达到四十五万，关键是打开了华为、中兴、联想这样有影响力的大客户，如果再有一个月，我肯定达到六十万。

新总经理来了后，自然也有他的一套。第一是一分钱没花就进了很多货，不像我天天催钱士坤要钱，念念不忘“总投资三百万”，好像三百万投资不到位钱士坤就欠了我个人的钱一样。第二是勤俭节约，大幅度地降低一切费用，连厕所里卫生纸都省了。他自己更是以身作则，几乎没有招待费，每每在几乎就要请客人吃饭的关键时刻，总能够非常巧妙而机警地想出一个不失体面的绝佳办法将其推掉，甚至有时候超水平发挥，居然能让客户自觉自愿地掏钱买单。这些绝招岳父岳母看在眼里，喜在心头，恨就恨老两口只有一个女儿，要是还有一个，定纳新老总为婿。

在这一段时间里，我经常陪新来的总经理走访客户。每到一处，就把关于我“荣升为南京总公司副总裁现在主抓房地产开发”的老调重弹一遍，客户听多了，也就信以为真了。我特别关照沙头角的项目，因为这个项目关系到一个新的运作方式，意义非同一般。我已经将新老总介绍给那个管后勤的女经理，我要求新老总主动邀请她出来打保龄球，有些事情要跟她当面谈。我告诉新老总这个业务的意义在于探索一条新的经营思路。新老总对我说的表示理解，但每走一步他都要先请示岳父，这是他的立身之本，我没办法改变他。我提醒几次，见他没动，急了，只好越级找他的上司，也就是岳父。岳父在百忙之中接见了我，耐心地听我说完，然后非常严肃地指出：“不是有新来的领导班子吗？这件事你既然已经交给他们了，就应该放心地让他们去做嘛！”其说话内容如内地二十世纪九十年代之前的国营单位领导或主管局领导，其口气完全是上级对下级，其语调更像是管教干部对管教对象。

既然是被管教的对象，当然是没有资格参加公司管理层会议的。事实上，自从钱士坤回南京后，我就没有参加过公司的任何会议。不是我不想参加，是我自己不好意思强烈要求参加。不参加会议我就不知道他们经营的情况，但从每天生产量递减的情况看，业务肯定是越做越少了。这时候，新班子内部已经发生分裂，副总经理对沙头角那单业务的丢失很痛心，终于忍耐不住，跑过来对我说："总经理不把主要精力放到对外业务上怎么行？没有营业额，光节约有什么用？每月的房租、水电费、人员工资都基本上固定的，也是没办法节约的，必须做到一定的营业额才能达到盈亏平衡点。连这个都不懂，还谈管理?!"

副总扬言要向钱士坤做特别报告，说如果再让这个总经理搞，公司非垮不可。副总向我要钱士坤电话号码，我说："你认为公司搞不好真是这个总经理的责任吗？就凭这一点，你就只能做副总。"

岳父把副总炒了。副总走的时候是我送的他，但没将他送到目的地，只送到大冲，让他自己乘中巴去布吉他同学那里。自己的路还要自己走，别人可以帮你一程，但不能帮你一路。

走好，副总。

这样又坚持一个月，柳教授受钱士坤的委托来深圳检查工作，以朋友的身份对我说："我真的很佩服你。"我问佩服什么，他说佩服你还能坚持到现在，要是我早就走了。我说没办法呀，这是我自己惹的事，不能一走了之。柳教授是真正的知识分子，捷克总统哈维尔认为，真正的知识分子是宽容而谦虚的，他们认为他们值得帮助别人时就会挺身而出，不记回报。柳教授这一次就这样不记回报地帮助了我。他向岳父建议：让我不拿工资，也不用上班，专门到外面接业务，接到业务后按业务营业额给予提成。柳教授的"建议"算是摸准了岳父的秉性，岳父一听可以不发给我工资，马上脸上笑开了花。其实岳父一笑起来还是很可爱的，可以想象，岳父年轻的时候一定是个美男子，不然岳母也不会嫁给他。顺便说一下，岳母非常漂亮，不用看就知道，岳母如果不漂亮女儿能漂亮吗？女儿如果不漂亮我的老弟能娶她吗？

柳教授帮人帮到底。他要我把这几个月应该由南京总公司报销的票据给他，他交给钱士坤帮我报掉。我说好，谢谢。但并没有给他，每月三千元的工资都没发给我，我去报销每月一千元的票据干什么？算了，凭我和钱士坤的交情，还不值几千块钱吗？当年大哥借去几千块到现在不也是没还吗？对大哥能做到，对老弟也要做到，这叫一视同仁。

55

离开配餐公司之后我没去跑业务，也没有去其他公司，这时候我已经有点积蓄，可以暂时赋闲在家。偶尔接到朋友的电话，问起配餐公司的事，我称自己最近忙于房地产项目，没管那边的事。客户说：你不能不管呀，差多了。我说好，我对他们说说。仿佛我真是南京总公司的副总裁，权力不小呢。其实我没跟钱士坤说，说了也没用，说了他们肯定以为我是暗示要工资，我没这个意思，干脆不说。

终于有一天，中兴、华为、联想的老客户几乎同时给我打来电话，问："怎么回事？你们发来通知，说从 16 日就不给我们送餐了？怎么了？不做了？"

我只好实言相告：我早就离开那里了，从我"荣升"为副总裁那一天就实际离开配餐公司了。

赋闲在家的最大好处是让我有足够的时间思考。这时候是 2001 年底，距我下海之初正好十年。十年里，虽有两次出任董事长的经历，但总体上说我一直是在打工。说得更具体一点，一直在做职业经理，尽管当初我做职业经理时中国好像还没有这个说法。

从 1991 年在赖春泉手下做生产经理起，到 2001 年在钱士坤手下当总经理止，十年里最低职位是主管，最高职位是拥有数亿资产的大公司董事长，既跟过香港老板、台湾老板，也跟过内地老板，既跟过通过广告公开招聘走到一起的陌生的老板，也跟过自己的校友同学甚至是结拜兄弟，结果是一样的。老板就是老板，职业经理就是职业经理，不管老板和职业经理人他们以前的关系怎样，一旦他们中的一方成为老板而另一方成为职业经理，那么，他们过去的一切关系都将被边缘化，从此之后，起主导作用的将是老板与职业经理之间的关系。其实，也只有老板与职业经理之间的关系才是他们之间最为实际和纯洁的关系，任何想凌驾于这个关系以上的想法都是不切实际甚至于是有害的。以我和钱士坤的关系为例，如果不是将结拜兄弟的关系放在首位，我就不会将团体膳食这个我迄今仍然认为是最好的项目推荐给他，反过来也一样，如果他不是因为我这个“老哥”的关系，也绝对不会那么快下决心来深圳投资。如果那样，对我，对他，对这个项目可能都更好些。

与钱士坤合作的失败极大地影响了我做职业经理的热情。我甚至对自己下海做职业经理的运气产生了怀疑，因此常常回想起当年火车上那位中年汉子说的话，说我那次旅行如果是为了求财则不必抱太大的希望，可那次旅行到现在也没有结束呀，只要我继续做职业经理，这个旅行就一直在延续下去，永远没有尽头，我就一直没有太大的希望，除非我从此不做职业经理了，可不做职业经理我能做什么呢？三十岁至四十岁，人生最宝贵的十年我献给了职业经理，现在让我从头开始，去开辟一个完全陌生的新事业，真没有那份勇气了。

我甚至想到了走回头路，重新回到下海之前在设计院情报所的那种生活。或许，那才是真正适合我的生活。虽不富有，但没有风险，而且非常有成就感。当初我在极短的时期内发表了大量的论文、译文和调研报告，在行业内部产生了相当大的影响，所以，老主任退休之后，虽然并没有宣布我是接任者，但包括冶金部情报研究所在内的全国各地情报机构的交流文件立刻自动地寄到我的名下，那是一种何等的成就呀。但是，事过境迁，现在回头重新再做情报工作已经是不可能的了。

否定之否定，现实迫使我对是否继续能做职业经理的问题重新思考。这次我换一个角度考虑。按逻辑顺序考虑。第一，当前中国需要大量的职业经理；第二，好的职业经理是在实践中练就出来的，而不是通过大学课程培养出来的，当然也不是 MBA 课程培养出来的；第三，通过十年的摔打，我积累了大量的实践经验，这是一笔宝贵的财富；第四，无论从自身价值还是从社会需要考虑，我都不应该浪费这笔财富；第五，我自己对继续做职业经理缺少热情了。这样一编排，结论马上就出来了：我可以创办一个特殊的学校，专门培养职业经理呀！

想法一出，不可阻挡。我为自己的想法激动着，并极力为自己的想法网罗理由。

按照从事情报工作的习惯，我首先对得出上述结论的论据进行论证。比如关于中国需要大量职业经理的论据，从实践上看，在过去的十年，我一直做职业经理，几乎一天都没有停息过，而我并不是学管理的，在“下海”之前也从来没有过类似的经验，居然能一个接着一个不停息地被请去做职业经理，足见市场上是多么需要职业经理。事实上，中国最初的一批企业家基本上都是“胆商”，在别人对市场经济还没有足够认识还怀疑或抱有等等看的思想的时候，在我们还在为学历、职称、职位而奋斗的时候，他们凭胆子大，或者因为他们本来就没有正经的职业，本身就是站在“海”里的，不得不自谋出路，自己尝试做生意，结果，正好赶上了好时光，完成了资本的原始积累，成了老板，但是，这批人的整体素质并不高，他们中的有些人甚至是两劳释放人员，他们在改革开放初期摸着石头过河时代随波逐流完成了资本原始积累，但随着中国市场经济体制的逐步完善和规范，让他们跟上时代的发展步伐，再上一层楼就勉为其难了，这时候，最好的办法是与专业的职业经理合作。而中国新一代企业主与他们的情况不一样，新一代企业主往往是具有良好教育背景的年轻人，他们思想活跃，具有专业特长，他们中的有些人甚至是某个领域的专家或学术领头人，在大力提倡自主创新和发展科技产业的今天，他们同样赶上了新一轮的好时光，顺应历史潮流，抓住机遇，成为企业主，但是，教育背景和某个领域的专家与经营和管理才能是两码事。而且，人的精力是有限的，往往对这个领域非常精通的人，对另一个领域恰恰非常无知，对于很多专家型企业主来说，他们并不精通企业管理，也不了解营销战略，更不熟悉资本运作，他们甚至比新中国第一代“胆商”更需要聘请职业经理与之合作。所以，从客观上说，无论是老一代老板还是新一代企业主，他们都需要职业经理人辅佐。从理论上说，企业主和企业家是两个不同的概念，产权的所有者与产权的经营者不一定是同一个人，中国现在有那么多的企业，难道不需要更多的职业经理人吗？

根据我十年从商的经验，凡是市场有客观的需求，事情就能干。所以，我决定办职业经理培训学校。

但是，当我把这个想法告诉一些朋友的时候，他们中有很多人不赞成，理由是：现在有那么多正规大学的 MBA 班，谁还会上你的培训学校？

我还是比较能听进朋友劝告的。这时候，我提醒自己不要想当然或头脑发热，特意冷静了一段时间，并专门做了调查研究，发现朋友们说得对，外地不说，单就是深圳，几乎全国所有的名牌大学都在这里开设了 MBA 课程班，由于太多，有些班甚至都招不到学员，在这种情况下，我再开办一个职业经理培训学校有市场吗？我不得不反思自己的思路，站在自己的对立面看问题：市场上客观需要职业经理是一回事，是不是需要一个专门的职业经理培训学校是另外一回事，从客观上说，职业经理并不是学校能够培养的，而是在实践中摔打出来的。调研还证实：世界上几乎没有一个著名企业的企业家是通过 MBA 课程培训出来，而深圳的一些企业家的名片上之所以打上 MBA 头衔，也并非因为他们首先是 MBA，然后才成为企业家的，恰恰相反，他们首先是企业家，然后才花钱参加了 MBA 课程的培训，他们中的绝大多数人虽然名片上印着“MBA”，其实并没有拿到硕士学位，甚至并没有正经学习多少相关的课程，而只是拿“MBA”当门面罢了。而另一方面，一些真正的 MBA，甚至像美国哈佛管理学院培养的正儿八经的 MBA，却没有一个最终成为真正的大企业家。

调查清楚之后，我非但没有失去信心，反而更加坚定了自己的信念。

我准备与全国甚至是全世界名牌大学在深圳开办的MBA课程班反过来做。他们是针对已经成为老板的企业家开设课程，我是针对已经获得MBA学位但还没有成为企业家的人开办培训；他们的实际作用是为已经成为企业家的人脸上贴金，我的实际作用是为已经获得工商管理硕士学位的人寻找最合适的工作。目标不一样，服务的群体也不一样，他们招收不到足够的学员，并不代表我也缺乏生源。

想清楚之后，我立刻就着手行动。利用自己是广东省企业家协会理事和深圳市总商会常务理事的身份，广泛联系了一批企业家，寻求与他们的合作。合作方式是安排已经获得学位但还没有找到理想工作的MBA毕业生在他们的企业实习。刚开始，企业家们对我的做法不理解，说你一个大老板，正经的事情不做，做这个干什么。我没有跟他们做过多的解释，只说这是协会或商会的一项尝试，算是对会员企业的一项免费服务，MBA毕业生在你们那里实习，其实是一种试用，三个月之后，如果你们觉得好，立刻可以聘任，如果感觉不好，实习结束，对你们只有好处，没有坏处。企业家们一想，确实对他们有利，至少比直接打广告招聘或从人才市场上招聘可靠，还节省成本，不仅节省招聘成本，而且节省试用期工资成本，关键是没有试用不合格辞退时候的尴尬，所以答应试试。

为了假戏真演，我正儿八经地联系了企业家协会和总商会，说明我的想法，并提出以协会和商会的名义做，利益分成。商会和协会的秘书长被我说服了，他们相信这是一个对他们也是只有好处没有坏处的事情，不但出政绩，而且能创收，于是表示支持。

万事俱备，只等开业了。突然，我接到中兴公司管后勤的部长打来的电话，告诉我中兴公司全面实行后勤社会化改造，食堂采取内部创业的方式承包，他想做，并希望和我一起做。

内部创业，千载难逢，我可以不做职业经理，自己当老板了！

我又兴奋了，甚至比前时期想到要创办职业经理培训学校更加兴奋。我突然发现，我骨子里其实还是想自己当老板的，要不然接到这样的电话为什么这么兴奋？

我又开始为自己编织新的理由，想着如果我自己当老板，那就不是职业经理了，那么，火车上那位中年汉子言论的前提就发生变化了，如此，我就大有希望了。我甚至为自己的出尔反尔开脱，想着任何一个职业经理其实都是想自己当老板的，就像任何一个好士兵都想当将军一样。

这次我没有征求朋友们的意见，主要是不好意思，前段时间刚刚征求过他们关于自己开办职业经理培训学校的意见，并且在征求他们意见的时候，自己的倾向明显，说了一大堆创办职业经理培训学校的理由，现在别人刚刚接受我的理念了，我又反过来说自己想承包中兴食堂，几十岁的人了，不是显得很不稳重吗？但是，面临这样一个重大的选择，我又不能不认真听取一下别人的意见。最后，经过慎重考虑和筛选，我决定只征求两个人的意见。一个是蒋大哥，一个是张正中。之所以选择他们两个人征求意见，除了考虑他们两个最能无私地给我忠告之外，另一个重要的考虑是他们两个的教育背景和职业身份反差很大，所提供的意见应该具有一定的代表性。但是，正是这个看似非常科学的举措，却让我陷入更加不知所措的境地。

他们两个的意见正好相反。

蒋大哥态度明确，说民以食为天，什么职业经理培训学校，一听就虚头巴脑的，肯定不如做食堂稳当。还说无论科学技术怎么样发展，人总是要吃饭的，在任何朝代任何地方，做吃的生意总是没有错的。与中兴公司管后勤的部长一起内部创业，场地和设备都是现成的，客源也是稳定和有保障的，并且基本上不需要现金投入，不需要投资就能当老板，这样的机会哪里找？没什么可考虑的，去中兴。

蒋大哥不但鼓励我去中兴，而且还流露出羡慕的神情，说我运气好，这样的好机会居然主动找到我头上，还说他怎么就碰不到这样的机会，并说反正他退休了，没什么事情做，如果我去中兴承包食堂，他可以帮我等等。说得我非常动心，甚至萌动了想把这个好机会让给他的念头。如果让给他，我就可以心安理得地去做我的职业经理培训学校了。但是，探了一下中兴那边的意思，对方说我带谁来都可以，但他只认我，如果我自己不做，换别人考虑都不用考虑。

张正中的态度不如蒋大哥这么明确。他说内部创业承包食堂当然不错，基本上没有风险，确实是个机会，但做这样的工作并不需要什么特殊才能，谁都可以做，既然谁都可以做，那么这个机会对谁都有效，而开办职业经理培训学校不是每个人都能做的，在目前的情况下，只能我去做，所以，从人尽其才和效益最大化的角度考虑，如果条件许可，当然还是应该从事最能发挥自己特长的事业。

张正中还说开办职业经理培训学校具有一定的社会意义，属于开创性工作，相当于我开办了一个职业经理人的“黄埔军校”，将来的意义不可限量，还说如果是资金上有缺口，他愿意填补等等，听得我同样热血沸腾。

我忽然发现，自己又站在了一个十字路口上，就跟我十年前“下海”时候的处境一样，我必须做出正确的选择，可我并不知道自己该向哪个方向走。

徘徊之际，手机再次向起。

还是那个部长，他催问我想好了没有，如果实在不行，他就要另外找人了。

是啊，机会哪能总是等待我呢。我必须立刻做出选择，而且选择只能一次。这次，我能选择好吗？

图书在版编目(CIP)数据

职业经理人手记 / 丁力著. - - 北京 : 中国文史出版社, 2021.7

(中国专业作家作品典藏文库. 丁力卷)

ISBN 978 - 7 - 5205 - 2876 - 4

Ⅰ. ①职… Ⅱ. ①丁… Ⅲ. ①长篇小说 - 中国 - 当代 Ⅳ. ①I247.5

中国版本图书馆 CIP 数据核字(2021)第 023810 号

责任编辑：薛媛媛

出版发行：**中国文史出版社**
社　　址：北京市海淀区西八里庄路 69 号院　邮编：100142
电　　话：010 - 81136606　81136602　81136603（发行部）
传　　真：010 - 81136655
印　　装：北京新华印刷有限公司
经　　销：全国新华书店
开　　本：720 × 1020　1/16
印　　张：18　　　字数：234 千字
版　　次：2021 年 7 月第 1 版
印　　次：2021 年 7 月第 1 次印刷
定　　价：62.80 元